贾平凹文选

散文卷

棣花

27

贾平凹／著 ｜ 作家出版社

目　录

风 筝

我是农民

祭父

祭　父

　　父亲贾彦春，一生于乡间教书，退休在丹凤县棣花；年初胃癌复发，七个月后便卧床不起，饥饿疼痛，疼痛饥饿，受罪至第二十七天的傍晚，突然一个微笑而去世了。其时中秋将近，天降大雨，我还远在四百里之外，正预备着翌日赶回。

　　我并没有想到父亲的最后离去竟这么快。以往家里出什么事，我都有感应，就在他来西安检查病的那天，清早起来我的双目无缘无故地红肿，下午他一来，我立即感到有悲苦之灾了。经检查，癌已转移，半月后送走了父亲，天天心揪成一团，却不断地为他卜卦，卜辞颇吉祥，还疑心他会创造出奇迹，所以接到病危电报，以为这是父亲的意思，要与我交代许多事情。一下班车，看见戴着孝帽接我的堂兄，才知道我回来得太晚了，太晚了。父亲安睡在灵床上，双目紧闭，口里衔着一枚铜钱，他再也没有以往听见我的脚步便从内屋走出来喜欢地对母亲喊："你平回来了！"也没有我递给他一支烟时，他总是摆摆手而拿起水烟锅的样子，父亲永远不与儿子亲热了。

　　守坐在灵堂的草铺里，陪父亲度过最后一个长夜。小妹告诉我，父亲饲养的那只猫也死了。父亲在水米不进的那天，猫也开始不吃，十一日中午猫悄然毙命，七个小时后父亲也倒了头。我感动着猫的忠诚，我和我的弟妹都在外工作，晚年的父亲清淡寂寞，猫给过他慰藉，猫也随他去到另一个世界。人生的短促和悲苦，大义上我全明白，面对着父亲我却无法超脱。满院的泥泞里人来往作乱，响器班在吹吹打打，透过灯光我呆呆地望着那一棵梨树，这是父亲亲手栽的，往年果实累累，今年竟独独一个梨子在树顶。

父亲的病是两年前做的手术，我一直对他瞒着病情，每次从云南买药寄给他，总是撕去药包上癌的字样。术后恢复得极好，他每顿已能吃两碗饭，凌晨要喝一壶茶水，坐不住，喜欢快步走路。常常到一些亲戚朋友家去，撩了衣服说：瞧刀口多平整，不要操心，我现在什么病也没有了。看着父亲的豁达样，我暗自为没告诉他病情而宽慰，但偶尔发现他独坐的时候，神色甚是悲苦，竟有一次我弄来一本算卦的书，兄妹们都嚷着要查各自的前途机遇，父亲走过来却说："给我查一下，看我还能活多久？"我的心咯噔一下沉起来，父亲多半是知道了他得的什么病，他只是也不说出来罢了。卦辞的结果，意思是该操劳的都操劳了，待到一切都好。父亲叹息了一声："我没好福。"我们都黯然无语，他就又笑了一下："这类书怎能当真？人生谁不是这样呢！"可后来发生的事情，不幸都依这卦辞了。

先是数年前母亲住院，父亲一个多月在医院伺候，做手术的那天，我和父亲守在手术室外，我紧张得肚子疼，父亲也紧张得肚子疼。母亲病好了，大妹出嫁，小妹高考却不中，原本依父亲的教龄可以将母亲和小妹的户口转为城镇户口，但因前几年一心想为小弟有个工作干，自己硬退休回来，现在小妹就只好窝在乡下了。为了小妹的前途，我写信申请，父亲四处寻人说情，他是干了几十年教师工作，不愿涎着脸给人说那类话，但事情逼着他得跑动，每次都十分为难。他给我说过，他曾鼓很大勇气去找人，但当得知所找的人不在时，竟如释重负，暗自庆幸，虽然明日还得再找，而今天却免去一次受罪了。整整两年有余，小妹的工作有了着落，父亲喜欢得来人就请喝酒，他感激所有帮过忙的人，不论年龄大小皆视为贾家的恩人。但就在这时候，他患了癌病。担惊受怕的半年过去了，手术后身体一天天好起来，这一年春节父亲一定要我和妻子女儿回老家过年，多买了烟酒，好好欢度一番，没想年前两天，我的大妹夫突然出事故亡去。病后的父亲老泪纵横，以前手颤的旧病又复发，三番五次划火柴点不着烟。大妹带着不满一岁的外甥重又回住到我家，沉重的包袱又一次压在父亲的肩上。为了大妹的生活和出路，父亲又开始了比小妹当年就业更艰难的奔波，一次次的碰壁，一夜夜的辗转不眠。我不忍心看着他的劳累，甚至对他发火，他就再一次赶来给我说情况时，故意做出很轻松的样子，又总要说明他还有别的事才进城的。大妹终于可以吃商品粮了，甚至还去外乡做临时工作，父亲实想领大妹一块儿去乡政府报到，但癌病复发了，终未去成。父亲之所以在动了手术后延续了两年多的生命，他全是为儿女要办完最后一件事，当他办完事了竟不肯多活一月就溘然长逝。

俗话讲，人生的光景几节过，前辈子好了后辈子坏，后辈子好了前辈子坏，可父亲的一生中却没有舒心的日月。在他的幼年，家贫如洗，又常常遭土匪的绑票，三个兄弟先后被绑票过三次，每次都是变卖家产赎回，而年仅七岁的他，也竟在一个傍晚被人背走到几百里外。贾家受尽了屈辱，发誓要供养出一个出头的人，便一心要他读书。父亲提起那段生活，总是感激着三个伯父，说他夜里读书，三个伯父从几十里外扛木头回来，为了第二天再扛到二十里外的集市上卖个好价，成半夜在院中用石槌砸木头的大小截面，那种"咣咣"的响声使他不敢懒散，硬是读完了中学，成为贾家第一个有文化的人。此后的四五十年间，他们兄弟四人亲密无间，二十二口的大家庭一直生活到六十年代，后来虽然分家另住，谁家做一顿好吃的，必是叫齐别的兄弟。我记得父亲在邻县的中学任教时期，一直把三个堂兄带在身边上学，他转到哪儿，就带在哪儿，堂兄在学生宿舍里搭合铺，一个堂兄尿床，父亲就把尿床的堂兄叫去和他一块儿睡，一夜几次叫醒小便，但常常堂兄还是尿湿了床，害得父亲这头湿了睡那头，那头暖干了睡这头。我那时和娘住在老家，每年里去父亲那儿一次，我的伯父就用箩筐一头挑着我，一头挑着粮食翻山越岭走两天，我至今记得我在摇摇晃晃的箩筐里看夜空的星星，星星总是在移动，让我无法数清。当我参加了工作第一次领到了工资，三十九元钱先给父亲寄去了十元，父亲买了酒便请了三个伯父痛饮，听母亲说那一次父亲是醉了。那年我回去，特意跑了半个城买下一根特大的铝盒装的雪茄，父亲拆开了闻了闻，却还要叫了三个伯父，点燃了一口一口轮流着吸。大伯年龄大，已经下世十多年了，按常理，父亲应该照看着二伯和三伯先走，可谁也没想到，料理父亲丧事的竟是二伯和三伯。在盛殓的那个中午，贾家大小一片哭声，二伯和三伯老泪纵横，瘫坐在椅子上不得起来。

"文化大革命"中，家乡连遭三年大旱，生活极度拮据，父亲却被诬陷为历史反革命关进了牛棚。正月十五的下午，母亲炒了家中仅有的一疙瘩肉盛在缸子里，伯父买了四包香烟，让我给父亲送去。我太阳落山时赶到他任教的学校，父亲已经遭人殴打过，造反派硬不让见，我哭着求情，终于在院子里拐角处见到了父亲，他黑瘦得厉害，才问了家里的一些情况，监管人就在一边催时间了。父亲送我走过拐角，却将缸子交给我，说："肉你拿回去，我把烟留下就是了。"我出了院子的栅栏门，门很高，我只能隔着栅栏缝儿看父亲，我永远忘不了父亲呆呆站在那儿看我的神色。后来，父亲带着一身伤残被开除公职押送回家了，那是个中午，我正在山坡上拔草，听到消息扑回来，父亲已躺在床上，一见我抱了我就说："我害了我娃了！"放声大哭。

父亲是教了半辈子书的人，他胆小，又自尊，他受不了这种打击，回家后半年内不愿出门。但家庭从政治上、经济上一下子沉沦下来，我们常常吃了上顿没有下顿，自留地的苞谷还是嫩的便掰了回来，苞谷棵儿和穗儿一起在碾子上砸了做糊糊吃，麦子不等成熟，就收回用锅炒了上磨。全家唯一的指望是那头猪，但猪总是长一身红绒，眼里出血似的盼它长大了，父亲领着我们兄弟将猪拉到十五里外的镇上去交售，但猪瘦不够标准，收购站拒绝收。听说二十里外的邻县一个镇上标准低，我们决定重新去交，天不明起来，特意给猪喂了最好的食料，使猪肚撑得滚圆，我们却饿着，父亲说："今日把猪交了，咱父子仨一定去饭馆美美吃一顿！"这话极大地刺激了我和弟弟，赤脚冒雨将猪拉到了镇上。交售猪的队排得很长，眼看着轮到我们了，收购员却喊了一声："下班了！"关门去吃饭。我们迭声叫苦，没有钱去吃饭，又不能离开，而猪却开始排泄，先是一泡没完没了的尿，再是翘了尾巴要拉，弟弟急了，拿脚直踢猪屁股，但最后还是拉下来，望着那老大的一堆猪粪，我们明白那是多少钱的分量啊。骂猪，又骂收购员，最后就不骂了，因为我和弟弟已经毫无力气了。直等到下午上班，收购员过来在猪的脖子上捏捏，又在猪肚子上搋搋，头不抬地说："不够等级，下一个——"父亲首先急了，忙求着说："按最低等级收了吧。"收购员翻着眼训道："白给我也不收哩！"已经去验下一头猪了。父亲在那里站了好大一会儿，又过来蹲在猪旁边，他再没有说，手抖着在口袋里掏烟，但没有掏出来，扭头对我们说："回吧。"父子仨默默地拉猪回来。一路上再没有说肚子饥的话。

　　在那苦难的两年里，父亲耿耿于怀的是他蒙受的冤屈，几乎过三天五天就要我来写一份翻案材料寄出去。他那时手抖得厉害，小油灯下他讲他的历史，我逐字书写，寄出去的材料十分之九泥牛入海，而父亲总是自信十足。家贫买不起纸，到任何地方一发现纸就眼开，拿回来仔细裁剪，又常常纸色不同，以至后来父子俩谈起翻案材料只说"五色纸"就心照不宣。父亲幼年因家贫害过胃疼，后来愈过，但也在那数年间被野菜和稻糠重新伤了胃，这也便是他恶变胃癌的根因。当父亲终于冤案昭雪后，星期六的下午他总要在口袋装上学校的午餐，或许是一片烙饼，或是四个小素包子，我和弟弟便会分别拿了躲到某一处吃得最后连手也舔了，末了还要趴在泉里喝水涮口咽下去。我们不知道那是父亲饿着肚子带回来的，最最盼望每个星期六傍晚太阳落山的时候。有一次父亲看着我们吃完，问："香不香？"弟弟说："香，我将来也要当个教师！"父亲笑了笑，别过脸去。我那时稍大，说现在吃了父亲的馍馍，将来长大了一定买最好吃的东西孝敬父亲。父亲退休以后，孩子们都大了，我和弟弟都开始挣钱，父亲也不愁没有馍馍吃，在他六十四岁的生日我买了一盒寿糕，他却直怨我太浪费了。五月初他病加重，我回去看望，带了许多吃食，他却对什么也没了食欲，临走买了数盒蜂王浆，叮咛他服完后继续买，钱我会寄给他的，但在他去世后第五天，村上一个人和我谈起来，说是父亲服完了那些蜂王浆后曾去商店打问过蜂王浆的价钱，一听说一盒八元多，他手里捏着钱却又回来了。

　　父亲当然是普通的百姓，清清贫贫的乡间教师，不可能享那些大人物的富贵，但当我在城里每次住医院，看见老干楼上的那些人长期为小病疗养而坐在铺有红地毯的活动室中玩麻将，我就不由得想到我的父亲。

　　在贾家族里，父亲是文化人，德望很高，以至大家分为小家，小家再分为小家，甚至村里别姓人家，大到红白喜丧之事，小到婆媳兄妹纠纷，都要找父亲去解决。父亲乐意去主持公道，却脾气急躁，往往自己也要生许多闷气。时间长了，他有了一定的权威，多少也有了以"势"来压的味道，他可以说别人不敢说的话，竟还动手打过一个不孝其父的逆子的耳光，这少不得就得罪了一些人。为这事我曾埋怨他，为别人的事何必那么认真，父亲却火了，说道："我半个眼窝也见不得那些龌龊事！"父亲忠厚而严厉，胆小却嫉恶如仇，他以此建立了他的人品和德行，也以此使他吃了许多苦头，受了许多难处。当他活着的时候，这个家庭和这个村子的百多户人家已习惯了父亲的好处，似乎并不觉得什么，而听到他去世的消息，猛然间都感到了他存在的重要。我守坐在灵堂里，看着多少人来放声大哭，听着他们哭诉"你走了，有什么事我给谁说呀?！"的话，我欣慰着我的父亲低微却崇高，平凡而伟大。

在我小小的时候，我是害怕父亲的，他对我的严厉使我产生惧怕，和他单独在一起，我说不出一句话，极力想赶快逃脱。我恋爱的那阵，我的意见与父亲不一致，那年月政治的味道特浓，他害怕女方的家庭成分影响了我，他骂我，打我，吼过我"滚"。在他的一生中，我什么都听从他，唯那件事使他伤透了心。但随着时代的变化，家庭出身已不再影响到个人的前途，但我妻子并未记恨他，像女儿一样孝敬他，他又反过来说我眼光比他准，逢人夸说儿媳的好处，在最后的几年里每年都喜欢来城中我的小家中住一个时期。但我在他面前，似乎一直长不大，直到我的孩子已经上小学了，一次他来城里，见面递给我一支烟来吸，我才知道我成熟了，有什么可以直接同他商量。父亲是一个普通的乡村教师，又受家庭生计所累，他没有高官显禄的三朋，也没有身缠万贯的四友，对于我成为作家，社会上开始有些虚名后，他曾是得意和自豪过。他交识的同行和相好免不了向他恭贺，当然少不了向他讨酒喝，父亲在这时候是极其的慷慨，身上有多少钱就掏多少钱，喝就喝个酩酊大醉。以至后来，有人在哪里看见我发表了文章，就拿着去见父亲索酒。他的酒量很大，原因一是"文革"中心情不好借酒消愁，二是后来为我的创作以酒得意，喝酒喝上了瘾，在很长的日子里天天都要喝的，但从不一人独喝，总是吆喝许多人聚家痛饮，又一定要母亲尽一切力量弄些好的饭菜招待。母亲曾经抱怨：家里的好吃好喝全让外人享用了！我也为此生过他的气，以我拒绝喝酒而抗议，父亲真有一段时间也不喝酒了。一九八二年的春天，我因一批小说受到报刊的批评，压力很大，但并未透露一丝消息给他。他听人说了，专程赶三十里地到县城去翻报纸，熬煎得几个晚上睡不着。我母亲没文化，不懂得写文章的事，父亲给她说的时候，她困得不时打盹，父亲竟生气得骂母亲。第二天搭车到城里见我，我的一些朋友恰在我那儿谈论外界的批评文章，我怕父亲听见，让他在另一间房内休息，等来客一走，他竟过来说："你不要瞒我，事情我全知道了。没事不要寻事，有了事就不要怕事。你还年轻，要吸取经验教训，路长着哩！"说着又反身去取了他带来的一瓶酒，说："来，咱父子都喝喝酒。"他先倒了一杯喝了，对我笑笑，就把杯子给我。他笑得很苦，我忍不住眼睛红了。这一次我们父子都重新开戒，差不多喝了一瓶。

自那以后，父亲又喝开酒了，但他从没有喝过什么名酒。两年半前我用稿费为他买了一瓶茅台，正要托人捎回去，他却来检查病了，竟发现患的是胃癌。手术后，我说："这酒你不能喝了，我留下来，等你将来病好了再喝。"我心里知道，父亲怕是再也喝不成了，如果到了最后不行的时候，一定让他喝一口。在父亲生命将息的第十天，我妻子陪送老人回老家，我让把酒带上。但当我回去后，父亲已经去世了，酒还原封未动。妻说：父亲回来后，汤水已经不能进，就是让喝酒，一定腹内烧得难受，为了减少没必要的痛苦，才没有给父亲喝。盛殓时，我流着泪把那瓶茅台放在棺内，让我的父亲在另一个世界上再喝吧。如今，我的文章还在不断地发表出版，我再也享受不到那一份特殊的祝贺了。

父亲只活了六十六岁，他把年老体弱的母亲留给我们，他把两个尚未成家的小妹留给我们，他把家庭的重担留给了从未担过沉的长子的我。对于父亲的离去，我们悲痛欲绝，对于离去我们，父亲更是不忍。当检查得知癌细胞已广泛转移毫无医治可能的结论时，我为了稳住父亲的情绪，还总是接二连三地请一些医生来给他治疗，事先给医生说好一定要表现出检查认真，多说宽心话。我知道他们所开的药全都是无济于事的，但父亲要服只得让他服，当然是症状不减，且一日不济一日，他说："平呀，现在咋办呢？"我能有什么办法呀，父亲。眼泪从我肚子里流走了，脸上还得安静，说："你年纪大了，只要心放宽静养，病会好的。"说罢就不敢看他，赶忙借故别的事走到另一个房间去抹眼泪。后来他预感到了自己不行了，却还是让扶起来将那苦涩的药面一大勺一大勺地吞在口里，强行咽下，但他躺下时已泪流满面，一边用手擦着一边说："你妈一辈子太苦，为了养活你们，舍不得吃，舍不得穿，到现在还是这样。我只说她要比我先走了，我会把她照看得好好的……

往后就靠你们了。还有你两个妹妹……"母亲第一个哭起来，接着全家大哭，这是我们唯有的一次当着父亲的面痛哭。我真担心这一哭会使父亲明白一切而加重他的负担，但父亲反倒劝慰我们，他照常要服药，说他还要等着早已订好的国庆节给小妹结婚的那一天，还叮咛他来城前已给菜地的红萝卜浇了水，菜苗一定长得茂密，需要间一间。就在他去世的前五天，他还要求母亲去抓了两服中草药熬着喝。父亲是极不甘心地离开了我们，他一直是在悲苦和疼痛中挣扎，我那时真希望他是个哲学家或是个基督教徒，能透悟人生，能将死自认为一种解脱，但父亲是位实实在在的为生活所累了一生的平民，他的清醒的痛苦的逝去使我心灵不得安宁。当得知他在最后一刻终于绽出一个微笑，我的心多多少少安妥了一些。可以告慰父亲的是，母亲在悲苦中总算挺了过来。我们兄妹都一下子更加成熟，什么事都处理得很好。小妹的婚事原准备推迟，但为了父亲灵魂的安息，如期举办，且办得十分圆满。这个家庭没有了父亲并没有散落，为了父亲，我们都努力地活着。

按照乡间风俗，在父亲下葬之后，我们兄妹接连数天的黄昏去坟上烧纸和燃火，名曰："打怕怕"，为的是不让父亲一人在山坡上孤单害怕。冥纸和麦草燃起，灰屑如黑色的蝴蝶满天飞舞，我们给父亲说着话，让他安息，说在这面黄土坡上有我的爷爷奶奶，有我的大伯，有我们村更多的长辈，父亲是不会孤单的，也不必感到孤单；这面黄土坡离他修建的那一院房子并不远，他还是极容易来家中看看，而我们更是永远忘不了他，会时常来探望他的。

　　　　　　　　　　　　　　　一九八九年十月十三日写毕
　　　　　　　　　　　　　父亲去世后三十三天，"五七"之前

我不是个好儿子

　　在我四十岁以后，在我几十年里雄心勃勃所从事的事业、爱情遭受了挫折和失意，我才觉悟了做儿子的不是。母亲的伟大不仅生下血肉的儿子，还在于她并不指望儿子的回报，不管儿子离她多远又回来多近，她永远使儿子有亲情，有力量，有根有本。人生的车途上，母亲是加油站。

　　母亲一生都在乡下，没有文化，不善说会道，飞机只望见过天上的影子。她并不清楚我在远远的城里干什么，唯一晓得的是我能写字，她说我写字的时候眼睛在不停地眨，就操心我的苦，"世上的字能写完?！"一次一次地阻止我。前些年，母亲每次到城里小住，总是为我和孩子缝制过冬的衣物，棉花垫得极厚，总害怕着我冷，结果使我和孩子都穿得像狗熊一样笨拙。她过不惯城里的生活，嫌吃油太多，来人太多，客厅的灯不灭，东西一旧就扔，说："日子没乡下整端。"最不能忍受我们打骂孩子，孩子不哭，她却哭，和我闹一场后就生气回乡下去。母亲每一次都高高兴兴来，每一次都生了气回去。回去了，我并未思念过她，甚至一年一年的夜里不曾梦着过她。母亲对我的好是我不觉得了母亲对我的好，当我得意的时候我忘记了母亲的存在，当我有委屈了就想给母亲诉说，当着她的面哭一回鼻子。

　　母亲姓周，这是从舅舅那里知道的，但母亲叫什么名字，十二岁那年，一次与同村的孩子骂仗——乡下骂仗以高声大叫对方父母名字为最解气的——她父亲叫鱼，我骂她：鱼，鱼，河里的鱼！她骂我：蛾，蛾，小小的蛾！我清楚了母亲是叫周小蛾的。大人物之所以大人物，是名字被千万人呼喊，母亲的名字我至今没有叫过，似乎也很少听老家村子里的人叫过，但母亲不是大人物却并不失却她的伟大，她的老实、本分、善良、勤劳在家乡有口皆碑。现在有人讥讽我有农民的品性，我并不羞耻，我就是农民的儿子，母亲教育我的忍字，使我忍了该忍的事情，避免了许多祸灾发生，而我的错误在于忍了不该忍的事情，企图以委曲求全却未能求全。

七年前，父亲做了胃癌手术，我全部的心思都在父亲身上。父亲去世后，我仍是常常梦到父亲，父亲依然还是有病痛的样子，醒来就伤心落泪，要买了阴纸来烧。在纸灰飞扬的时候，突然间我会想起乡下的母亲，又是数日不安，也就必会寄一笔钱到乡下去。寄走了钱，心安理得地又投入到我的工作中了，心中再也没有母亲的影子。老家的村子里，人人都在夸我给母亲寄钱，可我心里明白，给母亲寄钱并不是我心中多么有母亲，完全是为了我的心理平衡。而母亲收到寄去的钱总舍不得花，听妹妹说，她把钱没处放，一卷一卷塞在床下的破棉鞋里，几乎让老鼠做了窝去。我埋怨过母亲，母亲说："我要那么多钱干啥？零着攒下了将来整着给你。你们都精精神神了，我喝凉水都高兴的，我现在又不至于喝着凉水！"去年回去，她真的把积攒的钱要给我，我气恼了，要她逢集赶会了去买个零嘴吃，她果然一次买回了许多红糖，装在一个瓷罐儿里，但凡谁家的孩子去她那儿了，就三个指头一捏，往孩子嘴一塞，再一抹。孩子们为糖而来，得糖而去，母亲笑着骂着"喂不熟的狗！"末了就呆呆地发半天愣。

母亲在晚年是寂寞的，我们兄妹就商议了，主张她给大妹看管孩子，有孩子占心，累是累些，日月总是好打发的吧。小外甥就成了她的尾巴，走到哪儿带到哪儿。一次婆孙到城里来，见我书屋里挂有父亲的遗像，她眼睛就潮了，说："人一死就有了日子了，不觉是四个年头了！"我忙劝她，越劝她越流下泪来。外甥偏过来对着照片要爷爷，我以为母亲更要伤心的，母亲却说："爷爷埋在土里了。"孩子说："土里埋下什么都长哩，爷爷埋在土里怎么不再长个爷爷？"母亲竟没有恼，倒破涕而笑了。母亲疼孩子爱孩子，当着众人面要骂孩子没出息，这般的大了夜夜还要噙着她的奶头睡觉，孩子就羞了脸，过来捂她的嘴不让说。两人绞在一起倒在地上，母亲笑得直喘气。我和妹妹批评过母亲太娇惯孩子，她就说："我不懂教育嘛，你们怎么现在都英英武武的?！"我们拗不过她，就盼外甥永远长这么大。可外甥如庄稼苗一样，见风生长，不觉今年要上学了，母亲显得很失落，她依然住在妹妹家，急得心火把嘴角都烧烂了。我想，如果母亲能信佛，每日去寺院烧香，回家念经就好了，但母亲没有那个信仰。后来总算让邻居的老太太们拉着天天去练气功，我们做儿女的心才稍有了些踏实。

　　小时候，我对母亲的印象是她只管家里人的吃和穿，白日除了去生产队出工，夜里总是洗萝卜呀，切红薯片呀，或者纺线，纳鞋底，在门栓上拉了麻丝合绳子。母亲不会做大菜，一年一次的蒸碗大菜，父亲是亲自操作的，但母亲的面条擀得最好，满村出名。家里一来客，父亲说：吃面吧。厨房一阵案响，一阵风箱声，母亲很快就用箕盘端上几碗热腾腾的面条来。客人吃的时候，我们做孩子的就被打发着去村巷里玩，玩不了多久，我们就偷偷溜回来，盼着客人是否吃过了，是否有剩下的。果然在锅底里就留有那么一碗半碗。在那困难的年月里，纯白面条只是待客，没有客人的时候，中午可以吃一顿苞谷糁儿面，母亲差不多是先给父亲捞一碗，然后下些浆水和菜，连菜带面再给我们兄妹捞一碗，最后她的碗里就只有苞谷糁儿和菜了。那时少粮缺柴的，生活苦巴，我们做孩子的并不愁容满面，平日倒快活得要死，最烦恼的是帮母亲推磨子。常常天一黑母亲就收拾磨子，在麦子里掺上白苞谷或豆子磨一种杂面，偌大的石磨她一个人推不动，就要我和弟弟合推一个磨棍，月明星稀之下，走一圈又一圈，昏头晕脑的发迷怔。磨过一遍了，母亲在那里筛箩，我和弟弟就趴在磨盘上瞌睡。母亲喊我们醒来再推，我和弟弟总是说磨好了，母亲说再磨几遍，需要把麦麸磨得如蚊子翅膀一样薄才肯结束。我和弟弟就同母亲吵，扔了磨棍怄气。母亲叹叹气，末了去敲邻家的屋子，哀求人家：二嫂子，二嫂子，你起来帮我推推磨子！人家半天不吱声，她还在求，说："咱换换工，你家推磨子了，我再帮你……孩子明日要上学，不敢耽搁娃的课的。"瞧着母亲低声下气的样子，我和弟弟就不忍心了，揉揉鼻子又把磨棍拿起来。母亲操持家里的吃穿琐碎事无巨细，而家里的大事，母亲是不管的，一切由当教师的星期天才能回家的父亲做主。在我上大学的那些年，每次寒暑假结束要进城，头一天夜里总是开家庭会，家庭会差不多是父亲主讲，要用功学习呀，真诚待人呀，孔子是怎么讲，古今历史上

13

什么人是如何奋斗的，直要讲两三个小时。母亲就坐在一边，为父亲不住吸着的水烟袋卷纸媒，纸媒卷了好多，便袖了手打盹儿。父亲最后说："你妈还有啥说的？"母亲一怔方清醒过来，父亲就生气了："瞧你，你竟能睡着？！"训几句。母亲只是笑着，说："你是老师能说，我说啥呀？"大家都笑笑，说天不早了，睡吧，就分头去睡。这当儿母亲却精神了，去关院门，关猪圈，检查柜盖上的各种米面瓦罐是否盖严了，防备老鼠进去，然后就收拾我的行李，然后一个人去灶房为我包天明起来吃的素饺子。

父亲去世后，我原本立即接她来城里住，她不来，说父亲三年没过，没过三年的亡人会有阳灵常常回来的，她得在家顿顿往灵牌前贡献饭菜。平日太阳暖和的时候，她也去和村里一些老太太们抹花花牌，她们玩的是两分钱一个注儿，每次出门就带两角钱三角钱，她塞在袜筒。她养过几只鸡，清早一开鸡棚，一一要在鸡屁股里搲搲有没有蛋要下，若搲着有蛋，半晌午抹牌就半途赶回来收拾产下的蛋。可她不大吃鸡蛋，只要有人来家坐了，却总热愱着要烧煎水，煎水里就卧荷包蛋。每年院里的梅李熟了，总摘一些留给我，托人往城里带，没人进城，她一直给我留着，"平爱吃酸果子"，她这话要唠叨好长时间，梅李就留到彻底腐烂了才肯倒去。她在妹妹家学练了气功，我去看她，未说几句话就叫我到小房去，一定要让我喝一个瓶子里的凉水，不喝不行，问这是怎么啦，她才说是气功师给她的信息水，治百病的："你要喝的，你一喝肝病或许就好了！"我喝了半杯，她就又取苹果橘子让我吃，说是信息果。

我成不成为什么专家名人，母亲一向是不大理会的，她既不晓得我工作的荣耀，我工作上的烦恼和苦闷也就不给她说。一部《废都》，国之内外怎样风雨不止，我受怎样的赞誉和攻击，母亲未说过一句话。当知道我已孤单一人，又病得住了院，她悲伤得落泪，要到城里来看我，弟妹不让她来，不领她，她气得在家里骂这个骂那个，后来冒着风雪来了，她的眼睛已患了严重的疾病，却哭着说："我娃这是什么命啊？！"

我告诉母亲，我的命并不苦的，什么委屈和劫难我都可以受得，少年时期我上山砍柴，挑百十斤的柴担在山砭道上行走，因为路窄，不到固定的歇息处是不能放下柴担的，肩膀再疼腿再酸也不能放下柴担的，从那时起我就练出了一股韧劲。而现在最苦的是我不能亲自伺候母亲！父亲去世了，作为长子，我是应该为这个家操心，使母亲在晚年活得幸福，但现在既不能照料母亲，反倒让母亲还为儿子牵肠挂肚，我这做的是什么儿子呢？把母亲送出医院，看着她上车要回去了，我还是掏出身上仅有的钱给她，我说，钱是不能代替了孝顺的，但我如今只能这样啊！母亲懂得了我的心，她把钱收了，紧紧地握在手里，再一次整整我的衣领，摸摸我的脸，说我的胡子长了，用热毛巾捂捂，好好刮刮，才上了车。眼看着车越走越远，最后看不见了。我回到病房，躺在床上开始打吊针，我的眼泪默默地流下来。

一九九三年十一月二十七日草于病房

写给母亲

人活着的时候，只是事情多，不计较白天和黑夜。人一旦死了日子就堆起来：算一算，再有二十天，我妈就三周年了。

三年里，我一直有个奇怪的想法，就是觉得我妈没有死，而且还觉得我妈自己也不以为她就死了。常说人死如睡，可睡的人是知道要睡去，睡在了床上，却并不知道在什么时候睡着的呀。我妈跟我在西安生活了十四年，大病后医生认定她的各个器官已在衰竭，我才送她回棣花老家维持治疗。每日在老家挂上液体了，她也清楚每一瓶液体完了，儿女们会换上另一瓶液体的，所以便放心地闭了眼躺着。到了第三天的晚上，她是闭着的眼再没有睁开，但她肯定还是认为她在挂液体了，没有意识到从此再不醒来，因为她躺下时还让我妹把给她擦脸的毛巾洗一洗，梳子放在了枕边，系在裤带上的钥匙没有解，也没有交代任何后事啊。

三年以前我每打喷嚏，总要说一句：这是谁想我呀？我妈爱说笑，就接着说：谁想哩，妈想哩！这三年里，我的喷嚏尤其多，往往错过吃饭时间，熬夜太久，就要打喷嚏，喷嚏一打，便想到我妈了，认定是我妈还在牵挂我哩。

我妈在牵挂着我，她并不以为她已经死了，我更是觉得我妈还在，尤其我一个人静静地待在家里，这种感觉就十分强烈。我常在写作时，突然能听到我妈在叫我，叫得很真切，一听到叫声我便习惯地朝右边扭过头去。从前我妈坐在右边那个房间的床头上，我一伏案写作，她就不再走动，也不出声，却要一眼一眼看着我，看得时间久了，她要叫我一声，然后说：世上的字你能写完吗，出去转转么。现在，每听到我妈叫我，我就放下笔走进那个房间，心想我妈从棣花来西安了？当然是房间里什么也没有，却要立上半天，自言自语我妈是来了又出门去街上给我买我爱吃的青辣子和萝卜了。或许，她在逗我，故意藏到挂在墙上的她那张照片里，我便给照片前的香炉里上香，要说上一句：我不累。

整整三年了，我给别人写过了十多篇文章，却始终没给我妈写过一个字，因为所有的母亲，儿女们都认为是伟大又善良，我不愿意重复这些词语。我妈是一位普通的妇女，缠过脚，没有文化，户籍还在乡下，但我妈对于我是那样的重要。已经很长时间了，虽然再不为她的病而提心吊胆了，可我出远门，再没有人啰啰嗦嗦地叮咛着这样叮咛着那样，我有了好吃的好喝的，也不知道该送给谁去。

在西安的家里，我妈住过的那个房间，我没有动一件家具，一切摆设还原模原样，而我再没有看见过我妈的身影。我一次又一次难受着又给自己说，我妈没有死，她是住回乡下老家了。今年的夏天太湿太热，每晚被湿热醒来，恍惚里还想着该给我妈的房间换个新空调了。待清醒过来，又宽慰着我妈在乡下的新住处里，应该是清凉的吧。

三周年的日子一天天临近，乡下的风俗是要办一场仪式的，我准备着香烛花果，回一趟棣花了。但一回棣花，就要去坟上，现实告诉着我妈是死了，我在地上，她在地下，阴阳两隔，母子再也难以相见，顿时热泪肆流，长声哭泣啊。

二〇一〇年八月十六日

在女儿婚礼上的讲话

我二十七岁有了女儿，多少个艰辛和忙乱的日子里，总盼望着孩子长大，她就是长不大。突然间她长大了，有了漂亮、有了健康、有了知识，今天又做了幸福的新娘！我的前半生，写下了百余部作品，而让我最温暖也最牵肠挂肚和最有压力的作品就是贾浅。她诞生于爱中，成长于爱中，是我的淘气，是我的贴心小棉袄，也是我的朋友。我没有男孩，一直把她当男孩看，贾氏家族也一直把她当作希望之花。我是从困苦境遇里一步步走过来的，我发誓不让我的孩子像我过去那样贫穷和坎坷。但"长安居大不易"，所以我要求她自强不息，又必须善良、宽容。二十多年里，我或对她粗暴呵斥或对她无为而治，贾浅无疑是做到了这一点。当年我的父亲为我而欣慰过，今天，贾浅也让我有了做父亲的欣慰。因此，我祝福我的孩子，也感谢我的孩子。

女大当嫁，这几年里，随着孩子的年龄增长，我和她的母亲对孩子越发感情复杂，一方面是她将要离开我们，一方面是迎接她的又是怎样的一个未来？我们祈祷着她能受到爱神的光顾，觅寻到她的意中人，获得她应该有的幸福。终于，在今天，她寻到了，我们把她交给了一个优秀的、俊朗的少年贾少龙！我们两家大人都是从乡下来到城里，虽然一个原籍在陕北，一个原籍在陕南，偏偏都姓贾，这就是神的旨意，是天定的良缘。两个孩子生活在富裕的年代，但他们没有染上浮华习气，成长于社会变型时期，他们依然纯真清明，他们是阳光的、进步的青年，他们结合以后的日子会快乐、灿烂！

在这庄严而热烈的婚礼上，作为父母，我们向两个孩子说三句话。第一句，是一副对联：一等人忠臣孝子，两件事读书耕田。做对国家有用的人，做对家庭有责任心的人。好读书能受用一生，认真工作就一辈子有饭吃。第二句话，仍是一句老话："浴不必江海，要之去垢；马不必骐骥，要之善走。"做普通人，干正经事，可以爱小零钱，但必须有大胸怀。第三句话，还是老话："心系一处。"在往后的岁月里，要创造、培养、磨合、建设、维护、完善你们自己的婚姻。

今天，我万分感激爱神的来临，它在天空星界，在江河大地，也在这大厅里，我祈求它永远地关照着两个孩子！我也万分感激从四面八方赶来参加婚礼的各行各业的亲戚朋友，在十几年、几十年的岁月中，你们曾经关注、支持、帮助过我的写作、身体和生活，你们是我最尊重和铭记的人。我也希望你们在以后的岁月里关照、爱护、提携两个孩子，我拜托大家，向大家鞠躬！

酒

　　我在城里工作后，父亲便没有来过，他从学校退休在家，一直照管着我的小女儿。我从来的作品没有给他寄过，姨前年来，问我是不是写过一个中篇，说父亲听别人说过；曾去县上几个书店、邮局跑了半天去买，但没有买到。我听了很伤感，以后写了东西，就寄他一份，他每每又寄还给我，上边用笔批了密密麻麻的字。给我的信上说，他很想来一趟，因为小女儿已经满地跑了，害怕离我们太久，将来会生疏的。但是，一年过去了，他却未来，只是每一月寄一张小女儿的照片，叮咛好好写作，说："你正是干事的时候，就努力干吧，农民扬场趁风也要多扬几锨呢！但听说你喝酒厉害，这毛病要不得，我知道这全是我没给你树个好样子，我现在也不喝酒了。"接到信，我十分羞愧，发誓便再也不去喝酒，回信让他和小女儿一定来城里住，好好孝顺他老人家一些日子。

　　但是，没过多久，我惹出一些事来，我的作品在报刊上引起了争论。争论本是正常的事，复杂的社会上却有不正常的看法，随即发展到作品之外的一些闹哄哄的什么风声雨声都有。我很苦恼，也更胆怯，像乡下人担了鸡蛋进城，人窝里前防后挡，唯恐被撞翻了担子。茫然中，便觉得不该让父亲来，但是，还未等我再回信，在一个雨天他却抱孩子搭车来了。

　　老人显得很瘦，那双曾患过白内障的眼睛，越发比先前滞呆。一见面，我有点惶恐，他看了看我，就放下小女儿，指着我让叫爸爸。小女儿斜头看我，怯怯地刚走到我面前，突然转身又扑到父亲的怀里，父亲就笑了，说：

"你瞧瞧，她真生疏了，我能不来吗？"

父亲住下了，我们睡在西边房子，他睡在东边房子。小女儿慢慢和我们亲热起来，但夜里却还是要父亲搂着去睡。我叮咛爱人，把什么也不要告诉父亲，一下班回来，就笑着和他说话，他也很高兴，总是说着小女儿的可爱，逗着小女儿做好多本事给我们看。一到晚上，家里来人很多，都来谈社会上的风言风语，谈报刊上连续发表批评我的文章，我就关了西边门，让他们小声点，父亲一进来，我们就住了口。可我心里毕竟是乱的，虽然总笑着脸和父亲说话，小女儿有些吵闹了，就忍不住斥责，又常常动手去打屁股。这时候，父亲就过来抱了孩子，说孩子太嫩，怎么能打，越打越会生分，哄着到东边房子去了。我独自坐一会儿，觉得自己不对，又不想给父亲解释，便过去看他们。一推门，父亲在那里悄悄流泪，赶忙装着眼花了，揉了揉，和我说话，我心里愈发难受了。

从此，我下班回来，父亲就让我和小女儿多玩一玩，说再过一些日子，他和孩子就该回去了。但是，夜里来的人很多，人一来，他就又抱了孩子到东边房子去了。这个星期天，一早起来，父亲就写了一个条子贴在门上："今日人不在家"，要一家人到郊外的田野里去逛逛。到了田野，他拉着小女儿跑，让叫我们爸爸、妈妈。后来，他说去给孩子买些糖果，就到远远的商店去了。好长的时候，他回来了，腰里鼓囊囊的，先掏出一包糖来，给了小女儿一把，剩下的交给我爱人，让她们到一边去玩。又让我坐下，在怀里掏着，是一瓶酒，还有一包酱羊肉。我很纳闷：父亲早已不喝酒了，又反对我喝酒，现在却怎么买了酒来？他使劲用牙起开了瓶盖，说：

"平儿，我们喝些酒吧，我有话要给你说呢。你一直在瞒着我，但我什么都知道了。我原来是不这么快来的，可我听人说你犯了错误了，不知道到底是什么情况，怕你没有经过事，才来看看你。报纸上的文章，我前天在街上在报栏里看到了，我觉得那没有多大的事。你太顺利了，不来几次挫折，你不会大有出息呢！当然，没事咱不寻事，出了事但不要怕事，别人怎么说，你心里要有个主见。人生是三劫四劫过的，哪能一直走平路？搞你们这行事，你才踏上步，你要安心当一生的事儿干了，就不要被一时的得所迷惑，也不要被一时的失所迷惘。这就是我给你说的，今日喝喝酒，把那些烦闷都解了去吧。来，你喝喝，我也要喝的。"

他先喝了一口，立即脸色彤红，皮肉抽搐着，终于咽下了，嘴便张开往外哈着气。那不能喝酒却硬要喝的表情，使我手颤着接不住他递过来的酒瓶，眼泪唰唰地流下来了。

喝了半瓶酒，然后一家人在田野里尽情地玩着，一直到天黑才回去。父亲又住了几天，他带着小女儿便回乡下去了。但那半瓶酒，我再没有喝，放在书桌上，常常看着它，从此再没有了什么烦闷，也没有从此沉沦下去。

一九八三年作于五味什字巷

读书示小妹十八生日书

七月十七日，是你十八生日，辞旧迎新，咱们家又有一个大人了。贾家在乡里是大户，父辈那代兄弟四人，传到咱们这代，兄弟十个，姊妹七个；我是男儿老八，你是女儿最小。分家后，众兄众姐都英英武武有用于社会，只是可怜了咱俩。我那时体单力孱，面又丑陋，十三岁看去老气犹如二十，村人笑为痴傻，你又三岁不能言语，哇哇只会啼哭，父母年纪尚老，恨无人接力，常怨咱这一门人丁不达。从那时起，我就羞于在人前走动，背着你在角落玩耍；有话无人可说，言于你你又不能回答，就喜欢起书来。书中的人对我最好，每每读到欢心处，我就在地上翻着筋斗，你就乐得直叫，读到伤心处，我便哭了，你见我哭了，也便趴在我身上哭。但是，更多的是在沙地上，我筑好一个沙城让你玩，自个躺在一边读书，结果总是让你尿湿在裤子上，你又是哭，我不知如何哄你，就给你念书听，你竟不哭了，我感激得抱住你，说："我小妹也是爱书人啊！"东村的二旦家，其父是老先生，家有好多藏书，我背着你去借，人家不肯，说要帮着推磨子。我便将你放在磨盘顶上，教你拨着磨眼，我就抱着磨棍推起磨盘转，一个上午，给人家磨了三升苞谷，借了三本书，我乐得去亲你，把你的脸蛋都咬出了一个红牙印儿。你还记得那本《红楼梦》吗？那是你到了四岁，刚刚学会说话，咱们到县城姨家去，我发现柜里有一本书，就蹲在那里看起来，虽然并不全懂，但觉得很有味道。天快黑了，书只看了五分之一，要回去，我就偷偷将书藏在怀里。三天后，姨家人来找，说我是贼，我不服，两厢骂起来，被娘打过一个耳光，我哭了，你也哭了，娘也抱住咱们哭，你那时说："哥哥，我长大了，一定给你买书！"小妹，你那一句话，给了兄多大安慰，如今我一坐在书房，看着满架书籍，我就记想那时的可怜了。

咱们不是书香门第，家里一直不曾富绰，即使现在，父母和你还在乡下，地分了，粮是不短缺了，钱却有出没入，兄虽每月寄点，也只能顾住油盐酱醋，比不得会做生意的人家。但是，穷不是咱们的错，书却会使咱们位低而人品不微，贫困而志向不贱。这个社会，天下在振兴，民族在发奋，咱们不企图做官，以仕途之路做功于国家，但作为凡人百姓，咱们却只有读书习文才能有益于社会啊。你也立志写作，兄很高兴，你就要把书看重，什么都不要眼红，眼红读书，什么朋友都可抛弃，但书之友不能一日不交。贫困倒是当作家的准备条件，书是忌富，人富则思惰，你目下处境正好逼你静心地读书，深知书中的精义。这道理人往往以为不信，走过来了方才醒悟，小妹可将我的话记住，免得以后"悔之不及"。

兄在外已经十年，目不敢忘了读书，所做一二篇文章，尽属肤浅习作，愈使读书不已。过了二月二十一日，已到了而立之年，才更知立身难，立德难，立文难。夜读《西游记》，悟出"取经唯诚，伏怪以力"，不觉怀多感激，临风而叹息。兄在你这般年纪，读书目过能记，每每是借来之书，读得也十分注重，而今桌上、几上、案上、床上，满是书籍，却常常读过十不能记下四五，这全是年龄所致也，我至今只有以抄写辅助强记，但你一定要珍惜现在年纪，多多读书啊。

既有条件，读书万万不能狭窄。文学书要读，政治书要读，哲学、历史、美学、天文、地理、医药、建筑、美术、乐理……凡能找到的书，都要读读。若读书面窄，借鉴就不多，思路就不广，触一而不能通三。但是，切切又不要忘了精读，真正的本事掌握，全在于精读。世上好书，浩如烟海，一生不可能读完，且又有的书虽好，但不能全为之喜爱，如我一生不喜食肉，但肉却确实是世上好东西。你若喜欢上一本书了，不妨多读：第一遍可囫囵吞枣读，这叫享受；第二遍就静心坐下来读，这叫吟味；第三遍便要一句一句想着读，这叫深究。三遍读过，放上几天，再去读读，常又会有再新再悟的地方。你真真正正爱上这本书了，就在一个时期多找些这位作家的书来读，读他的长篇，读他的中篇，读他的短篇，或者散文，或者诗歌，或者理论，再读外人对他的评论，所写的传记，也可再读读和他同期作家的一些作品。这样，你知道他的文了，更知道他的人了，明白当时是什么社会，如何的文坛，他的经历、性格、人品、爱好等等是怎样促使他的风格的形成？大凡世上，一个作家都有自己一套写法，都是有迹而可觅寻，当然有的天分太高了，便不是一时一阵便可理得清的。兄读中国的庄子、太白、东坡诗文，读外国的泰戈尔、川端康成、海明威之文，便至今于起灭转接之间不可测识。说来，还是兄读书太少，悟觉浅薄啊！如此这番读过，你就不要理他了，将他丢开，重新进攻另一个大家。文学是在突破中前进，你要时时注意，前人走到了什么地方，同辈人走到了什么地方。任何一个大家，你只能继承，不能重复，你要在读他的作品时，就将他拉到你的脚下来读。这不是狂妄，这正是知其长、晓其短，师精神而弃皮毛啊。虚无主义可笑，但全然跪倒来读，他可以使你得益，也可能使你受损，永远在他的屁股后了。这你要好好记住。

在家时，逢小妹生日，兄总为你梳那一双细辫，亲手要为你剥娘煮熟的鸡蛋。一走十年，竟总是忘了你生日的具体时间，这你是该骂我的了。今年一入夏，我便时时提醒自己，要到时一定祝贺你成人。邻居妇人要我送你一笔大钱，说我写书，稿费易如就地俯拾，我反驳，又说我"肥猪也哼哼"，咳，邻人只知是钱！人活着不能没钱，但只要有一碗吃，钱又算个什么呢？如今稿费低贱，家岂是以稿费发的？！读书要读精品，写书要立之于身，功于天下，哪里是邻居妇人之见啊！这么多年，兄并不敢侈奢，只是简朴，唯恐忘了往昔困顿，也是不忘了往昔，方将所得数钱尽买了书籍。所以，小妹生日，兄什么也不送，仅买一套名著十册给你寄来，乞妹快活。

一九八三年七月初写于静虚村

两代人

一

爸爸，你说：你年轻的时候，狂热地寻找着爱情。可是，爸爸，你知道吗？就在你对着月光，绕着桃花树一遍一遍转着圈子，就在你跑进满是野花的田野里一次一次打着滚儿，你浑身沸腾着一股热流，那就是我；我也正在寻找着你呢！

爸爸，你说：你和我妈妈结婚了，你是世上最幸福的人。可是，爸爸，你知道吗？就在你新喜之夜和妈妈合吃了闹房人吊的一颗枣儿，就在你蜜月的第一个黎明，窗台上的长明烛结了灯彩儿，那枣肉里的核儿，就是我，那光焰中的芯儿，就是我。——你从此就有了抗争的对头了！

二

爸爸，你总是夸耀，说你是妈妈的保护人，而善良的妈妈把青春无私地送给了你。可是，爸爸，你知道吗？妈妈是怀了谁，才变得那么羞羞怯怯，似莲花不胜凉风的温柔，才变得绰绰雍雍，似中秋的明月丰丰盈盈？又是生了谁，才又渐渐褪去了脸上的一层粉粉的红晕，消失了一种迷迷丽丽的灵光水气？

三

爸爸，你总是自负，说你是妈妈的占有者，而贤惠的妈妈一个心眼儿关怀你。可是，爸爸，你知道吗？当妈妈怀着我的时候，你敢轻轻撞我一下吗？妈妈偷偷地一个人发笑，是对着你吗？你能叫妈妈说清你第一次出牙，是先出上牙，还是先出下牙吗？你的人生第一声哭，她听见过吗？

爸爸，你总是对着镜子忧愁你的头发。你明白是谁偷了你的头发里的黑吗？你总是摸着自己的脸面焦虑你的皮肉。你明白是谁偷了你脸上的红吗？爸爸，那是我，是我。在妈妈面前，咱们一直是决斗者，我是输过，你是赢过，但是，最后你是彻底地输了的。所以，你嫉妒过我，从小就对我不耐心，常常打我。

爸爸，当你身子越来越弯，像一棵曲了的柳树，你明白是谁在你的腰上装上了一张弓吗？当你的痰越来越多，每每咳起来一扯一送，你明白是谁在你的喉咙里装上了风箱吗？爸爸，那是我，是我。在妈妈的面前，咱们一直是决斗者，我是输过，你是赢过，但是，最后你是彻底地输了。所以，你讨好过我，曾把我架在你的脖子上，叫我宝宝。

四

啊，爸爸，我深深地知道，没有你，就没有我，而有了我，我却是将来埋葬你的人。但是，爸爸，你不要悲伤，你不要嫉恨，你要深深地理解；孩子是当母亲的一生最得意的财产，我是属于我的妈妈的，你不是也有过属于你的妈妈的过去吗？

啊，爸爸，我深深地知道，有了我，我就要在将来埋葬了你。但是，爸爸，你不要悲伤，你不要忌恨，你要深深地相信，你曾经埋葬过你的爸爸，你没有忘记你是他的儿子，我怎么会从此就将你忘掉了呢？

一九八二年二月十八日夜于静虚村

哭婶娘

婶娘，你死的时候，我是在西安，远隔你千里，生不能再见一面，死不能扶你入棺，死者你走得不会心甘，生者我活得不能安宁，天地这般儿残酷，是我从来没有想到，而却重重地惩罚到我的头上了。如今我站在你的坟前，我叫你一声"婶娘"！不知你可听见？我知道人总是要死的，但我却怎么也受不了你死的打击！

小的时候，我的父母在外地教书，过了满月，就留我在老家让你经管。夜夜我衔着你的空奶头睡觉，一把屎，一把尿，从一尺五寸拉扯我长大。我自幼叫你是娘，心里曾经这么想过：等我成人了，挣了钱了，一定好好报答你的恩情，给你买好吃的，买好穿的。但是，我长大了，工作了，工资微薄，又忙着筹备结婚，只给你买过一双棉鞋，只说婚后了，缓过几年，先不生养孩子，先不置做家具，一定报答你，没想你竟这么早便死去了。你才五十一岁，全不是该死的年纪啊！唉，都怪我太相信人的寿命了，人真是不如一棵草，真是不能掌握自己，造成我一生不可挽回的遗恨。

在你死的那天，我本来是在写作的，但写不上半页纸，心就慌得不行。我想这种现象以前是没有过的，一定是心电感应，怕是家里有了什么事了。我第一个想到的就是奶奶，她老人家已经七十三岁，常年瘫在床上，莫不是她要下世了？一天里惶惶不可终日，到了晚上，果然有人喊我"电报"！一听电报，我腿就软了，可接到一看，却是你死的消息。这怎么能使我相信呢？可电报明明白白写着是你，我当下就昏过去了。我担心会死的老人没有死，死的偏偏就是不应死去的你，这使谁能不伤心断肠呢？

你是命苦透了的人，古书上讲，人生福苦是平分的，早年苦了，晚年必是有福，可你却全是受苦！才过门的那些年里，咱那儿封建意识多，你只能是不敢多言的小媳妇。亏你在娘家上过几年学，能为人写个书信，县上便让你去乡政府工作，你却让伯父去了。你只说男人家在外干事，也是正事，你要在家服侍双老。可伯父一工作，又慢慢当了干部，就变心了，要和你离婚。你哭得要死，家里人也骂伯父，但伯父还是死了心，从此和家里断了关系，再不回来了。可怜你为了伯父，伯父却抛弃了你。你成寡妇，你却舍不得这家老人，老人也舍不得你这媳妇，你就一直在咱家过下来，那时候，你才三十岁，三十岁上你就守寡，熬了二十多年，只说苦要出头，福要来了，你却这么就死去了！好人没有好报，是这人世没有是非曲直呢，还是容不得你这等良善？

你一生没儿没女，一直带我在你身边。我上了大学后，你来信说你太寂寞，白日里上工、服侍老人，也就罢了，只是到了晚上，就不能入睡，三点就醒了。我看了信，伤心得直哭，想你这么爱娃疼娃的人，却没娃娃疼爱，只恨我怎么就长大了呢？后来你又来了信，说你要了一个小女，村里人都说你傻，怎么不要一个大点的，偏要受拉扯罪？可是我是理解你的。你要我给小妹起个名儿，我叫她是"慰儿"，意思是来安慰你的，你几次来信感激我，说那名儿起得好。如今慰儿已长大四岁，可爱的模样，眉儿眼儿十分像你。咱这一家人，人口不旺，爷手里是兄弟五人，父手里是兄弟二人，到了我们这辈，就只有我和慰儿。你死了，孝子盆本是我来摔的，可我不在，只好让慰儿替着，可怜你走得这么孤单！等我披星戴月赶到家里，因为天热，不能久放，你已经埋了。家里一片狼藉，奶奶被人扶着，哭得昏死了过去，刚救活过来，慰儿又哭得昏过去了。我扶老携幼，不知该如何安慰他们，想奶奶长年瘫在床上，你平日端吃端喝，小慰儿还年幼，你平日疼热疼冷，你这一走，这一家人可就散了架啊，婶娘！

往日里，我的父母在外，月月将钱寄了回来，你在家主事。你为了这个家，劳心劳神，别人没吃过的苦你吃了，别人没受过的累，你受了，可你从来没有怨言。"文化大革命"那些年，我的父母进了牛棚，再没有钱寄回，家里粮食短缺，你在外东借西借，顿顿还是将热饭递到奶奶手里，我的手里。记得那年春上，奶奶生日，家里又揭不开了锅，你从外边借回一元钱，买了三斤豆腐。豆腐做好，你一筷子夹给奶奶，一筷子夹给我，我让你吃，你说你嫌豆腐有一股豆味儿，反胃。婶娘，我那时真傻，还以为那是真的，就三口两口扒吃了豆腐，后来在厨房里，却见你吞着野菜吃，我才知道你是哄了我。我后悔地哭起来，你却笑了，说我懂事，让我以后长大有钱了，再给你买多多的豆腐吃。可到现在，我一块豆腐也还未给你买了吃，你却死了。

那一年里，你在家管老管小，一颗心还牵着我的父母，常常为他们伤心落泪。正月初十那天，你把奶奶托付给邻居，就领我去二百里外的县上找我的父母。咱们身无一文，一路上讨吃要喝，你总是让我坐在村口，你去沿门讨要。后来我见你受人欺负，我要去讨，你说："你年幼，受不了人家冷脸白眼的。"咱们就这么赶到外县，打听我父母关在一个小学校里受训。咱们去向门口站岗的说情，人家不让进去，你哭着，下了跪，一直缠到天黑，人家才同意一个人进去。你就让我去了，我见到了我的父母，他们被打得遍体鳞伤，让我不要说给你。我走出来，看见你扒在栅栏大门口往里看，你个子低，脚下垫了石头，双手努力地往上攀，一见你这模样，我没在我的父母面前哭，却哇的一声向你哭了。你也哭了，却又安慰我，说我是这个家的独苗，万万不敢伤出个毛病来。

婶娘，咱们回到家里，我却不能再去上学，同学们都骂我"狗崽子"，我和他们打，又打不过，常常回家来满脸是血。你从此就不让我到学校去，在家教我学习，我真不明白，你那时还有这份心思?！我心灰了，常常不学，你发现了，狠狠地打了我一巴掌，我哭了，你也哭了，紧紧抱着我，说："平儿，你爸妈不在，你要不好好学习，我怎么向他们交代呀？孩子，好人总是好人，学业不可丢了，咱是正经人家，可不能自己先竖不起竿子了！"婶娘，也就从那以后，我才认真地读起书来，我今日之所以上了大学，参加了工作，还不都是你教育的结果？我有了文化，写成了书本，人都夸誉我的聪明，但谁会知道这一切是你给了我的呢？

后来，父母果然平了反，我也上了大学，临走的时候，你哭哭啼啼送我一程又一程，对我说："平儿，我没有儿，你就是我的儿，你今天有了出路，你要好好记住这是多么不容易！到社会上了，首先要好好做人，万万不可有害人之心。"我记着你的话，可是，婶娘，我却怎么也不明白，你老老实实做了一生好人，可你却怎么没能有好人的报应？我在学校，我的父母月月给我寄钱，可你还是要给我钱，我知道那是父母给你的。要你买衣服的，你却通通寄给了我。你时常做新鞋给我邮来，大学生都穿皮鞋和胶底鞋，可我却喜欢穿你做的鞋。你来信说，只要我喜欢，可以供我的鞋。一直到我有了孩子。可是如今，我还没有结婚，我就再也穿不上你那结实的，硬帮子布鞋了。

大前年的冬天，你要了慰儿，慰儿生了病，一时看不好，你抱着她到城里来住院。我那时正谈恋爱，领了女朋友去看你，你喜欢得夜里不让我们回校，硬要给我的女朋友买一双袜子。我说你手里钱紧张，你却硬不，还对她说了好多话，要她好好管着我，说我爱吃辣子，做饭不要忘了。婶娘，我们都笑你太细心，你却笑着说："不要以后娶了媳妇忘了我呀！"婶娘，我们原准备过一个月就结婚，婚后就回来看你，在家孝顺你，你却再也吃不上我给你做的饭了，再也喝不上你侄媳妇给你烧的水了啊！

去年冬天，你又到城里一次来看我，我却出了差，你就又回去了。我回来后，遗憾了几天，怨你怎么就不给我打个电话，其实那次出差并没有走远，一个电话过去，一个小时我就回来了。可你就是没有打，怕影响我，就留下信走了。信上说："平儿，本是来看你一面，你又不在，我也不能多待了。我给你奶买了一条皮裤子，再给你买一只暖水壶放在门房。西安比咱那儿冷，那里又没有热炕，夜里就用暖壶暖暖被窝。灌上水了，一定要用布包上，别让烫了身子。"我读着信，放声哭了。婶娘，这暖水壶现在还在，你却走了，往后冬日的夜里，我怎么抱着这暖水壶去睡呢？我一见那暖水壶，怎么会不想到你而肝肠俱断呢？

你死了，死得这么快！家里人说，你是患了癌症，先是头疼，你以为是感冒了，并不在意，也不愿花钱看看，想扛一扛过去。后来整天发低烧，你剪短了头发，只说是热的来，但是，那低烧并没停止，一日不济了一日。可你还是没有告诉奶奶，没有告诉我的父母，也不给我说明，只是没黑没明地劳累，终于在前一个月睡倒了。医生来诊断，才说是患了癌症，已经到了后期。婶娘，你这病，全是劳累下的，你是让这个老的老、少的少的家劳累坏了。你生到世上，只是为着别人，别人却疏忽了你自己，你也疏忽了你自己啊！没有你，就没有我，没有这个家，如今死了你，苦了我，苦了家，苦了这村，苦了这人世的良善。你没了别人的同情、帮助，你一样能活得下去，别人没了你，却是这么地难过、孤独、痛不欲生。你是个平凡的女人，你成全了我，也培养了我做人的品德，你这品德是人世永存的。

奶奶痛哭了你几日，身体越发虚弱了，我的父母决定接她老人家到他们单位去度晚年。我坚决要领小慰儿跟我到城里去，我管她生活，管她上学，将来管她成人出嫁。我们后天就走，但是一家人都走不痛快，想我们都要走了，只留下你在这里，就不禁又哭成一团。但是，我又想，你是不会生气的，你要是活着，你也会同意的。因为你是舍不得这块故土，当年伯父走了，你没有走，这二十多年里，你没有走，你死了，也要守在这里的。可你相信，我们会永远记住你的，每年会回来看你的，你就安安地睡吧，婶娘！

一九八一年五月二十日晚草于静虚村

棣 花

从棣花到西安

　　秦岭的南边有棣花，秦岭的北边是西安，路在秦岭上约三百里。世上的大虫是老虎，长虫是蛇，人实在是走虫。几十年里，我在棣花和西安生活着，也写作着，这条路就反复往返。

　　父亲告诉过我，他十多岁去西安求学，是步行的，得走七天，一路上随处都能看见破坏的草鞋。他原以为三伏天了，石头烫得要咬手，后来才知道三九天的石头也咬手，不敢摸，一摸皮就粘上了。到我去西安上学的时候，有了公路，一个县可以每天通一趟班车，买票却十分困难，要头一天从棣花赶去县城，成夜在车站排队购买。班车的窗子玻璃从来没有完整过，夏天里还能受，冬天里风刮进来，无数的刀子在空中舞，把火车头帽子的两个帽耳拉下来系好，哈出的气就变成霜，帽檐是白的，眉毛也是白的。时速至多是四十里吧，吭吭唧唧在盘山路上摇晃，头就发昏。不一会儿有人晕车，前边的人趴在窗口呕吐，风把脏物又吹到后边窗里，前后便开始叫骂。司机吼一声：甭出声！大家明白夫和妻是荣辱关系，乘客和司机却是生死关系，出声会影响司机的，立即全不说话。路太窄太陡了，冰又瓷溜溜的，车要数次停下来，不是需要挂防滑链，就是出了故障，司机爬到车底下，仰面躺着，露出两条腿来。到了秦岭主峰下，那个地方叫黑龙口，是解手和吃饭的固定点。穿着棉袄棉裤的乘客，一直是插萝卜一样挤在一起，要下车就都浑身麻木，必须揉腿。我才扳起一条腿来，旁边人说：那是我的腿。我就说：我那腿呢，我那腿呢？感觉我没了腿。一直挨到天黑，车才能进西安，从车顶上卸下行李了，所有人都在说：嗨，今日顺到！因为常有车在秦岭上翻了，死了的人在沟里冻硬，用不着抬，像捅椽一样捅上来。即使自己坐的车没有翻，前边的车出了事故，或者塌方了，那就得在山里没吃没喝冻一夜。

二十世纪九十年代初，这条公路改造了，不再是沙土路，铺了柏油，而且很宽，车和车相会没有减减速停下，灯眨一下眼就过去了。过去车少，麦收天沿村庄的公路上，农民都把割下的麦子摊着让碾，狗也跟着撵。改造后的路不准摊麦了，车经过"唰"的一声，路边的废纸就扇得贴在屋墙上，半会儿落不下。狼越来越少了，连野兔也没了，车却黑日白日不停息。各个路边的村子都死过人，是望着车还远着，才穿过路一半，车却瞬间过来轧住了。棣花几年里有五个人被碾死，村人说这是祭路哩，大工程都要用人祭哩。以前棣花有两三个司机，在县运输公司开班车，体面荣耀。他们把车停在路边，提了酒和肉回家，那毛领棉大衣不穿，披上，风张着好像要上天，沿途的人见了都给笑脸，问候你回来啦？就有人猫腰跟着，偷声换气地乞求明日能不能捎一个人去省城。可现在，公路上啥车都有，连棣花也有人买了私家车。那一年，我父亲的坟地选在公路边，母亲就说离公路近，太吵吧，风水先生说：这可是好穴哇，坟前讲究要有水，你瞧，公路现在就是一条大河啊！

我每年十几次从西安到棣花，路经蓝关，就可怜了那个韩愈，他当年是"雪拥蓝关马不前"呀，便觉得我很幸福，坐车三个半小时就到了。

过了二〇〇〇年，开始修铁路。棣花人听说过火车，没见过火车。通车的那天，各家在通知着外村的亲戚都来，热闹得像过会。中午时分，铁路西边人山人海，火车刚一过来，一人喊：来了——！所有人就像喊欢迎口号：来了来了！等火车开过去了，一人喊：走了——！所有人又在喊口号：走了走了！但他们不走，还在敲锣打鼓。十天后我回棣花，邻居的一个老汉神秘地给我说：你知道火车过棣花说什么话吗？我说：说什么话？他就学着火车的响声，说：棣花——！不穷！不穷！不穷不穷，不穷不穷！我大笑，他也笑，他嘴里的牙脱落了，装了假牙，假牙床子就笑了出来。

有了火车，我却没有坐火车回过棣花，因为火车开通不久，一条高速路就开始修。那可是八车道的路面呀，洁净得能晾了凉粉。村里人把这条路叫金路，传说着那是一捆子一捆子人民币铺过来的，惊叹着国家咋有这么多钱啊！每到黄昏，村后的铁路上过火车，拉着的货物像一连串的山头在移动，村人有的在唱秦腔，有的在门口咿咿呀呀拉胡琴，火车的鸣笛不是音乐，可一鸣笛把什么声响都淹没了。火车过后，总有三五一伙端着老碗一边吃一边看村前的高速路，过来的车都是白光，过去的车都是红光，两条光就那么相对地奔流。他们遗憾的是高速路不能横穿，而谁家狗好奇，钻过铁丝网进去，竟迷糊得只顺着路跑，很快就被碾死了，一摊肉泥粘在路上。我第一回走高速路回棣花，没有打盹儿，头还扭来转去看窗外的景色，车就突然停了，司机说：到了。我说：到了？有些不相信，但我弟就站在老家门口，他正给我笑哩。我看看表，竟然仅一个半小时。从此，我更喜欢从西安回棣花了，经常是我给我弟打电话说我回去，我弟问：吃啥呀？我说：面条吧。我弟放下电话开始擀面，擀好面，烧开锅，一碗捞面端上桌了，我正好车停在门口。

在好长时间里，我老认为西安越来越大，像一张大嘴，吞吸着方圆几百里的财富和人才，而乡下，像我的老家棣花，却越来越小。但随着三一二公路改造后，铁路和高速路的相继修成，城与乡拉近了，它吞吸去了棣花的好多东西，又呼吐了好多东西给棣花，曾经瘪了的棣花慢慢鼓起了肚子。棣花已经成了旅游点，农家乐小饭馆到处都有。小洋楼一幢一幢盖了，有汽车的人家也多了，甚至荒废了十几年的那条老街重新翻建，一间房价由原来的几十元猛增到上万元。以前西安人来，皮鞋印子留在门口，舍不得扫；如今西安打一个喷嚏，棣花人就问：咱是不是感冒啦？他们啥事都知道，啥想法也都有。而我，更勤地从西安到棣花，从棣花到西安，我不再以出生在山里而自卑。车每每经过秦岭，看山峦苍茫，白云弥漫，就要念那首诗："啊，给我个杠杆吧，我会撬动地球；给我一棵树吧，我能把山川变成绿洲；只要你愿意嫁我，咱们就繁衍一个民族。"

就在上个月，又得到一个消息，还有一条铁路要从西安经过棣花，秋季里动工。

六棵树

回了一趟老家，发现村子里又少了几种树。我们村在商丹川道是有名的树园子，大约有四十多种树。自从炸药轰开了这个小盆地西边的牛背梁和东边的烽火台，一条一级公路穿过，再接着一条铁路穿过，又接着修起了一条高速公路，我们村子的地盘就不断地被占用。拆了的老院子还可以重盖，而毁去的树，尤其是那些唯一一树种的，便再也没有了。这如同当年我离开村子时的那些上辈人和那些农具，三十多年里就都消绝了。在巷道口我碰到了一群孩子，我不知道这都是谁家的子孙，问：知道你爷的名字吗？一半回答是知道的，一半回答不知道。再问：知道你姥爷的名字吗？几乎都回答不上来。咳，乡下人最讲究的是传承香火，可孩子们却连爷或姥爷的名字都不知道了。他们已不晓得村子里的四十多种树只剩下了二十多种，再也见不上枸树、槲树、棠棣、栎、桧、柞和银杏木、白皮松了，更没见过纺线车、鞋耙子、捞兜、牛笼嘴、曳绳、桩枷、檐簸子。记得小时候我问过父亲，老虎是什么，熊是什么，黄羊和狐狸是什么，父亲就说不上来，一脸的尴尬和茫然。我害怕以后的孩子会不会只知道了村里的动物只是老鼠苍蝇和蚊子，村里的树木只是杨树柳树和榆树？所以，就有了想记录那些在三十年间消绝的花草树木、飞禽走兽、农耕用具的欲望。

现在，我先要记的是六棵树。

皂角树。我们的村子分涧上涧下，这棵皂角树就长在涧沿上。树不是很大，似乎老长不大，斜着往涧外，那细碎的叶子时常就落在涧根的泉里。这眼泉用石板箍成三个池子，最高处的池子是饮水，稍低的池子淘米洗菜，下边的池子洗衣服。我小时候喜欢在泉水边玩，娘在那里洗衣服，倒上些草木灰，揉搓一阵子了，抡着棒槌啪啪地捶打。我先是趴在饮水池边看池底的小虾游来游去，然后仰头看皂角树上的皂角。秋天的皂角还是绿的，若摘下来最容易搋烂了去衣服上的垢痂，我就恨我的胳膊短，拿了石子往上掷，企图能打中一个下来。但打不中，皂角树下卧着的狗就一阵咬，秃子便端个碗蹲在门口了。

皂角树属于秃子家的，秃子把皂角树看得很紧。那年月，村人很少有用肥皂的，皂角可以卖钱，五分钱一斤。秃子先是在树根堆了一捆野枣棘，不让人爬上去，但野枣棘很快被谁放火烧了。秃子又在树身上抹屎，臭味在泉边都能闻见，村人一片骂声，秃子才把屎擦了。他在夹皂角的时候，好多人远远站着看，盼望他立脚不稳，从涧上摔下去。他家的狗就是从涧上摔下去过，摔成了跛子，而且从此成了亮靸。亮靸非常难看，后腿间吊着那个东西。大家都说秃子也是个亮靸，所以他已经三十四五了，就是没人给他提亲。

秃子四十一岁上，去深山换苞谷。我们那儿产米，二三月就拿了米去深山换苞谷，一斤米能换三斤苞谷。秃子就认识了那里一个寡妇。寡妇有一个娃，寡妇带着娃就来到了他家。那寡妇后来给人说：他哄了我，说顿顿吃米饭哩，一年到头却喝米角儿粥！

但秃子从此头上一年四季都戴个帽子，村里传出，那寡妇晚上睡觉都不允他卸下帽子。邻居还听到了，寡妇在高潮时就喊：卫东，卫东！村人问过寡妇的儿子：卫东是谁？儿子说是他爹，他爹打猎时火枪炸了，把他爹炸死了。大家就嘲笑秃子，夜夜替卫东干活哩。秃子说：替谁干都行，只要我在干着。

村人先是都不承认寡妇是秃子的媳妇，可那女人大方，摘皂角时看见谁就给谁几个皂角。常常有人在泉里洗衣服，她不言语，站在涧上就扔下两个皂角。秃子为此和女人吵，但女人有了威信，大家叫她的时候，开始说：喂，秃子的媳妇！

秃子的媳妇却害病死了，害的什么病谁也不知道，而秃子常常要到坟上去哭。有一年夏天我回去，晚上一伙人拿了席在麦场上睡，已经是半夜了，听见村后的坡根有哭声，我说：谁哭呢？大家说：秃子又想媳妇了。

又过了两年，我再一次回去，发觉皂角树没了，问村人，村人说：砍了。二婶告诉我，秃子死了媳妇后，和媳妇的那个儿子合不来，儿子出外再没有音讯，秃子一下子衰老了，五十多岁的人看上去有七十岁。他不戴帽子了，头上的疤红得像烧过的柿子，一天夜里就吊死在皂角树上，皂角落得泉边到处都是。这皂角树在涧上，村人来打水或洗衣服就容易想起秃子吊死的样子，便把皂角树砍了。

药树。药树在法性寺的土崖上，寺殿的大梁上写着清康熙初年重建，药树最少在这里长了三百年。我记事起，法性寺里就没有和尚，是小学校，铃声是敲那口铁铸的钟，每每钟声悠长，我就感觉是从药树上发出来的。药树特别粗，从土崖上斜着往空中长，树皮一片一片像鳞甲，村人称作龙树。那时候我们那儿还没有发现煤，柴火紧张，大一点儿的孩子常常爬上树去扳干枯了的枝条，我爬不上去，但夜里一起风，第二天早晨我就往树下跑，希望树上的那个鸟巢能掉下来，鸟巢是可以做几顿饭的。

药树几乎是我们村的象征，人要问：你是哪儿的？我们说：棣花的。问：棣花哪个村？我们说：药树底下的。

我在寺里读了六年书，每天早晨上操完校长训话，我抬头就看到药树。记得一次校长训话突然提到了药树，说早年陕南游击队在这一带活动，有个共产党员受伤后在寺里养伤住了三年，新中国成立后当了三年专员，因为寺里风水好，有这棵龙树。校长鼓励我们好好学习，将来也成龙变凤。母亲对我希望很大，大年初一早上总是让我去药树下烧香磕头，她说：你要给我考大学！

但是，我连初中还没读完，"文革"就开始了，辍学务农，那时我十四岁。

我回到村里，法性寺小学也没了师生，驻扎了当地很大的一个造反派的指挥部。有了这个指挥部，我们从此没有安宁过，经常是县城过来的另一个造反派的人来攻打，双方就在盆地东边的烽火台上打了几仗。好像是这个造反派的人赢了，结果势力越来越大。忽然有一天，一声爆炸，以为又武斗了，母亲赶紧关了院门，不让我们出去，巷道里有人喊：不是武斗，是炸药树了！等村人赶到寺后的土崖上，药树果然根部被炸药炸开，树干倒下去压塌了学校的后院墙。原来造反派每日有上百人在那里起灶做饭，没有了柴火，就炸了药树。

村里人都傻了眼，但村里人没办法。到了晚上，传出消息，说造反派砍了药树的枝条，而药树身太粗砍不动也锯不开，正在树上掏洞再用炸药炸。队长就和几位老者在寺里和指挥部的人交涉，希望不要炸树身，结果每家出一百斤柴火把树身保全下来。

树身太大，无法运出寺，就用土掩埋在土崖下，但树的断茬口不停地往出流水，流暗红色的水，把掩埋的土都浸湿了，二爷说那是血水。

村人背地里都在起毒咒：炸药树要报应的！果不其然，三个月后，烽火台又武斗了一场，这个造反派的人死了三个，两个就是在药树下点炸药包的人。而"文革"结束后，清理阶级队伍，两个造反派的武斗总指挥都被枪毙了。

我离开村子的那年，村人把药树挖出来，解成了板，这些板做了桥板就架设在村前的丹江上。

楸树。高达二十米，叶子呈三角形，叶边有锯齿，花冠白色。楸树的木质并不坚实，有点儿像杨树。这棵树在刘新来家的屋后，但树却属于李书富家。刘新来家和李书富家是隔壁，但李书富家地势高，刘新来家地势低，屋后的阳沟里老是湿津津的，很少有人去过。楸树占的地方窄狭，就顺着涧根往高里长，枝叶高过了涧畔。刘家人丁不旺，几辈单传，到了刘新来手里，他在外地工作，老婆和儿子在家，儿子就患了心脏病，一年四季嘴唇发青。阴阳先生说楸树吸了刘家精气，刘新来要求李书富能把楸树伐了，李书富不同意，刘新来说给你二百元钱把树伐了，李书富还是不同意。

刘新来的老婆带了儿子去了刘新来的单位，一去三年没有回来。那时候我和弟弟提了笼子拾柴火，就钻进刘家屋后砍涧壁上的荆棘，也砍过楸树根。楸树根像蛇一样爬在涧壁上，砍一截下来，根就冒白水，很快颜色发

41

黑，稠得像胶。我们趴在院门缝往里看，院子里蒿草没了台阶，堂屋的门框上结个大蜘蛛网，如同挂了个筛子。

李书富在秋后打核桃的时候从树上掉下来，把脊梁跌断了，卧床了三年，临死前给老伴说：用楸树解板给我做棺材。他儿子在西安打工，探病回来就伐倒了楸树。伐楸树费了劲，是一截一截锯断用绳吊着抬出来，解成了板。李书富一死，儿子却没有用楸树板给他爹做棺材，只是将家里一个老式板柜锯了腿，将爹装进去埋了。埋了爹，儿子又进城打工了。李书富的老伴还留在家里，对人说：儿子在城里找了个对象，这些木板留着做结婚家具呀。我也要进城呀，但我必须给他爹过了百天，百天里这些木板也就干了。

百天过后，李书富的儿子果然回来接走了老娘，也拉走了楸木板。而一天，刘新来家的堂屋倒塌了。

香椿。村里原来有许多椿树，我家茅坑边就有一棵，但都是臭椿，香椿只有一棵。这一棵长在莲叶池边的独院里，院里住着泥水匠，泥水匠常年在外揽活，他老婆年龄小得多，嫩面俊俏。每年春天，大家从墙外经过，就拿眼盯着香椿的叶子发生。

男人们都说香椿好，前院的三婶就骂：不是香椿好，是人家的老婆好！于是她大肆攻击那老婆，说人家走路水上漂是因为泥水匠挣了钱给买了一双白胶底鞋，说人家奶大是衣服里塞了棉花，而且不会生男娃，不会生男娃算什么好女人？

三婶有一个嗜好，爱吃芫荽。她在院子里种了案板大片的芫荽，每一顿饭，她掐几片芫荽叶子切碎了搅在饭碗里。我们总闻不惯芫荽的怪气味，还是说香椿好，香椿炒鸡蛋是世上最好的吃食。

社教的时候，村里重新划阶级成分。泥水匠原来的成分是中农，但村人说泥水匠的爹在新中国成立前卖掉了十亩地，他是逮住要解放的风声才卖的地，他应该是漏划的地主，结果泥水匠家就定为地主成分。是地主成分就得抄家，抄家的那天村人几乎都去搬东西，五根子板柜抬到村饲养室给牛装了饲料，八仙桌成了生产队办公室的会议桌。那些盆盆罐罐都被砸了，院子里的花草被踏了。三婶用镰割断了那爬满院墙的紫藤萝，又去割那棵香椿，割不动，拿斧头砍，就把香椿树砍倒了。

从此村里只有臭椿。臭椿老生一种椿虫，逮住了，手上留一股臭味，像狐臭一样难闻。

苦楝树。苦楝树能长得非常高大，但枝叶稀疏，秋天里就结一种果，指头蛋儿大，果把儿很老，一兜一兜地在风里摇曳，一直到腊月天还不脱落。

先前村里有过三棵苦楝树。一棵在村口的戏楼旁，戏楼倒塌的时候这树莫名其妙也死了。另一棵在涧上的一块场地上，村长的儿子要盖新院子，村长通融了乡政府，这场地就批给了村长的儿子做庄宅地。而且场地要盖新院子，就得伐了苦楝树，这棵苦楝树产权属于集体，又以最便宜的价处理给了村长的儿子。这事村人意见很大，但也只能背后说说而已，人家用这棵苦楝树做了担子，新房上梁的时候大家又都去帮忙，拿了礼，燃放鞭炮。

最后的一棵苦楝树在村西头，树下是大青石碾盘。碾盘和石磨称作青龙白虎，村西头地势高，对着南头山岭的一个沟口，碾盘安在那儿是老祖先按风水设计的。碾盘旁边是雷家的院子，住着一个孤寡老人。我写完《怀念狼》那本书后回去过一次，见到那老汉，他给我讲了他爷爷的事。他小时候和他娘睡在上屋，上屋的窗外就是苦楝树和碾盘，夏天里他爷爷就睡在碾盘上。那时狼多，常到村里来吃鸡叼猪，有一夜他听见爷爷在碾盘上说话，掀窗看时，一只狼就卧在碾盘下。狼尾巴很大，直身坐着，用前爪不断地逗弄他爷爷，他爷爷说：你走，你走，我一身干骨头。狼后来起身就走了。我觉得这个细节很好，遗憾《怀念狼》没用上。

这棵苦楝树是最大的一棵苦楝树，因为在碾盘旁可以遮风挡雨，谁也没想过砍伐它。小时候我们在碾盘上玩抓石子，苦楝蛋儿就时不时掉下来，嘣，一颗掉下来，在碾盘上跳几跳，嘣，又掉下来一颗。述君和我们玩时一输，他力气大，就用脚踹苦楝树，苦楝蛋儿便下冰雹一样落下来。

苦楝蛋儿很苦，是一味药，邻村的郎中每年要来捡几次。后来苦楝树被人用斧头砍了一次，留下个疤，谁也不知道是谁砍的。不久姓王那家的小女儿突然死了，村里传言那小女儿还不到结婚年龄却怀了孕，她听别人说喝苦楝蛋儿熬出的水可以堕胎，结果把命丢了。于是大家就怀疑是姓王的来砍了树。

一级公路经过我们村北边，高速公路经过的是村前的水田，但高速公路要修一条连接一级公路的辅道，正好经过村西头，孤寡老人的院子就拆了，碾盘早废弃了多年，当然苦楝树也就伐了。老院子给补贴了二万元，碾盘一分钱也没赔，苦楝树赔了三千元，村人家家有份，每户分到一百元。

这次回去，我见到了那个郎中，他已经是老郎中了，再来捡苦楝蛋时没有了苦楝树，他给我扬扬手，苦笑着，却一句话都没有说。

痒痒树。这棵痒痒树是我们村独有的一棵痒痒树，也可以说是我们那儿方圆十里内独有的树。树在永娃家的院子里，是他爷爷年轻时去山阳县，从那儿带回来移栽的。树几十年长得有茶缸粗，树梢平过屋檐儿。树身上也是脱皮，像药树一样，但颜色始终灰白。因为这棵树和别的树不一样，村人凡是到永娃家来，都要用手搔一搔树根，看树梢颤颤巍巍地晃动。

树和人在一起时间长了，不是树影响了人，就是人影响了树。五魁家的院墙塌了一面，他没钱买砖补修，就栽了一排铁匠蛋树。这种树浑身长刺，但一般长刺都是软刺，他性情暴戾，铁匠蛋树长的刺就非常硬，人不能钻进去，猫儿狗儿也钻不进去。痒痒树长在永娃家的院子里，永娃的脾气也变了，竟然见人害羞，而且胆小。当一级公路改造时，原来老路从村后坡根经过，改造后却要向南移，占几十亩耕地，村人就去施工地闹事，永娃也参加了。但那次闹事被公安局来人强行压服，事后又要追究闹事人责任，别人还都没什么，永娃就吓得生病了，病后从此身上生了牛皮癣。他再没穿过短裤短袖，据说每天晚上让老婆用筷子给他刮身子，刮下屑皮就一大把。村人都说这病是痒痒树栽在院子里的缘故，他也成了痒痒树。他的儿子要砍痒痒树，他不同意，说，既然我是人肉痒痒树，你把树一砍，我不也就死了。他儿子也就不敢砍了。

前三年的春上，西安城里来了人，在村里寻着买树，听说了永娃家院子里有痒痒树，就来看了要买。永娃还是不舍得，那伙人就买了村里十二棵柴槐树，三棵桂花树。永娃的儿子后来打听了这是西安一个买树公司，他们专门在乡下买树，然后再卖给城里的房地产开发商，移栽到一些豪华别墅里，从中谋利。永娃的儿子就寻着那伙人，同意卖痒痒树，说好价钱是一千元，几经讨价还价，最后以五百元成交，但条件是必须由永娃的儿子来挖，方圆带一米的土挖出。永娃的儿子那天将永娃哄说去了他舅家，然后挖树卖了，等永娃回来，院子里一个大深坑，没树了，永娃气得昏了过去。

永娃是那年腊八节去世的。

去年，永娃的儿媳妇患了胆结石来西安做手术，那儿子来看我，我问那棵痒痒树卖给了哪家公司，他说是神绿公司，树又卖给一个尚德别墅区，他爹去世前非要叫他去看看那棵树，他去看了，但树没栽活。

二〇〇七年六月二十三日

条子沟

镇街往西北走五里地，就是条子沟。沟长三十里，有四个村子。每个村子都是一个姓，多的二十五六家，少的只有三户。

沟口一个石狮子，脑袋是身子的一半，眼睛是脑袋的一半，斑驳得毛发都不清了，躺在烂草里，天旱时把它立起来，天就下雨。

镇街上的人从来看不起条子沟的人，因为沟里没有水田，也种不成棉花，他们三六九日来赶集，背一篓柴火，或掮一根木头，卖出了，便在镇街的饭馆里吃一碗炒米。那些女人家，用水把头发抹得光光的，出沟时在破衣裳上套一件新衣裳，进沟时又把新衣裳脱了。但条子沟的坡坡坎坎上都能种几窝豆子，栽几棵苞谷，稀饭里煮的土豆不切，一碗里能有几个土豆，再就是有树，不愁烧柴，盖房子也不用花钱买椽。

镇街上的人从来缺吃的，也更缺烧的，于是就只能去条子沟砍柴。我小时候也和大人们三天五天里进沟一次，十五里内，两边的坡梁上全没了树，光秃秃的，连树根都被刨完了。后来，十五里外有了护林员，胳膊上戴一个红袖筒，手里提着铐子和木棒，个个面目狰狞，砍柴就要走到沟脑，翻过庚岭去外县的林子里。但进沟脑翻庚岭太远，我们仍是在沟里偷着砍，沟里的人家看守不住村后的林子，甚至连房前屋后的树也看守不住。经常闹出沟里的人收缴了砍柴人的斧头和背篓，或是抓住砍柴人了，把胳膊腿打伤，脱了鞋扔到坡底去；也有打人者来赶集，被砍柴者认出，压在地上殴打，重的有断了肋骨，轻的在地上爬着找牙，从此再不敢到镇街。

沟里人想了各种办法咒镇街人，用红漆和白灰水在石崖上画镇街人，都是人身子长着狼头，但几十年都没见过狼了，狼头画得像狗头。

他们守不住集体的那些山林，就把房前屋后属于自家的那些树看得紧。沟里的风俗是人一生下来就要在房子周围栽一棵树，松木的桐木的杨木的，人长树也长，等到人死了，这棵树就做棺材。所以，他们要保护树，便在树上贴了符，还要在树下围一圈狼牙棘，还要想法让老鸦在树上搭窝。谁要敢去砍，近不了树身，就是进去砍了，老鸦一叫，他们就扑出来拼命。即便这样，房前屋后仍还有树被砍掉了。

我和几个人就砍过姓许那家的树。

姓许的村子就三户，两户在上边的河畔，一户在下边靠坡根处。我们一共五个人，我和年纪最大的老叔到门前和屋主说话，另外三个人就到屋后去，要砍那三棵红椿树。老叔拿了一口袋十二斤米，口气和善地问换不换苞谷。屋主寒毛肌瘦，穿了件露着棉絮的袄，腰里系了根草绳。老叔说：米是好米，没一颗烂的，一斤换二斤苞谷。屋主说：苞谷也是好苞谷，耐煮，煮出来的糊汤黏，一斤米只能换一斤四两苞谷。老叔说：斤六两。屋主说：斤四两。我知道老叔故意在谈不拢，好让屋后砍树的人多些时间。我希望砍树的人千万不要用斧头，那样有响声，只能用锯，还是一边锯一边把尿尿到锯缝里。我心里发急，却装着没事的样子在门前转，看屋主养的猪肥不肥，看到猪圈旁的那棵柿树上竟然还有一颗软柿，已经烂成半个，便拿脚蹬蹬树，想着能掉下来就掉到我嘴里。屋主说：不要蹬，那是给老鸦留的，它已经吃过一半了。我坐在磨盘上。沟里人家的门口都有一个石磨，但许家的石磨上还凿着云纹。就猜想：这是为了推着省力，还是要让日子过得轻松些？

日子能轻松吗?!

讨价还价终于有了结果，一斤米换一斤半苞谷。但是，屋主却看中了老叔身上的棉袄，说如果能把那棉袄给他，他可以给三十斤苞谷。老叔的棉袄原本是黑粗布的，穿得褪了色，成了灰的，老叔当下脱了棉袄给他，只剩下一件单衫子。

当三个人在屋后放倒了三棵红椿树，并已经扛到村前的河湾崖角下，他们给我们发出咕咕的鸟叫声，我和老叔就背了苞谷袋子离开了。屋主说：不喝水啦？我们说：不喝啦。屋主说：布谷鸟叫，现在咋还有布谷鸟？我们说：噢噢，那是野扑鸽声么。

过了五天，我们又进沟砍柴，思谋着今日去哪儿砍呀，路过姓许的村子，那个屋主人瘦了一圈，拿着一把砍刀，站在门前的石头上，他一见有人进沟砍柴就骂，骂谁砍了他家的树。他当然怀疑了老叔，认定是和老叔一伙的人砍的，就要寻老叔。我吓得把帽子拉下来盖住脸，匆匆走过。而老叔这次没来，他穿了单衫子冻感冒了，躺在炕上五天没起来。

条子沟的树连偷带抢地被砍着，坡梁就一年比一年往深处秃去。过了五年，姓许的那个村子已彻底秃了，三户人家仅剩下房前屋后的一些树。到了四月初的一个晚上，发生了地震，镇街死了三个人，倒了七八间房子，第二天早上传来消息，条子沟走山了。走山就是山动了。过后，我们去了沟里，几乎是从进沟五里起，两边的坡梁不是泥石流就是坍塌，竟然一直到了许姓村子那儿。我们砍树的那户，房子全被埋没，屋主和他老娘，还有瘫子老婆和一个小女儿都死了。村里河畔的那两户人家，还有离许村八里外十二里外的张村和薛村的人都来帮着处理后事，猪圈牛棚鸡舍埋了没有再挖，从房子的土石中挖出的四具尸体，用苇卷着停放在那里，而大家在砍他家周围的树，全砍了，把大树解了做棺材。

还是那个老叔，他把做完棺材还剩下的树全买了回来，盖了两间厦子房，还做了个小方桌、四把椅子和一个火盆架。

老叔总是显摆他得了个大便宜，喜欢请人去他新房里吃瓜子，我去了一次，不知怎么竟感觉到那些木头就是树的尸体，便走出来。老叔说：你咋不吃瓜子呢？我说：我看看屹岬岭上的云，天是不是要下雨呀？屹岬岭在镇街的西南，那里有通往山外的公路。公路在岭上盘来绕去，觉得我与外边的世界似乎若即若离。

果然一年后，我考学离开了镇街，去了遥远的城市。从那以后，我就很少再回镇街，即便回来了，都是看望父母，祭奠祖坟，也没想到要去一下条子沟。再后来，农村改革，日子温饱，见到老叔还背着个背篓，以为他又要去砍柴，他说他去集市上买新麦种去，又说：世事真怪，现在有吃的啦，咋就不缺烧的了?! 再后来，城市也改革了，农村人又都往城市打工，镇街也开始变样，原先的人字架硬四椽的房子拆了，盖成水泥预制板的二层楼。再后来，父母相继过世，我回去安葬老人，镇街上遇到老叔，他坐在轮椅上，中风不语，见了我，手胡乱地摇。再后来……我差不多二十年没回去了，只说故乡和我没关系了，今年镇街却来了人，说他们想把镇街打造成旅游景点，邀我回去参加一个论证会。我回去了，镇街是在扩张，有老房子，也有水泥楼，还有了几处仿古的建筑。我待了几天，得知我所熟悉的那些人多半都死了，少半还活着的，不是瘫在炕上就是痴呆了，成天坐在门墩上，你问他一句，他也能回答一句，你不问了，他就再不吭声。但他们的后代都来看我，我不认识他们，就以相貌辨别这是谁的儿子谁的孙子，其中有一个我对不上号，一问，姓许，哪里的许，条子沟的，说起那次走山，他听他爹说过，绝了户的是他的三爷家。我一下脑子里又出现条子沟当年的事，问起现在沟里的情况，他告诉我说二十多年了，镇街人不再进沟了，沟里的人有的去省城县城打工，混得好或者不好，但都没再回来，他家也是从沟里搬出住在了镇街。沟里四个村，三个村已经没人，只剩下沟脑一个村，村里也就剩下三四户人家了。我说：能陪我进一次沟吗？他说：这让我给你准备准备。

他准备的是一个木棍，一盒清凉油，几片蛇药，还有一顶纱网帽。

第二天太阳高照，云层叠絮，和几个孩子一进沟，我就觉得沟里的河水大了。当年路从这边崖根往那边崖根去，河里都支有列石，现在水没了膝盖，蹚过去，木棍还真起了作用。两边坡梁上全都是树，树不是多么粗，但密密实实的绿，还是软的，风一吹就蠕蠕地动，便显得沟比先前窄狭了许多。往里继续深入，路越来越难走，树枝斜着横着过来，得不停地用棍子拨打，或者低头弯腰才能钻过去，就有各种蚊虫往头上脸上来叮，清凉油也就派上了用场。走了有十里吧，开始有了池，而且是先经过一个小池，再经过一个大池，后来又经过一个小池，那都是当年走山时坍塌下的土石堵成的。池面平静，能看见自己的毛发，水面上刚有了落叶，便见一种白头红尾的鸟衔了飞去，姓许的孩子说那是净水鸟。净水鸟我小时候没听说过，但我在池水里看见了昂嗤鱼，丢一颗石子过去，这鱼就自己叫自己的名字，一时还彼起此伏。沿着池边再往里去。时不时就有蛇爬在路上，孩子们就走到我的前边，不停地用木棍打着草丛。一只野鸡嘎嘎地飞起来，又落在不远处的树丫上，姓许的孩子用弹弓打，打了三次没打中，却惊动了一个蜂巢。我还未戴上纱网帽，蜂已到头上，大家全趴在地上不敢动，蜂又飞走了，我额头上却被叮起了一个包。亏我还记得治蜂蜇的办法，忙把鼻涕抹上去，一会儿就不怎么疼痛了。

姓许的孩子说：本来想给你做一顿爆炒野鸡肉的，去沟脑，看有没有獾肉。

我说：沟里还有獾了？

他说：啥野物都有。

我不禁感叹，当年镇街上的人都进沟，现在人不来了，野物倒来了。

几乎是走了六七个小时，我们才到了沟脑薛村。村子模样还在，却到处残墙断壁，进了一个巷道，不是这个房子的山墙坍了一角，就是那个房子的檐只剩下光椽，挂着蛛网。地面上原本都铺着石头，石头缝里竟长出了一人高的榆树苗和扫帚菜。先去了一家，门锁着，之前的梯田下，一个妇女在放牛。这妇女我似乎见过，也似乎没见过，她放着三头牛。我说：你是谁家的？回答：德胜家的。问：德胜呢？回答：走啦。问：走啦，去县城打工了？回答：死啦，前年在县城给人盖房，让电打死啦。我没有敢再问，看着她把牛往一个院子里赶，也跟了去，这院子很大，厦子房全倒了，还能在废墟里看到一个灶台和一个破瓮，而上房四间，门窗还好，却成了牛圈。问：这是你家？回答：是薛天宝的，人家在城里落脚了，把这房子撂了。到第二家去，是老两口，才从镇街抬了个电视机回来，还没来得及开门，都累得坐在那里喘气。我说：还有电呀？老头说：有。我说：咋买这么大的电视机呀？老头说：天一黑没人说话么。他开了门让我们进去坐，我们没进去，去了另一家，这是个跛子，正鼻涕眼泪地哭，吓得我们忙问出了什么事。这一问，他倒更伤心了，哭声像老牛一样。

问他是不是哭老婆了，他说不是，是不是哭儿了，他说不是，是不是有病了，他还说不是，而他咋哭成了这样？他说熊把他的蜂蜜吃了。果然，院子角落有一个蜂箱，已经破成几片子。

不就是一箱蜂蜜么！

我恨哩。

恨熊哩？

我恨人哩，这条子沟咋就没人了呢？我是养了一群鸡呀，黄鼠狼今日叼一只明日叼一只，就全叼完了。前年来了射狗子，把牛的肠子掏了。今秋里，苞谷棒子刚挂上缨，成群的野猪一夜间全给糟蹋了。这没法住了么，活不成了么？

跛子又哭了，拿拳头打他的头。

我不知道说什么好。

返回来，又到了沟口，想起当年的那个石狮子，我和孩子们寻了半天，没有寻到。

五十大话

　　过了旧历二月二十一日，我今年是五十岁。到了五十，人便是大人，寿便是大寿，可以当众说些大话了。

　　差不多半个多月的光景吧，我开始睡得不踏实，一到半夜四点就醒来，骨碌碌睁着眼睛睡不着，又突然地爱起了钱，我知道我是在老了。明显地腿沉，看东西离不开眼镜，每一个槽牙都补过窟窿，头发也秃掉一半。老了的身子如同陈年旧屋，椽头腐朽，四处漏雨。人在身体好的时候，身体和灵魂是统一的也可以说灵魂是安详的，从不理会身体的各个部位，等到灵魂清楚身体的各个部位，这些部位肯定是出了毛病，灵魂就与身体分裂，出现烦躁，时不时准备着离开了。我常常在爬楼时觉得，身子还在第八个梯台，灵魂已站在第十个梯台，甚至身子是坐在椅子上，能眼瞧着灵魂在房间里走来走去。曾经约过一些朋友去吃饭，席间有个漂亮的女人让我赏心悦目，可她一走近我，便"贾老贾老"地叫，气得我说：你要拒绝我是可以的，但你不能这样叫呀！我真是害怕身子太糟糕了，灵魂一离开就不再回来。往后再不敢熬夜了，即便是最好的朋友邀打麻将，说好放牌让我赢，也不去了。吃饭要讲究，胃虽然是有感情的，也不能只记着小时在乡下吃过的糊汤和捞面，要喝牛奶，让老婆煲乌鸡人参汤，再是吃海鲜和水果。听隔壁老田的话，早晨去跑步，倒退着跑步，还有，蹲厕所时不吸烟，闭上嘴不吭声，勤搓裆部，往热里搓，没事就拿舌头抵着牙根汪口水，汪有口水了，便咽下去。级别工资还能不能高不在意了，小心着不能让血压血脂高，业绩突出不突出已无所谓了，注意椎间盘的突出。当学生能考上大学便是父母的孝顺孩子，现在自己把自己健康了，子女才会亲近。

二十岁时我从乡下来到了西安城里，一晃数十年就过去了，虽然总是还觉得从大学毕业是不久前的事情，事实是我的孩子也即将从大学毕业。人的一生到底能做些什么事情呢？当五十岁的时候，不，在四十岁之后，你会明白人的一生其实干不了几样事情，而且所干的事情都是在寻找自己的位置。造物主按照这世上的需要造物，物是不知道的，都以为自己是英雄，但是你是勺，无论怎样地盛水，勺是盛不过桶的。性格为生命密码排列了定数，所以性格的发展就是整个命运的轨迹。不晓得这一点，必然沦成弱者，弱者是使强用狠，是残忍的，同样也是徒劳的。我终于晓得了，我就是强者，强者是温柔的，于是我很幸福地过我的日子。不再去提着烟酒到当官的门上蹭磨，或者抱上自己的书和字画求当官的斧正，当然，也不再动不动坐在家里骂官，官让干什么事偏不干。谄固可耻，傲亦非分，最好的还是萧然自远。别人说我好话，我感谢人家，必要自问我是不是有他说的那样？遇人轻我，肯定是我无可重处。不再会为文坛上的是是非非烦恼了，做车子的人盼别人富贵，做刀子的人盼别人伤害，这是技术本身的要求。若有诽谤和诋毁，全然是自己未成正果，一只兔子在前边跑，后边肯定有百人追逐，不是一只兔子可以分成百只，是因为这只兔子的名分不确定啊。在屋前种一片竹子不一定就清高，突然门前客人稀少，也不是远俗了，还是平平常常着好，春到了看花开，秋来了就扫叶。

大家都知道，我的病多，总是莫名其妙地这不舒服那不舒服。但病使我躲过了许多尴尬，比如有人问，你应该担任某某职务呀，或者说你怎么没得奖呀和没有情人呀，我都回答我有病！更重要的，病是生与死之间的一种微调，它让我懂得了生死的意义，像不停地上着哲学课。除了病多，再就是骂我的人多。我老不明白：我招谁惹谁了，为什么骂我？后来看到古人的一副对联，便会心而笑了。左联这么写：著书竟二十万言，才未尽也；得谤遍九州四海，名亦随之。我何不这样呢，声名既大，谤亦随焉，骂者越多，名更大哉。世上哪里仅是单纯的好事或是坏事呢？我写文章，现在才知道文章该怎么写了，活人也能活得出个滋味了，所以我提醒自己：要会欣赏。鸟儿在树上叫着，鸟儿在说什么话呢？鸟的语言我是不懂的，我只觉得它叫得好听就是了，做一个倾听者。还有：多做好事，把做的好事当作治病的良方；不再恨人，对待仇人应视为他是来督促自己成功者，对待朋友亦不能要求他像家人一样。钱当然还是要爱的，如古人说的那样，巨大的胸襟，爱小零钱么。以文字立身用字画养性，收藏古董让古董收藏我，热爱女人为女人尊重，不浪费时间不糟蹋粮食。到底还是一句老话：平生一片心，不因人热，文章千古事，聊以自娱。

六十岁后观我记

一、书案上时常就发现一根头发。这头发是自己的，却不知是什么时候掉的。摸着秃顶说：草长在高山巅上到底还是草，冬一来，就枯了?!

二、听人说，突然地打一个喷嚏是谁在想念，打两个喷嚏是谁在咒骂，连打三个喷嚏就是感冒呀。唉，宁愿感冒，也不去追究情人和仇人了，心脏已经平庸，经不住悲，经不住喜，跳动的节奏一乱，那得出一身的冷汗。

三、一直以为身子里装着一台机器，没想到还似乎住了个别的，或许是肠胃里，或许是喉咙里和鼻腔里，总觉得有说话声。说些什么，又听不懂。

四、脚老是冷，尤其怕风，睡觉首先得把被角窝好，但弄不明白往往脚上不舒服了，牙就疼。疼得拔掉了四颗，从此少了四块骨头，再不吃肉。

五、自感新添了一种本事，能在人里认出哪一个是狼变的，哪一个是鬼托生。但不去说破。开始能与高官处得，与乞丐也处得，凡是来家都是客，走时要送到楼道的电梯门了，说：这是村口啊！

六、花不了多少钱了，钱就是纸，喝不了多少酒了，酒就是水。不再上台阶，就不再看风景，不在其位，就不再作声。钟不悬，看钟就是一疙瘩铁么。

七、吃得越来越简单，每顿就是一碗饭，却过生日不告诉人了，自己给自己写一条幅：补粮。并题款：寿之长短在于吃粮多少，故今日补粮三百担。

八、是相信着有神，为了受命神的安排而沉着，一是在家里摆许多玉，因为古书上有神食玉的记载，二是继续去聚精写作，聚精才能会神。

九、肯花大量的精力和钱去收购佛像了，为的是不让它成为商品在市场

55

上反复流转。每日都焚香礼佛了，然后坐下来吃纸烟，吃纸烟自敬。

十、啥都能耐烦了。

十一、不再使用最字。晓得了生活中没有什么是最好，也没有什么是最坏。不再说谎，即便是没恶意，说一个谎就需要十个谎去圆，得不偿失，又太累人。

十二、没有了见到新土地就想着去撒种子的冲动，也戒了在雪上踩泥脚印子的习惯。但美人还是爱的，而且乐意与其照相，想着怎样去衬出人家的美。

十三、早晚都喜欢开窗看天，天气就是天意，该热了减衫，该冷了着棉。养两盆绿萝，多注目绿萝，叶子就繁，像涂了蜡一样光亮。养一只大尾巴猫，猫尾大了懒，会整晌地卧在桌前打鼾，倒觉得坦然。

十四、劈自家的柴生自家的火吧。火小时一碗水就浇灭了，不怨水；火大了泼一桶水都是油，感谢油。

十五、蜂酿蜜如果是在遣天毒，自己几十年也是积毒太多，就不拒绝任何人任何事了，包括吃亏、受骗、委屈和被诽谤，自我遣毒着，别人也替代着遣毒。

十六、每到大年三十夜里，肯定回老家去父母坟头点灯，知道自己是从哪儿来的。大年初一早上，肯定拿出规划来补充，六十五到七十，七十到八十九十一百，哪一年都干啥，哪一月都干啥，越具体越好。生命是以有价值而存在的，有那么多的事情往前去做，阎王就不来招呼，身体也会只有小病不敢有大病了。

二〇一八年一月二十六日

说棣花

　　棣花是十六个自然村。

　　白家垭的白亮傍晚坐在厦子屋门槛上吃饭，正低头在碗里捞豆儿，啪的一下，院子里有了一条鱼，鱼在地上蹦跶。白亮以为谁从河里钓了鱼给他扔进来，就说：谁呀?! 没有回应，开了院门出来看，一个人背身走到巷口了，夕阳照着，看不清那是谁，但那人似乎脚不着地，好像在水上漂，又好像是被什么抬着，转过巷头那棵柳树就不见了。

　　白亮想是不是三海，他给三海家垒过院墙，三海一直感激他，钓了鱼就送了他一条？但三海害病睡倒一个月了，哪里能去钓鱼？是白路的二儿子水皮？水皮整天去钓鱼哩，钓了鱼就拿到公路上卖给过往的司机，咋能平白无故地给他一条呢?!

　　白亮回到院子再看鱼，鱼身上没有鳞片，有一小片云，如一撮棉花，知道了鱼是从天上掉下来的。

　　天上有银河，银河里还真有水、水里有鱼？或者，是鹳从棣花河叼了鱼飞过院子，不小心松了口，把鱼掉了下来？

　　白亮觉得是好事，还往天上看了许久，会不会也能掉下馅饼。但天上没有馅饼，起了悠悠风，风把一片杨树叶子吹了来，贴在他脸上，盖了一只眼。他把鱼捡回屋炖了。

　　第二天，白亮到河里担水。河边的浅水里一只猫和一条鱼搏斗，鱼可能是游到了浅水滩上，猫就去叼，鱼摆着尾打水花，猫几次都跌坐在水里。白亮放下桶去捧猫，却发现那鱼身上长了毛和翅膀，正疑惑，鱼游进深水里不见了。

鱼怎么长毛和翅膀呢？

白亮更看见了奇怪的事，几乎就在那条鱼游进深水后，突然在河上流的百米远，一群鱼从水里跃出来，竟然就飞到空中，而同时空中又有一群鸟飞下来一只一只入了水。然后，轮番从天上到河里，从河里到天上，一会儿是鱼，一会儿是鸟，循环往复。

从此以后，白亮行为做事和人不一样。比如，和邻居为庄基红过脸，邻居骂他是吃草长大的，他说，是呀，吃草长大的。村里人事后说，你咋能让他那样骂你？他说就是吃草长大的呀，菜不是草吗，米和面还不是草籽磨的？他走路也不像以前的姿势了，胳膊前后甩得很厉害，像是狗刨式的，在河里游泳。别人笑他，他说：你以为空气不是水？

贾塬村的五福练气功，练了三年，就练成了。他让一些妇女闭眼站着，然后在五步之外发功，问：有凉飕飕的风吗？妇女说：啊，啊，是凉飕飕的。棣花人都知道了五福有气功，让五福用气功治病。五福治病不治头痛脑热，他觉得那不是病，喝碗姜汤捂捂汗就好了，他只治癌症。棣花患癌症的人多，没钱去省城医院动手术，而五福发功治病不收费的，说：给我传个名就行。

五福治病很讲究地点，一般都在村后的崖底，崖底有一棵百年老柏，他趴在树上要采一会儿气，再叫病人坐了，开始推开手掌，要把一股子气发出去。一九九八年七月十四日，他正发功，天上起了风，风是狂风，一下子把他吹起，啪地甩到半崖壁上。风过去了，他从崖壁上掉下来，人已经成了肉泥饼子。

东街有个二郎庙，庙前就是魁星楼，庙和楼中间的场子很大，棣花人习惯叫那是庙场子。拴劳住在庙场子后边，人丑，家又贫，但他有一个好被单子。整个夏天，拴劳都不在家里睡，嫌家里热，又有蚊子，天黑就披着被单子去庙场子了。他在庙场子扫一块净地，盖着被单睡下了，第二天一早，却总是从魁星楼上下来。魁星楼很高，攀着楼墙的砖窝可以上到第三层，上面风畅快。村里人都说拴劳半夜里披着被单就飞上楼了，传得神乎其神，但问拴劳，拴劳只是笑，没承认，也没否定过。

后来，拴劳去西安讨好生活了，走时就带着被单子，一走三年再没回来。不知怎么，村里都在议论，说拴劳在西安以偷窃为生，能飞檐走壁，因为他有被单子。

到了二〇〇三年，到处闹"非典"，棣花十六个自然村组织了防护队，严防死守不准从西安来的人进村。拴劳偏偏就回来了，防护队一声喊地撵他，撵到棣花西头的砭崖上，砭崖下就是河。有人说：不敢再撵了，再撵就掉到河里了。又有人却说：没事，他能披被单子飞天哩。防护队举着棍棒还往前撵，拴劳就从砭崖上跳下去了。

拴劳跳下去是死了还是活着，反正从此再没回来过，也没有他的消息。

冬季里，砭崖上出现了许多蝙蝠，有人说是不是拴劳变成了蝙蝠，因为蝙蝠的翅膀张开来像是披着一块小被单子。立即有人反对这种联想：怎么可能呢，蝙蝠的被单是黑的，拴劳的被单是白的。

巩家涧村的上槽在给自行车充气的时候受了启发，就整天练着用手抓空气。抓一把，就扔出去砸旁边的狗，但狗总是没反应。这一天他又在练习，听到巷口有人叫他，上槽上槽，叫得生紧。抬头看时巷口起了烟，灰腾腾的，先是一股冲过来，到跟前了却是一只狗。再是一疙瘩烟已经到头顶上了，拿了笤帚便打，竟然打着了，掉下来一只扑鸽。扑鸽在地上扑腾了一阵，又飞走了。后来有两团烟互相交融纠结地过来，他想着：这是啥？定睛盯着，两团烟是他大他妈，背着两篓子红薯，惊得他张嘴叫不出声了。

他大说：十声八声喊不应你？到地里背红薯去！

上槽瓷着眼看着他大他妈，还用手扇了一下，他大他妈不是烟呀，烟一扇就散的。

他大说：你咋啦？

上槽说：哦，我眼睛雾很。

他大说：年轻轻的雾啥眼？

上槽要放下笤帚，笤帚突然软起来，一溜烟从指头缝里飘了去。而且看巷口外的路上，烟雾更浓，烟里有乱七八糟的人声。平日在夜里，夜即便黑得像漆，他坐在院门口，村道里一有脚步声，他也就知道这是谁来了。现在他听出说话的有二爷，有来喜伯和他老婆，有春草、蝉姊子。但他能听见声音就是看不到人，人都是一片子烟，或浓或淡，是絮状也是条状。

上槽就跟着那片烟走，一会儿看见他们有人形了，一会儿又都是烟。

上槽最后是从巷口走到巷外的土路上，一直到了河滩地，背了那里挖出来的一篓红薯。往回走时，却不知道了怎么回去，因为他发现村子的那个方向并没有了村子，所有的房子、树，连同土路，除了烟，都不见了。立了好久，那烟像蘑菇一样隆起，在空中酝酿翻腾，忽然扑塌下去，渐渐地又变成房子、树，还有直直的一条土路，土路上蹦跶着蚂蚱。

上槽把他看到的情景告诉给村人，村人全是一个口气，说你眼睛有毛病了。上槽就觉得自己眼睛肯定有毛病了，不出半年，眼睛便瞎了。

中街村刘家的儿子名字没起好，叫刘榆。榆树总是拗着长，这刘榆也三十年了一直和他大拗劲。他大说，今日太阳出来了，把被子拿出来晒晒，他却去给鸡垒窝。他大说：今年自留地里栽些辣苗吧，他偏种了土豆。

他大活到五十六岁时得了鼓症，临死时想把自己坟修在村后的牛头坡上，棣花的坟地都在牛头坡上，只是花销大，他说：我死了，别铺张浪费，就埋到河滩的自家地吧。刘榆想，几十年了和大都拗着，这一次得听大一次。他大死后，果然就把大埋在河滩自家地里。第三年，河里发大水，冲了河滩地，刘榆他大的坟也冲没了。

河里原来产一种白条鱼，发大水后新生了昂嗤鱼，之所以是昂嗤鱼，这鱼自呼其名，昂嗤昂嗤叫，像是叹气。

野猫洼村出了个懒人，叫宽心，一辈子没结婚。他死的时候，眼睛都闭上了，嘴还张着，来照料他的邻居就看见一股白气从嘴里出来，一溜一溜地从窗格中飘去了。撵出来看，白气没有散，飘到那棵椿树顶上了，成了一片云，扇子大的一片，往西再飘。

云飘到西街村，好像停了一下，像思考的样子。阳光将云的影子投在老田家的屋顶上，但很快又走了，经过了后塬村，又经过了巩家湾，最后在崖底村葛火镰家的院子上空不动了。

葛火镰家养着一头公猪，公猪专门给棣花所有的母猪配种的，这一天正好骆驼项村的陆星星拉了母猪来配，云的影子就罩在母猪身上，白猪变成了黑猪。陆星星往天上一看，一片云像个手帕掉下来，他还下意识地躲了一下身子，似乎那云要砸着他。但云没砸着他，而且什么也没有了，他就把母猪牵回了家。

母猪后来生崽，往常母猪一生一窝崽，这回只生了一个崽。这崽样子还可爱，就是不好好长，已经半年了，又瘦又小，与猫常在一处玩。陆星星说：你是猪呀你不长?! 它还是不长，到了年底，仅仅四五十斤，还生了一身红绒毛。

第二天早上，棣花流行猪瘟，死了八头猪，其中就有这头猪。猪死时，陆星星也发现有一股白气从猪嘴里溜出来，往空里飘了。在空里成了一片云，这云片更小，只有手掌大。

云飘过北源村上空，起了一阵小风，云就往南飘，又飘回野猫洼村。野猫洼村的芦苇园也飘芦絮，云和芦絮搅在一起，分不清是一疙瘩芦絮还是云，末了，一只蜂落在丁香树的花瓣上，芦絮就挂在树枝上，而云却没了。

丁香花谢后生了籽，籽落在地上的土缝里，来年生出一棵小丁香树。这小树长了两年还是个苗子，放牛的时候，牛把苗子连根拔出来嚼了。苗子一拔出来，是又有一丝白气飘了，但在空中始终没变成云，铜钱大的一团白气。白气移过了院墙，院墙外的水渠沟里有许多蚊子，后来就多了一只蚊子。

这蚊子能飞了，有一夜飞到打麦场上，那里睡了乘凉的人，蚊子专叮人腿，啪地挨了一掌，就掌死了，再没有云，连一点儿白气都没有。

雷家坡村其实没有姓雷的，是两大族姓，一个姓雨，一个姓田。姓田的都腿短脖子粗，姓雨的高个窄脸，但姓田的男人多，姓雨的女人多，姓田的就控制着村子。

棣花北五十里地的洛南县有煤窑，早年姓田的一个男子在那里当矿工，后来承包了一个煤窑，逐渐做大，成了有钱的老板，便把村里姓田的男人都带去挖煤，姓田的人家就过上了好日子。姓雨的人家还穷着，女人们就只好到棣花的保姆培训班上报名，她们长得好看，性情也柔顺，培训完后西安的保姆中介公司挑去了七八个，全送去了一些高级领导干部的家里。

二〇〇〇年春节，挖煤的回来了，都有钱，先集体在县上住了一晚宾馆才回村，而那些保姆没有回来。姓雨的说挖煤的在县宾馆住了一夜，吃肉喝酒，还招了妓女，离开后，妓女尿了三天黑水。

春节一过，姓田的男人又去了煤窑，正月二十四那天，井下瓦斯爆炸，没有一个活着出来。而就在这天，七八个保姆回到村里，她们给村里人说，都曾经跟着主人去过广州或北京，坐的飞机，飞机上有厕所，拉屎尿尿就漏在空中，在空中什么都没有了。

每年四月初八棣花的庙会上要耍社火，中街村准备两台芯子，一台是走兽和地狱，一台是飞禽和天堂。正做着，有人担心这是暗喻雷家坡村，会惹是非，后来就取消了。

药树梁村在棣花的西北角，除了独独一棵大药树外，坡上枣树很多，枣树每一年都有被雷击的。被雷击过的枣木有灵性，县城关镇的阴阳先生曾来寻找雷击枣木做法器，而药树梁村的人出来口袋里也都有枣木刻成的小棒槌，说能避邪护身。

在三年前夏天，有良在坡上放牛，天上又响炸雷，有良赶着牛就下坡，雷这回没击枣树，把有良击了，但没有击死，脊背上有了一片文字。说是文字，又不是文字，棣花小学的老师也认不得，那是十八个像字的字，分三行，发红，像被手抓出的，却不疼不痒。

有良在当年的秋末瘫了，手脚收缩，做不了活，吃饭行走也不行了，整天得坐在家里的藤椅上，让端吃送喝。但有良知道啥时刮风下雨，有一天太阳红红的，他说一会儿有冰雹哩，谁也不信，但一锅旱烟没吃完，冰雹就噼里啪啦下来了。

还有一回，已在半夜里，有良叫醒家人，说天上掉石头呀，快到院里去。家人知道他说话应，都起来到院子，一直坐到天亮，没有什么石头，才要回屋时，突然天空一团火光，咚的一声，有东西砸在屋顶。过了一会儿进去看了，屋地上果然有一块石头，升子大，把屋顶砸了个洞，地上也一个坑。

西街村的韩十三梦多，一入睡就做梦，醒来又能记得梦的事。他三岁时梦到的都是他成了个老头，胡子又白又长，常拿了一把木剑到一个高墙上去舞。他把梦说给旁人，人都笑他：高墙上能舞剑？但觉得他每天都做梦，梦醒又给人说梦，很好玩的，见了便问：碎仔，又做啥梦了？韩十三就说他在一个地方走，路很长很宽，两边都是房子，房子特别高，一层一层全是玻璃，路上有车，车多得像河水，一个穿白衣裳的人像神婆子一样指手画脚。村人有走过西安的，觉得这像是西安，就又问：那是街道，街上还有啥？韩十三说：路边都是树，树上长星星。

往后，随着年龄增长，韩十三的梦越来越离奇，但全是城里的事。他在小学时，就梦见自己在一家饭店里炒菜，戴很高很高的帽子，他不炒土豆丝，也不炒豆芽，炒的尽是一些长得怪模怪样的鱼和虾。到了中学时，他梦见自己拿着八磅锤、锯，还有刷墙的磙子，他在给人家刷墙时，那女主人送给他了一件制服，但也骂过他。

这样的梦做了三年，中学毕业后没有考上大学，就一直在村里劳动，还当过村会计，又烧过砖瓦窑，娶妻生子。梦还在做，梦到了城里，才知道早先梦到了人在高墙上舞剑，那墙是城墙，从城墙上能看见不远处的钟楼，钟楼的顶金光闪闪。那时，村里人有去西安打工的，他问：西安有个钟楼吗？回答说有，又问：城墙上能开车吗？回答说能。韩十三就决定也去西安打工。

到了西安，西安的一切和他曾经的梦境一样，他甚至对那里已十分熟悉，还去了他当厨师的酒店，酒店门口是有两个石狮子，右边的一个石狮子眼睛上涂着红。但是，韩十三初到西安，没有技术也没有资金，他只好去捡破烂。捡破烂第一天就赚了三十元，这让他非常高兴，想着一天赚三十元，十天就是三百元，一个月九百元呀！第二天，他起得很早上街了，却被一辆运渣土的卡车撞倒，而司机逃逸，一个小时后才被人发现往医院送，半路上把气断了。这一年他三十岁。墓前立了个碑子，上面刻了生于一九八〇年，

63

逝于二〇一〇年。但不久，刻字变了，是生于一九八〇年，逝于二〇四〇年。村人不知这刻字怎么就变了？

棣花乡政府设在中街村，是一个大院子，新修的高院墙，新换的大铁门，但门卫还是那个旧老汉。老汉姓夜，从年轻起人叫他不叫老夜，嫌谐音是老爷，就叫他老黑。

老黑从一九五八年就在这里当门卫，那时乡政府是公社，今年老黑八十岁，眼不花，耳不聋，身体特别好，乡政府还雇他当门卫。棣花的人其实寿命都不长，差不多每个人家都有着遗憾，比如有些人，日子恓惶了几十年，终于孩子大了，又给孩子娶了媳妇，再是扒了旧屋，盖了一院子新房，家里粮食充足，吃喝不愁，说：这下没事了，该享清福呀！可常常是没事了才二年，最多五年，这人就死了。但老黑活到八十岁，还精神成这样，很多人便请教他的健康长寿秘诀。老黑说，他是每个大年三十儿晚上，包完饺子了，就制订生活计划的。他的生活计划已经制订到一百二十岁，每一岁里要干什么，怎么去干，都一一详细列出。中街药铺的跛子老王看过老黑一百岁那年的计划，过后给人说，老黑这一年的计划是五月份给孙子的孙子结婚，结婚用房得新盖，他要资助三千元。再是把院子里的井重新淘一下，安个电水泵。再再是，那一年应该是乡政府要换届，要来新的乡长了，这是陪过的第四十五位乡政府领导，他力争陪过七十位。

乡政府院子西墙外有一棵老楸树，这树不是乡政府的，是刘反正家的。棣花再没有这么大的树了，黄昏的时候，中街村的人喜欢在树下说闲话，当然说到这树活得久，说老黑也活得久，有一个叫宽喜的人，就也学着老黑定计划，计划他也要活过一百岁。

宽喜只活了六十二岁就死了。

而中街村还有一个人，叫牛绳，牛绳的日子艰难，整天说啥时死呀，死了就不泼烦了。他来问老黑：宽喜也心劲大着要长寿，咋就死了，你这计划是不是不中用？老黑说：宽喜是县上干部，退休没了事，阎王爷哪会让没事干的人还活在世上？定计划是定着做不完的事哩，不是为了活而活的。宽喜想活他活不了，你想死也死不了，因为你上有老下有少，你任务没完成哩你咋死？

这话说过半年，有一天夜里，老黑在院门口坐着，听见楸树咯吱咯吱响，好像在说：唉，走呀，我走呀。

第二天，刘反正得了脑溢血死了，他儿子伐了楸树给他大做了棺材。

乡政府大院门口从此没了那棵树，而老黑还在，新一任的乡长才来了七天，老黑每晚要给新乡长说着一段棣花的历史。

二〇一〇年七月七日写

我的故乡是商洛

人人都说故乡好。我也这么说，而且无论在什么时候什么地方，说起商洛，我都是两眼放光。这不仅出自生命的本能，更是我文学立身的全部。

商洛虽然是山区，站在这里，北京很偏远，上海很偏远。虽然比较贫穷，山和水以及阳光空气却纯净充裕。

我总觉得，云是地的呼吸所形成的，人是从地缝里冒出的气。商洛在秦之头、楚之尾，秦岭上空的鸟是丹江里的鱼穿上了羽毛，丹江里的鱼是秦岭上空的脱了羽毛的鸟，它们是天地间最自在的。我就是从这块地里冒出来的一股气，幻变着形态和色彩。

所以，我的人生观并不认为人到世上是来受苦的。如果是来受苦的，为什么世上的人口那么多，每一个人活着又不愿死去？人的一生是爱的圆满，起源于父母的做爱，然后在世上受到太阳的光照、水的滋润、食物的供养，而同时传播和转化。这也就是之所以每个人的天性里都有音乐、绘画、文学的才情的原因。正如哲人说过，当你看到一朵花而喜爱的时候，其实这朵花更喜欢你。人世上为什么还有争斗、伤害、嫉恨、恐惧，是人来得太多、空间太少而产生的贪婪。也基于此，我们常说死亡是死者带走了一份病毒和疼痛，还活着的人应该感激他。

我爱商洛，觉得这里的山水草木、飞禽走兽没有不可亲的。在长达数十年的岁月中，商洛人去西安见我，我从来好烟好茶好脸好心地相待，不敢有一丝怠慢，商洛人让我办事，我总是满口应允，四蹄跑着尽力而为。至今，我的胃仍然是洋芋糊汤的记忆，我的口音仍然是秦岭南坡的腔调。商洛也爱我，它让我几十年都在写它，它容忍我从各个角度去写它，素材是那么丰富，胸怀是那么宽阔。凡是我有了一点成绩，是商洛最先鼓掌，一旦我受到挫败，是商洛总能给予慰藉。

我是商洛的一棵草木、一块石头、一只鸟、一只兔、一个萝卜、一个红薯，是商洛的品种，是商洛制造。

我在商洛生活了十九年后去的西安，上世纪八十年代我曾三次大规模地游历了各县，几乎走遍了所有大小的村镇，此后的几十年，每年仍十多次往返不断。自从去了西安，有了西安的角度，我更了解和理解了商洛，而始终站在商洛这个点上，去观察和认知着中国。这就是我人生的秘密，也就是我文学的秘密。

至今我写下千万文字，每一部作品里都有商洛的影子和痕迹。早年的《山地笔记》，后来的《商州三录》《浮躁》，再后来的《废都》《妊娠》《高老庄》《怀念狼》，以及《秦腔》《高兴》《古炉》《带灯》和《老生》，那都是文学的商洛。其中大大小小的故事，原型有的就是商洛记录，也有原型不是商洛的，但熟悉商洛的人，都能从作品里读到商洛的某地山水物产风俗、人物的神气方言。我已经无法摆脱商洛，如同无法不呼吸一样，如同羊不能没有膻味一样。

凤楼常近日，鹤梦不离云。

我是欣赏荣格的话：文学的根本是表达集体无意识。我也欣赏生生不息这四个字。如果在生活里寻找到、能准确抓住集体无意识，这是我写作中最难最苦最用力的事。

而在面对了原始具象，要把它写出来时，不能写得太熟太滑，如何求生求涩，这又是我万般警觉和小心的事。遗憾的是这两个方面我都做得不好。

人的一生实在是太短了，干不了几件事。当我选择了写作，就退化了别的生存功能，虽不敢懈怠，但自知器格简陋、才质单薄，无法达到我向往的境界，无法完成我追求的作品。别人或许是在建造故宅，我只是经营农家四合院。

我在书房悬挂了一块匾：待星可披。意思是什么时候星光才能照着我啊。

67

而我能做到的就是在屋里安了一尊佛像和一尊土地神，佛法无边，可以惠泽众生，土地神则护守住我那房子和我的灵魂。

（本文系作者在"贾平凹与中国当代文学"全国学术研讨会上的讲话）

风　筝

风　筝

——孩提纪事

　　初春，天还森冷森冷的，大人们都干着他们的事了；我们这些孩子，积了一个冬天烦闷，就寻思着我们的快乐，去做风筝了。

　　在芦塘里找到了几根细苇，偷偷地再撕了作业本儿，我们便做起来了。做一个蝴蝶样儿的吧，做一个白鹤样儿的吧；我们精心地做着，把春天的憧憬和希望，都做进去；然而，做起来了，却是个什么样儿都不是的样子了。但我们依然快活，便叫它是"幸福鸟"，还把我们的名字都写在了上边。

　　终于拣下个晴日子，我们便把它放起来：一个人先用手托着，一个人就牵了线儿，站在远远的地方；说声"放"，那线儿便一紧一松，眼见得凌空起去，渐渐树梢高了，牵线人立即跑起来，极快极快地。风筝愈飞得高了，悠悠然，在高空处翩翩着，我们都快活了，大叫着，在田野拼命地追，奔跑。

　　满村的人差不多都看见了，说：

　　"哈，放得这么高！叫什么名呀？"

　　"'幸福鸟'！"

　　"幸福鸟？啊，多幸福的鸟！"

　　"那是我们的呢！"

　　我们大声地宣告，跑得更欢了，似乎是一群麝，为自己的香气而发狂了呢。

　　玩过了一个早晨，又玩过了一个中午，到下午，我们还是歇不下来，放着风筝在田野里奔跑。风筝越飞越高，目标似乎就在那朵云彩上，忽然有了一阵小风，线儿"嘣"地断了。看那风筝，在空中抖动了一下，随即便更快地飞去了。我们都大惊失色起来，千呼万唤地，但那风筝只是飞去，愈远愈高，愈高愈小，倏忽间，便没了踪影。没有太阳的冷昏的天上，只留下一个漠漠的空白。

我们都哭起来了，向着大人们诉苦，他们却说："飞就飞了，哭什么呀！"

我们却不甘心，又在田野里寻找起来：或许它是从天上掉下来了，掉在一块麦田的垄沟里呢？还是在一棵杨树的枝梢，在一道水渠的泥里呢？可是，我们差不多寻了半个下午了，还是没个踪影。我正歪着身子瘫在那里怄气，一抬头，看见远远的河边有一座小小的房子，房下的水面上半沉半浮着一个巨大的木轮，不停地转着，将水扬起来，半圈儿水的白光。

"那里找过了吗？"

那里是我们村的水磨坊。从我们记事的时候，那里有这座小房，那里就有个看管磨坊的女人。据说，她原是城里人，是个"右派"，下放到这里来的；如今房子依然老样，水轮天天转动，她却是很老很老的了。我们平日从不去那里玩耍，只是家里米面吃完了，父母说："该去磨些粮食了。"我们才会想起这么个小房子，想起这个小房子里的老女人。

"没去过的，说不定'幸福鸟'落在那里呢。"大家说。

我们向那房子走去，这房子果然很小，很矮；屋檐下，墙壁上，到处挂着面粉的白絮儿，似乎这里永远是冬天呢。有一家人正在那里磨面，粉面儿迷蒙，雷一样的石磨声使人耳聋。我们推开东边那个小门，这是那老女人的住处：一个偌大的土炕，炕上一堆儿各色布头；一盆旺火在脚底烧着，暖融融的；窗台上一盆什么花草儿，出奇地竟开了三朵四朵白花。"婶婶！"我们叫着。没人回答，却分明地听见了屋后什么地方，有嚓嚓的声音。我们走出来，转到屋后，那老女人正弯身站在河边的一个水洼里，努力地用石头砸着洼里的冰。冰是青青的，裂开无数的白缝。她开始用手去扳冰块，嘴里吸溜吸溜着；一抬头看见了我们，说："这洼水冻严了，一条鱼儿冻住了！"

我们果然看见那大冰块里，有一条小鱼，被直直地封在里边，像是块玻璃雕刻的鱼纹工艺品。我们动手去扳，老女人却千叮咛万叮咛着小心；一直到我们把鱼放进河水里，才笑了。

"那鱼还能活吗？"我们说。

"或许能活呢，孩子；河水是热的，冰块会融化的。"

"鱼儿游来的时候，它是一洼水吧，或许它正快活地游过时忽然就被冻住了呢！"

噢，我们可怜可悲起这小鱼儿了：为什么要到这洼水里游呢？这可恶的水，为什么就要变成冰呢？！

"婶婶，你见着我们的'幸福鸟'了吗？"我们终于问她。

"幸福鸟？"

"是的，我们的风筝。"

"啊，多好的名字！是到我这儿来了吗？"她说，显得很高兴。"是的，你一定看见了。"她却摊摊手，说是没有："是不是在这房上呢？"我们急急找起来，可是没有。又在河边找了，也没有。我们都心凉下来，呆在那里，互相看着，差不多又要哭了。

"'幸福鸟'呢？我们的'幸福鸟'呢？"

难道一个冬天的烦闷还要继续下去吗？辛辛苦苦地忙活了几天几夜，我们的乐趣就这么快地结束了吗？

我们终于哭起来了。

"不要哭，孩子！哭什么呢？你们瞧，那冰冻的鱼儿已经到了深水里，很快就会游起来呢。"老女人一直站在河边，风吹着她的头发，头发上落着厚厚的面粉，灰蒙蒙的，像落上了霜的茅草。

"可我们的'幸福鸟'呢？"

她那么笑笑地走过来，拍着我们的头，说："它是飞走了，就让它飞走吧。"

大人们总要这么说……我们再不理她了，只是哭着，想着："幸福鸟"该在哪儿呢？那几根细苇，我们去折它的时候，是踏着塘里的薄冰去的，是那么晶莹，那么有趣，可骤然间在脚下铮铮地裂开了，险些掉进水去……可是，"幸福鸟"，却倏忽间飞去了。

73

"回屋去吧，孩子们，屋里有火呢。"老女人说。我们都没有动；她拉，谁也不去。"你不懂！"我们说，"'幸福鸟'飞走了，我们是多么伤心，你知道它给了我们多少快乐！它为什么给了我们快乐，又要把快乐收去呢？"

老女人冷丁站在那里，不再言语了，似乎也像那冰冻了的鱼儿一样，只是冻住她的不是水，而是身后的灰色的天幕。

她突然说："唉，孩子，我怎么不理解你们呢？你们是不幸的；不幸的人谁不是最懂得、最爱慕快乐的啊?！"

老女人的话，使我们都吃惊了：她原来是理解我们的，她是不同于那些大人们的呢。"孩子，不要难过，快进屋去吧。"我们进屋去了，就坐在火盆边儿，将冻得红红的手凑近去烤着。

"婶婶，'幸福鸟'是走了，可它去哪儿了呢？"

"地上找不着，那就在天上吧。"

"天上什么地方？"

"什么地方它都可以去。"

"那，天是什么呢？"

"天是白的；那是它该去的地方。"

"白的?！那它不寂寞吗？"

"白的地方都不寂寞。"她说，"你瞧见那水轮下的水了吗？它是白的，因为流着叫着，它才白哩。石磨因为呼呼噜噜地响着转着，磨出的面粉才是白的哩。还有，瞧见那盆花了吗？它是开着的放着的，它也才白了呢。"

我们都觉得神奇了，似乎是听明白了，又似乎听得不明白；但心里稍稍有些慰藉了：啊，"幸福鸟"在天上，天上那么白，它是不会寂寞的，那真是它该去的地方。

我们看着老女人一头一身的面粉，突然说道："你也是白的呢。"

"是吗？"她笑了。

"可你……你就一个人吗？就总是一个人在这小屋里吗？你不寂寞吗？"

"我这里有水声，有石磨声，有鱼，有花，有你们来；你们说呢？"

"你也是不寂寞的！"

"你们这些乖孩子哟！"

她于是从炕角的口袋里抓出大把的黄豆来，在火盆里爆了，分给我们，我们吃得很香，一直待到天快要黑了，才想到要回家去。

田野上，风还在溜溜地吹，几棵柿树，叶子早落了，裸露着一树的黑枝，像是无数伸抓什么的手。这柿树，也在索要着失去的什么吗？

回头看看那水磨坊，老女人还站在那里看着我们，我们突然都这么想：

今天夜里，"幸福鸟"是住在哪一朵云上呢？那里是不寂寞的，是快乐的，它应该飞去啊！

它飞去了，带着我们的名字，我们在那个白的天上，一定也是快乐的了。

可是，我们都盼望"幸福鸟"有一天能再飞回来，让我们在它上面再写上这水磨坊老女人的名字呢。

作于一九八一年一月二十五日午

我的小学

　　小学是在寺庙里，房子都老高老高，屋脊上雕着飞龙走兽，绿苔长年把瓦槽生满，有一种毛拉子草，一到雨天，就肉肉地长出半尺多高来。老师们是住在殿堂里，那里原先有个关帝爷，脸色枣一样红，后来扳掉了，胎泥垫建了院子，那一对眼珠子，原来是两个上了釉的瓷球，就放大门口的照壁顶上，夜里还在幽幽地放光。两边的廊房，就是教室。上课的是高年级学生。台阶很高，我可以双脚从上边跳下来，但却跃不上去。每次要绕到山墙角儿，却轻轻松松地从那一边石头铺成的漫道上单脚蹦上去。那山墙角地是一棵裂了身子的老苦楝树。树顶上有个老鸦巢，筛筐般大，巢下横枝上吊着一口钟，钟敲起来，那一家老鸦却并不动静，这奇怪使我不了解了好几年呢。

　　五岁那年，娘牵着我去报名，学校里不收，我就抱住报名室的桌子腿哭，老师都围着我笑;最后就收下了，但不是正式学生，是一年级"见习生"。娘当时要我给老师磕头，我跪下就磕了，头还在地上有了响声。那个女老师倒把我抱起来，我以为她要揪我的耳朵了，那胖胖的，有着肉窝儿的手，一捏，却将我的鼻涕捏去了。"学生了，还流鼻涕!"大家都笑了，我觉得很丢人，从此就再不敢把鼻涕流下来。因为没有手巾，口袋里常装着杨树叶子，每次进校前就揩得干干净净了。

　　因为学校教室少，因为我们是一年级学生，那寺庙的大院里没有我们的座位，只好就在院外的一家姓刘的祠堂里上课。祠堂里抹着一块黑板，用土坯垒起一些柱墩儿，村子里就将夏天河面上的木板桥拆了架，在上边做了课桌。凳子是自带的。我们那时没分家，堂兄堂姐多，凳子有限，我常常抢不到凳子，加上我个子矮，坐在小凳子上又趴不到桌面上，就一直站着听课。实在腿困了，就将家里的劈柴拿来一根，在前后的柱墩上掏出窝儿架好，骑在上边。这种凳子虽然不舒服，但坐上去却从来不打瞌睡。只是课余时间，同学们都拿着凳子在祠堂后的一个土坡上反放着，由上往下开汽车，我只好蹾下往下滑，常常把握不好，就一个跟头滚下去，弄得一脸的泥土。

家里没有表，早晨总估摸不了时间，有几次起床迟了，就和娘哭闹。娘后来一到半夜就不敢睡，一边在灯下纳鞋底儿，一边逮那学校的钟声。到了冬天，起来得早，月亮白花花的，我们就在村里喊着同学一块儿去。大家都有书包，我没有，娘将一个小包袱皮给我，严严实实包了，让我夹在胳膊下，我那时很要强，唯这一点总不如人，但娘说没有钱，我也没了办法。祠堂的门关着，班长带着钥匙，他还没有来，我们就在祠堂前跳起舞来。跳的是新学的"找朋友"："找呀找呀找朋友，找到一个好朋友！"大家很快活，有时找着小霓，有时找着芳芳，就一对一对跳起来。到了三年级以后，这舞就不跳了，而且男的和女的就分开来。我曾经和芳芳一块儿踢过毽子，同学们都说我和芳芳好，是夫妻，拿指头羞我，我便和芳芳成了仇人。等到班长来了，开了祠堂门，我们就进去坐在自己的座位上。祠堂里还黑隆隆的，因为没灯，少半时候，我们点些松油节取亮，大半时候就摸黑坐着。黑板上边的墙头上，那时还留着祠堂里的壁画，记得是《王祥卧冰》，虽然不懂得具体意思，但觉得害怕。大家坐下后，都不敢靠墙，也不敢提说那壁画，就闭着眼睛把课文从第一课一直背诵下去。一旦一个人停下来，大家就都停下来，祠堂里静悄悄的。风把方格子窗上的麻纸吹得哗哗响，大家便又都害怕了，一哇声再背诵开来，声越来越高，全为了壮胆。要不，一个忽地跑出去，大家就都往外跑，我常常跑在最后，大呼小叫，声都变了腔。祠堂前的平台下就是荷花塘，冬天里荷花败了，塘里结了冰，大家就去那芦草窝里掏一种鸟儿，或许折下那枯莲茎秆儿，点着当烟吸，呛得鼻涕、眼泪都流下来。

在这个祠堂内，我们坐了两年，老师一直是一个女的，就是捏我鼻涕的那个。她长得很白，讲课的声音十分好听，每每念着课文，就像唱歌儿。我从来没有听到过她这么好听的声音。开头的半年时间里，几乎没有听懂她讲的什么，每一堂却被她的声音陶醉着。所以，每当她让我站起来回答问题时，我一句话也答不出，她就说："你真是个见习生！"见习生的事原先同学们都不知道，她一说，大家都小瞧起我了，以后干什么事，他们就朝我伸小拇指头，还要在上边呸呸几口，再说一句："哼，你能干什么，你真是个见习生！"我们就打过几次架。娘后来狠狠揍了我一次，罚我一顿不准吃饭。老师知道了，寻到我家，向我和娘做了检讨，说是她的不对，问我是不是听不懂课。我说："我光听了你的声，你的声好听！"她脸红红的，就笑了。从此，我就下了决心，一定不落人后，老师对我格外好起来，她的声音还是那么好听，但一下课，就来辅导我，惹得同学们都眼红起来。

一年级学完后，老师对我说："你年纪小，不让你升级。"我当下就吓哭了。老师却将我抱起来，说她是哄我，宣布我再也不是见习生了。我一高兴，就叫她"姨姨"，叫完就后悔了。她却并没有恼我，还拧了我一下嘴：她笑了，我也笑了。下午，她拿着成绩单到我家，向娘夸说我乖，学习进步快，娘给她打荷包鸡蛋吃。我便大胆起来，说："老师，你的声音好听，你能给我唱个歌吗？"她就唱起来，腮帮上深深显出两个酒窝，唱完就咯咯地笑。

到了夏天，学校里中午要睡午觉，我们就都不安分，总是等大伙伏在桌上睡着以后，就几个人偷偷到荷花塘里去玩水。胆大的都到深水里去，趴浮，立浮，还有仰浮，将小肚子露在水面。我因为胆小，总是在塘边抓住树根，双脚在水面打着浪花。那些女生就常常告发我们，老师就每次用手在我们胳膊上抓一下，看有没有水锈的白道，结果，总要挨一顿剋。但是，水里的诱惑力十分大，我们免不了还是要去，而且每次去时对女生晃晃拳头，再是去了将衣服藏在树丛里，跑到荷花塘深处去玩。有一次，竟被校长发现了，狠狠地批评了老师，老师委屈得哭了。我们知道后，心里很难受，去向老师承认错误。却恨起校长来，就在祠堂门前挖一个坑儿，用泥捏一个胖胖的校长，埋在里边。又是女生告发了，老师在课堂上让我们几个站起来，大发脾气，末了，查出是我的主意，就把我推出教室，将一颗扣子也拉扯掉了。下课后她给我缝扣子，我哭得泪人儿一样，连夜写了检讨书，一直在教室里贴了三天。

我那时最爱语文，尤其爱造句，每一个造句都要写得很长，作业本就用得费。后来，就常常跑黄坡下的坟地，捡那死人后挂的白纸条儿，回来订成细长的本子；一到清明，就可以一天之内订成十多个本子呢。但是，句子造得长，好多字不会写，就用白字或别字替着，同学们都说我是错别字大王，教师却表扬我，说我脑子灵活，每一次作业都批"优秀"，但却将错别字一一画出，让我连做三遍。学写大字也是我最喜欢的课，但我没有毛笔，就曾偷偷剪过伯父的羊皮褥子上的毛做笔，老师就送给我一支。我很感谢，越发爱起写大字，别人写一张，我总是写两张、三张。老师就将我的大字贴在教室的墙上，后来又在寺庙的高年级教室展览过。她还领着我去让高年级学生参观。高年级的讲台桌很高，我一走近，就没了影儿，她把我抱起来，站在那椅子上。那支毛笔，后来一直用秃，我还舍不得丢掉，藏在家里的宋瓷花瓶里，到了"文化大革命"中，破起"四旧"，花瓶被没收走了，笔也就丢失了。

从一年级到二年级，我的父亲一直在外地工作，娘要给父亲去信，总是拿着几颗鸡蛋来求老师代写，教师硬是不收鸡蛋，信写得老长。到了二年级下半学期，她说："你现在能造句了，你怎么不学着给你父亲写信呢？"我说我不会格式，她说："你家里有什么事情，你就写什么，不要考虑格式！"我真的就写起来，因为家里的事我都知道，都想说给父亲听，比如奶奶的病好转了，夜里不咳嗽了。娘的身体很好，只是唠叨天凉了，父亲的棉衣穿上没有？还有家里的兔又下了崽，现在一共是六只了，狗还很凶，咬伤了三娃的腿，其实是三娃用棍打它，它才咬的。还有我学习很好，考试算术得了一百分，语文得了九十八分，是一个字又写错了，信花了三天才写好，老师又替我改了好多错字，说："以后到高年级做作文，或者长大写文章，你就按这路子写，不要被什么格式套住你，想写什么就写什么，熟悉什么就写什么，写清、写具体就好了。"我从那时起就记住了老师的话，之所以如今我还能写些小说、散文，老师当时的话对我影响很大。

这一年，我们上完了二年级。三年级学生可以到寺庙大院里去住了，我们都很高兴。寒假里，同学们都去挖药、砍柴卖钱，商量春节给老师买些年画拜年。到了腊月三十日中午，我们就集合起来，拿着一卷子年画，还有一串鞭炮去找老师，但是，老师却不在。问校长，原来她调走了。校长拿出一包水果糖来，说是我们的老师临走时，很想各家去看看我们，但时间来不及了，就买了这糖，让开学后发给我们每人一颗。我们就都哭了。从那以后，我再也没有见到我的那位老师，在寺庙里读了四年书，后来又到离家十五里外的中学读了三年，就彻底毕业了，但我的启蒙老师一直没有下落。现在是二十五年过去了，老师还在世没有，我仍不知道，每每想起来，心里就充满了一种深深的惆怅。

一九八三年三月四日早写

父亲的往事

我的父亲一辈子教书，没有什么学术建树，也没当过什么领导，为了养家而工作着，兢兢业业，小心谨慎，平日喜欢喝白酒，唱几句戏，还有点脾气急躁，是一个很普通的乡村教师。但有三件事，谁也料想不到，使他在"文化大革命"中遭受了灭顶之灾。

一件是，我父亲兄弟四个，他为最小，三个伯父在老家种田，贩火纸，甚至去下煤窑，供他在西安读书，毕业后在西安田家湾小学任教。四八年胡宗南撤退前在陕西省政府开了一次报告会，要求所有单位的人都参加，田家湾小学的教师当然得去。但在去的路上，我父亲溜队了，和另一个同事到易俗剧社看了一场秦腔《夺锦楼》。

一件是，我姨父是共产党陕南游击队的队长，四九年家乡刚一解放，他把我父亲从西安田家湾小学叫回去给他们当文化教员，但最终又没当成，我父亲去了当地一所学校，而他送了一件黄呢子军上衣。黄呢子军上衣是姨父的战利品，我父亲很珍贵这件礼物，每每过年时穿那么几天，就收起来保存在一个铁皮箱子里。姨父五三年病逝后，我父亲再也没穿过那件黄呢子军上衣，而十多年里提着铁皮箱子辗转了商洛三个县的九所学校。

一件是，当我出生时，父辈兄弟四个并没分家，二十二口人还在一个大锅里吃饭。我父亲的工资主要承担全家孩子们的教育费用。我有七个堂兄四个堂姐，其中三个堂兄小学毕业后要上中学，从六〇年到六五年，我父亲就带着他们先后从这个县到那个县，从这个学校到那个学校，管吃管住管学习。

"文化大革命"开始了，说那是红色风暴，确实是风暴到来飞沙走石，草木倒伏，所有人都要革命，所有人都在积极表现着而面目全非。我父亲带着的那个二堂兄，因要加入红卫兵，也写了一张大字报，揭发我父亲保存有一件国民党军官服。这可不得了了，红卫兵就抄收了铁皮箱子，果然见到黄呢子军上衣，我父亲无论怎么解释，他们都认为保存国民党军官服就是企图变天，就是仇恨共产党，将我父亲送到了"教师学习班"。在"教师学习班"，他们翻我父亲的档案，档案里竟然有一份参加胡宗南报告会的材料。而把胡宗南的报告会定为国民党特务训练班后，我父亲就成了全县教育系统揪出的"一条大鱼"。

那时候，我是初二学生，也辍学回家当了农民，每天劳动着挣三分工。"教师学习班"已转移到两岭小学，距我家仅十里路，但我父亲一直没有回来，我去过几次，学校门口有背枪的站岗，根本不能进去。而村子里早就成立了造反组织，时常有批斗会，凡是批斗会，无论是公社的书记、生产大队的支书，还是那些已戴帽的地富反坏右，程序都是让他们先低头认罪，进行自我交代，交代完了，主持人问：交代得老实不老实？群众就喊：不老实！再问：不老实怎么办？再喊：实行无产阶级专政！于是就有人拿了麻绳来，把每一个被批斗者绑了吊到屋梁上。

我不知道我父亲在"教师学习班"会是什么样子，却不断传来那里的消息：万湾村的一个教师死了，是半夜里用裤带把自己吊在了窗格上死的。陈家沟村的一个教师被抬到县医院抢救，是吞了三颗钉子，血流了半盆子。谢涧村的一个教师也死了，原本断了一条腿不会死的，但第二天还批斗着，头往上一仰就死了。我们全家就惊恐着我父亲能不能熬得住，他有胃病，胆小又好面子。我一次又一次地去两岭小学，还是不能进去，就每天傍晚坐在村外的桥头上，盼望着父亲能突然回来。我母亲逢人便说：他会过了关吧？回答的都是：恐怕难呀，他事那么大的。我母亲心里也明白我父亲凶多吉少，但她只是想让人给她说句安慰话，没人肯说安慰话，我母亲就在家里放声大哭。

到了第二年四月，我父亲是回来了，人还完整，却是被戴了历史反革命分子的帽子，开除公职，遣返农村劳动改造。那天我正在生产队的地里干活，听说我父亲回来了，赶紧往家跑，我父亲已经在炕上睡了，见了我抱着就哭，手哗哗地抖，说：我把我娃害了！

这是我一生唯一见到我父亲哭，他知道他成了反革命分子，而他的儿子也就成了"黑五类"的狗崽子，才十四五岁呀，在那个以成分定命运的年代，从此前途上的灯灭了。

政治上彻底沉进谷底，经济上随之陷入绝境，在以后的数年里，村里凡有批斗会，我父亲肯定被叫去认罪，他的手抖得越来越厉害，胃病又不停地犯，不能吃红薯，可不吃红薯又能吃什么呢，只能把红薯切片晒干磨面做糊糊吃。而我，没资格当民兵了，不能参军，不能招工，村小学里一个民办女教师去生孩子，需要个代理的，学校同意我去了，公社书记又把我取消了。也就在那几年里，我知道了什么是世态炎凉，什么叫看人的眉高眼低，知道了一顿饭没吃的饥饿和吃了上顿没有了下顿的饥饿是怎样的不同。但那些年里，夜深人静的时候，我们在不屈不挠地写申诉信，父亲手抖得握不住，他说我写，几乎是每月一两封申诉信寄往父亲任教的那个学校和县上、地委的有关部门。没钱买信纸，我们就到处找纸，没有白纸了，就把以前的作业本在背面写，到商店去讨要包装纸回来裁了写。我至今对纸的珍惜就是那时养成的。写了上百封各种颜色不同、大小不一的申诉信，寄出去了全没有下落，我和我父亲心里也明白这些信是白写的，但写信成了夜里习惯的活计，写了那个晚上才能睡稳。

我的父亲蒙受了天大的冤枉，我的少年里充满了仇恨。可恨谁呀，恨谁发动了"文化大革命"，为什么北京"文化大革命"了怎么偏僻的山地里也"文化大革命"，恨谁决定了给我父亲戴反革命分子帽子，为什么这个社会就有了地富反坏右，恨送我父亲黄呢子军上衣的我姨父吗，恨那个胡宗南吗，恨运动怎么就控制了全社会的思想，怎么人都变成狼了，变得乌眼鸡了。可我这么恨着，老虎吃天，没处下口呀。直到后来听我父亲说是我的二堂兄首先揭发了他保存黄呢子军上衣的事，又听我父亲说在"教师学习班"上，第一个把他绑起来拷打的是邻村一个姓李的人，我和弟弟就计划着怎么去报复。我们计划当面质问二堂兄，骂他一顿，宣布与他断绝关系，再某个夜里潜藏在邻村的路口，专等着那姓李的出来了，砸他几砖头。这计划被我母亲觉察了，告诉了我父亲，我父亲大发雷霆，不准我们惹事，这个家经不起再有事了！他说：恨他们有什么用呢，他们不陷害不绑打我，还是会有人陷害绑打的。我的父亲是善良的，也是软弱的，他和我的母亲严防着我们出去乱说乱动，我们不理解也想不通世事，虽没有去报复二堂兄和那个姓李的，但心里无时不在咒他们，杀他们。

五年后，随着形势的发展，我父亲的冤案终于平反，重新回到了学校。但他的身体再难以恢复健康，病病恹恹了多年，于一九八九年去世。

我是后来逐渐明白了"文化大革命"是怎么回事，明白了为什么"文化大革命"能在中国发生，也为了使"文化大革命"再不要重演，也以我的认识和能力，写下了《我是农民》《古炉》《老生》等一系列文学作品。

当我父亲去世时，我感叹过他如果是一个目不识丁的深山农民，或者是一个哲人，那多好啊，而我的父亲是小知识分子，他似乎什么都懂，又没有懂到极致，他才有了那么多的痛苦、委屈、疑惑，他才有了那么多对生的渴望和对死的恐惧。

我的那个二堂兄，他当年当过造反派的头儿，后来也教书，我和弟弟十多年没与他往来，后来他主动地来跪在我父亲的遗像前痛哭流涕，我们便也叫他是二哥了。他现在已七十六岁，是我们这一辈人中最和气的人。

而那个姓李的，在我父亲去世的前十年就死了。我有一年回老家过春节，听说他是开拖拉机去县城，经过四方岭时，路是很平坦的，拖拉机却翻了，原本他被摔在路上，可拖拉机翻了一下，又翻了一下，就砸在他身上，头当时就扁了。

二〇一六年一月十三日

西大三年

——十五年后的记忆

一九七二年四月二十八日，汽车将一个十九岁的孩子拉进西大校内，这孩子和他的那只绿皮破箱就被搁置在了陌生的地方。

这是一个十分孱弱的生命，梦幻般的机遇并没有使他发狂，巨大的忧郁和孤独，他只能小心翼翼地睁眼看世界。他数过，从宿舍到教室是五二四步，从教室到图书馆是三〇三步。因为他老是低着头，他发现学校的蚂蚁很多。当眼前有了好些各类鞋脚时，他就踽踽地走了，他走的样子很滑稽，一只极大的书包，沉重使他的一个肩膀低下去，一个肩膀高上来。

他唯有一次上台参加过集体歌咏，其实嘴张着并没有发声。所以，谁也未注意过他，这正合他的心境。他是一个没有上过高中的乡下人，知识的自卑使他敬畏一切人，悄无声息地坐在阅览室的一角，用一个指头敲老师的家门，默默地听同窗的高谈阔论。但是，旁人的议论和嘲笑并没有使他惶恐和消沉，一次政治考试分数过低，他将试卷贴于床头，早晚让耻辱盯着自己。

他当过宿舍的舍长，当然尽职尽责，遗憾的是他没有蚊帐，夏夜的蚊子轮番向他进攻。实在烦躁到极致，他反倒冷静了，想：小小的蚊子能吃完我吗？这蚊子或许是叮过什么更有知识的人的，那么，这蚊子也是知识化了的蚊子，它传染给我的也一定是知识吧。冬天里，他的被子太薄，长长的夜里他的膝盖以下总是凉的，他一直蜷着睡，这虽然影响了他以后继续长高，但这样却练就了他善于聚集内力的功夫。

他无意于将来要当作家，只是什么书都看，看了就做笔记，什么话也不讲。当黄昏一人独行于校内树林子里，面对了所有杨树上那长疤的地方，认定那是人之眼，天地神灵之大眼，便充裕而坚定，长久高望树上的云朵，总要发现那云活活的是一群腾龙跃虎。

他的身体先还较好，虽然打篮球别人因个子小不给传球而从此兴趣殆尽，虽然他跳不过鞍马，虽然打乒乓球尽败于女生，但是，当一次献血活动，被抽去300CC之后又将血费购买书了。不久就患了一场大病，再未恢复过来。这好，他却住了单间，有了不上操、不十点熄灯的方便了，但创作活动也于此开始。当今有人批评他的文章多少有病态意味，其实根由也正在此。

最不幸的是肚子常饥，一下课就去站长长的买饭队，叮叮当当敲自己的碗筷，而一块玉米面发糕和一勺大烩菜，总是不品滋味地胡乱扒下。他有他的改善生活日，一首诗或一篇文章写出，四角五分钱的价格，他可以去边家村食堂买一碗米饭和一碗鸡蛋汤。因为饭菜的诱惑，所以他那时写作极勤。但他的诗只能在班壁报上发表。

他忘不了的是授过他知识的每一位老师，年长的，年轻的。他热爱每一个同学，男性的，女性的。他梦里还常梦到图书馆二楼阅览室的那把木椅，那树林子中的一块怪模怪样石头，那宿舍窗外的一棵粗桩和细枝组合的杨树，以及那树叶上一只裂背的仅是空壳了的蝉。

整整十五年后，他才敢说，他曾经撕过阅览室一张报纸上的一块文章，而且是预谋了一个上午。他掏三倍价为图书馆赔偿的那本书，说丢了那是谎言，其实现在还保藏在他的书柜里。他是在学校偷偷吸烟。他是远远看见一个留辫子的女学生而曾做过一首自己也吃惊的情诗。

一九七五年的九月，他毕业了，离开校门，他依旧提着那只绿皮破箱，又走向了另一个陌生的地方。

我的台阶和台阶上的我

在我的书架上写有四个字：穷极物理。因为我无所知，所以我无所不欲知。一到夜里，躺在床上就习惯于琢磨，琢磨世上的事，琢磨别人，也琢磨我自己。自己亲近自己太易，自己琢磨自己太难。我说不清我是个什么样的人物：得意时最轻狂，悲观时最消沉，往往无缘无故地就忧郁起来了；见人遇事自惭形秽的多，背过身后想入非非的亦多；自我感觉偶尔实在良好，视天下悠悠万事唯我为大，偶尔一塌糊涂，自卑自弃，三天羞愧不想走出门去。甚至梦里曾去犯罪：偷盗过，杀人过，流氓过，但犯罪皆又不彻底，伴随而来的是忏悔，自恨；这种自我的心理折磨竟要一直影响到第二天的情绪。

我说，我是一个好人，也是一个坏人，是坏好人。

现在农历二月二的惊雷快要响了。一声惊蛰之后，我就是三十一了。讲经的人说：人死后是可以上天国的。如果确实有那么一个天国，人的一生是从诞生的时辰就开始这种长涉的吧？去天国的路应该是太阳的光线，那就是极陡极峭的了。一年一岁，便是一个台阶啊！

一位伟人又说了：作为一个作家，将来去了天国，上帝是会请吃糖果的。天国里有什么好景，自不可知，但糖果是诱人的。十三年前的那阵，这诱惑便袭上我的心灵。于是从那时起，对于我来说，人生的台阶就是文学的台阶，文学的台阶也就是人生的台阶了。

一九七一年

我是个农民，穿着一件父亲穿旧了的长过膝盖的中山装，样子很可笑。因为我口笨，说不了来回话，体力又小，没有几个村人喜欢和我一块儿干活。我总是在妇女窝里劳动的，但妇女们一天的工值是八分，我则只有三分。半年后我被提升了，工分多加了五厘。我去砍柴，一程三十里地，我只能背五十斤。滚坡过一次，只说粉身碎骨了，偏大崖上三棵桦树拉住了我；独独的三棵桦树啊，我又活在了人间。邻居一位婶娘讥笑我不如人，我指着门前公路上一位妇女骑自行车，反诘道："人家女人能骑自行车，你行吗？"

同伴们都开始定媳妇了，我没有。娘很急，四处托媒，我倒火了，将李太白的诗写在山墙上："天生我材必有用。"

公社兴修一座大水库，我跑去了，干了三天，我拉不动车子，也抢不了大锤，被开销了。过不久又去，毛遂自荐会写毛笔字，可以刷标语，于是大获成功！后来竟成"工地战报"的主编、编辑、记者，刻写、油印、发行、广播，集七职于一身，日子很清苦，工地偶尔改善生活，吃一次肉，每人三片；我吃一片，两片用蓖麻叶包了，夜里跑十里山路回去让娘吃。

为了活跃战报的版面，我学会写各类字体，学会绘画插图，学着写诗。有一首诗反应不错，有人鼓动让投寄省报去，说发表了可以得稿费。我心动了，誊抄清楚，赶回家去邮寄，但没有钱买邮票。向娘要，娘不给。我说："借八分钱，过十天了，一定还五角！"稿子投去后，从第二天起，就留心省报。一天过去，五天过去，乡邮员一到工地，迎接的就是我。我把报纸从头至尾翻看，寻我的诗作，但是没有。就盼着明天的报，明天又盼着后天的报，如此半月过去，泥牛入海，毫无消息。忍不住问一位老大学生，他大笑，说："编辑早把你的稿子揩了屁股了！"我失望了，再也不敢做投稿的事；欠娘的钱，娘忘了，我也装着忘了。

一九七二年

五月份，偶然的机会，我竟到西北大学读书了。

从山沟走到西安，一看见高大的金碧辉煌的钟楼，我几乎要吓昏了。街道这么宽，车子那么密，我不敢过马路。打问路程，竟无人理睬。草绳捆一床印花被子，老是往下坠。我沿着墙根走，心里又激动，又恐慌。坐电车，将一顶草帽丢失了。去商店，看见了香肠，不知道那是什么，问服务员，遭到哄堂大笑。我找不着厕所，急得变脸失色，竟大了胆儿走进一个单位的楼上，看见"男厕所"字样，进去，却见一排如柜一样的摆设，慌忙退出来；见有人也进去了，系着裤带走出来，便疑惑地又进去。水火无情，逼得我一拉那柜的门儿，才发现里边正是大便池子。

到了学校，第一次不睡土炕，总不踏实，老听见远处的火车声叫。真想娘，眼泪哗哗地流下来。

老师要求每一个新生写一篇入校感想，不知怎么，我突然想做一首诗，结果写得很长。交上去，三天后，第十期校刊出版了，上边尽是教师们的诗文，作为学生的，仅仅是我那一首诗。消息不胫而走，我成了同学们中的新闻人物。我走路还是老低着头，但后腰骨硬硬的。心里说：西安有什么了不起呢？诗这玩意儿挺好弄嘛！当年想当作家、诗人的梦，又死灰复燃了。

到城里的大街上去，风度翩翩的城市人乜视着我，我也回报着乜视，默默地背诵着五八年的一首民歌："天上没有玉皇，地上没有龙王，喝令三山五岳开道，我来了！"

一九七三年

我几乎天天在作诗了，夜夜像初下蛋的母鸡，烦躁不安地在床上构思；天明起来，一坐在被窝上就拿笔记下偶尔得到的佳句。一天总会有一首诗、两首诗出来，同学们都叫我"小诗人"。

在校刊上连续又发表了几首，我便有些不满足了，想冲出校门，杀到西安市去。我得空就往市里的一家报社和一家刊物的编辑部跑动了。我没有钱去坐车，我有两条能跑的腿。常常就误了吃饭。编辑部的大门，我看做如阎罗殿一般森严。去了，却总在门口徘徊许久，紧张得手心直冒汗，在编辑面前，人家不让坐，我是不敢坐的。他们的每一句话，我只是往心上记。我认识了两位编辑，脸色不好看，言辞又都生硬，但皆诚挚，每每看过我的习作，劈头盖脸砸一通后，又说比前一篇强了，要我再写，又提供一些书目去读。我太感激他们了。源源不断地将稿子送给他们，他们又源源不断地退还给我。半年多过去了，我写了十几万字的小说、散文、故事、诗歌，竟没有一个变成铅字。但我感觉良好，总相信我还能写。每写出一篇，为了刺激鼓励，我就偷偷一个人到校外食堂去，买四两面条，或是两个馍，一碗鸡蛋汤，慰劳一番。

我四处求教。但凡在文学上有一字指点，便甘心三生报恩不忘。有一次，同一位同学骑自行车去找一个诗人指导诗文。边骑边讨论，车过十字路口，竟忘了躲避交警，结果连人带车扣住，挨了一顿辱骂，两拳击打。要么罚款十五元，要么没收自行车。我俩眼泪汪汪。十五元谈何容易？自行车又是借来的！雪地里仰天长叹。无奈，去商店讨了一张包装纸，买了一支铅笔，又买了一把七分钱小刀削了，趴在马路上写检讨，把罪恶的帽子全部戴在头上，把最求饶的语言全部连接。五个小时后，终于感动了上帝，自行车要回来了。诗文没有得到指点，但从此知道了"无产阶级专政"的厉害。至今骑车上街，一到十字路口，老远就下来推着走了。

一九七四年

就在我完全没有希望的时候，我的第一次真正的创作，一篇两千字的散文，在《西安日报》上发表了。

这天是星期天，我抱着几件旧衣服到城中一家小店里去缝补。缝补的价钱很高，那个红鼻子的老头惹我生了一肚子气。路过市邮政大楼前，那里有一个卖报的小摊，无意朝报摊上瞥了一眼，那报纸上显赫地有一行大字：《深深的脚印》。我立即目光直了，跳将近去，果然看见了铅字打出的我的名字。我锐声叫了一下，四周的人都看我，我自知失态，面烧如炭，赶忙逃走了。逃走得当然不很远，等四周的人散去，就想立即去购得十张二十张。但摸摸口袋，仅剩二角钱。我故意慢腾腾地满不在乎地重新走近报摊，说："买十张！""十张？"卖报人戴着眼镜，镜片一圈一圈像烧酒瓶底，看了我一会儿，说，"你这中学生，买那么多干啥？包辣面吗？"我很窘，想说："谁是中学生，这上边的文章就是我写的呢！"但我不好意思说出来。卖报人只卖给一张，声称不要糟蹋了新报。我只好买了一张。

当天夜里，我给父亲写了一封信，告诉了这一重大喜讯。信上说："我开始有了脚印了！"但这张报纸我没有给父亲寄，因为报社赠我的样报还未收到，我要留着每天晚上温习一遍呢。

一九七五年

我写得越多，我越不是个好学生，班干部常常来提醒我"只专不红"的危险。一次一次写入党申请书，一次一次当班上宣布"党员留下"，我便起身走了。我仅仅是一个团员，当同学提议让我作为团小组长的候选人时，有人就训起提名人："你怎么能提到他?！"我那时很苦闷，恨自己不会找领导"谈心"，恨自己能写诗文而写的大批判文章总是不能让人家满意。有一位干部让我猜一条谜语："晚上不睡觉，早上不起来，起来不吃饭，就往教室跑。"说是打一人，问我是谁。我说："我。"说完一个人跑到阅览室后的花园里，委屈地抹了一把眼泪。

我很想喝酒，没有钱。学会了吸烟；九分钱一包的"羊群"烟，每天规定根数来吸。那时正与一同学合作写一部抒情长诗，写得疲倦，掏烟来吸，竟遭到有钱抽"大前门"的学生的斥责，嫌其劣等烟草呛人。

诗写成功了，与别人的长诗合在一起出了书。我和我的合作者特意各筹集了二元五角，进城玩了一天，照了四寸纪念相，逛了一次公园，下了一顿饭馆，又买了一包高级烟，给那位斥责我们的同学敬了一根，说声"谢谢"。

但是，当我们去一家小书店购买十本我们的书时，时髦的女售货员总是不理睬我们。这是个胖脸的女子，脸上白粉很重，眉毛也涂白了。我们喊她喊得紧了，她说："那是诗！看得懂吗？看了就不许退！"热热的心被一盆水泼凉了。我们说："就要那本书！"傲慢的女子在我们拿书走出门时，还在奚落："什么人也买诗集?！"我说："哼，这书就是我写的呢！等着瞧吧，说不定将来你会给我写求爱信呢！"这话是我在走出书店三千米远的一个拐角说的。两年后，觉得这种话虽然她没有听到，但实在太粗野，想去对她忏悔一下，但去过两次，却再找不见她了。

一九七六年

一条破被子，一件小褥子，一条床单，一块塑料皮，伴随了我三年大学生活。冬天的夜里很冷，就借同学们的大衣覆盖，一到下雪天，大衣借不到，夜夜只好蜷着。我至今笑着对一些朋友说：现在个儿不高，全是那时睡觉伸不直所致。夏天，一宿舍六人，五人有蚊帐，我没有；蚊子全集中到我身上，可幸那时比现在胖，有的是喂蚊子的血；只是那时还支援越南，要求学生献血，我被抽去300CC，补养费二十元，我舍不得去吃喝，全买了书。身子从此垮下来，以致到今日面如黑漆，形如饿鬼。

好了，总算毕业了。按条件，我是该回山区去教学，但省出版社的同志却硬要了我去。我摇身成了一位编辑，分住在五楼的一个六平方米的斗室里。

一九七七年

我自由了，可以尽情地抽劣等烟了，可以彻夜不熄灯地看书写作了，可以不发愁没稿纸了，可以不再四处搜寻牛皮纸糊寄稿信封了。房子很乱，到处都是书、纸，谁也不来敲我的门。我一进去，就进入了创作的境界，我什么也不担心，只担心发生火灾。有人要和我换房，我拒绝了，因为我没有手表，但隔窗就一眼能看清报话大楼上的大钟表，还能看见城市的日出。单位人讥笑这六平方米是个鸡窝，我却写了三个字贴在门框上：凤凰阁。

快活的日子没有多久，我便陷于极端的愁苦之中。社会上的复复杂杂，单位上的是是非非，工作上的绊绊磕磕，爱情上的纠纠缠缠，我才知道了一个山地儿子的单纯，一个才走出校门的学生的幼稚。我一面读中外名著，一面读社会的大书。我开始否定了我那些声嘶力竭的诗作，否定了我一向自鸣得意的编故事的才能，我要写我熟悉的家乡的人和事，我要在创作中寻找我自己的路，提出的口号是：打出潼关去！

稿子向全国四面八方投寄，四面八方的退稿又涌回六平方米。我开始有些心冷，恨过自己命运，也恨过编辑，担心将来一事无成，反误了如今青春年华，夜里常常一个人伴着孤灯呆坐，但竟有这样的事发生：熬眼到了一点，困极了，只要说声睡，立即就睡着了；如果再坚持熬一会儿，熬逛了眼，反倒没瞌睡了。于是想：创作也是如此吗？就发奋起来，将所有的退稿信都贴在墙上，抬头低眼让我看到我自己的耻辱。退稿信真多，几乎一半竟是铅印退稿条，有的编辑同志工作太忙了，铅印条子上连我的名字也未填。

水泥楼上没有大梁，要不，系一条绳，吊一个苦胆，我要学勾践了。

一九七八年

创作是没有格式的，但有其艺术的规律，总算摸出点门道了。原来创作之大门，未走进去的时候，门厚如城墙；一旦走进去，却薄如一张竹纸。稿子的采用率逐渐在提高。我着了魔似的写，先安徽，后上海，再北京，再广州，这些大地面我至今还未去过，大地面的大刊物却被我的稿件几进几出。

《满月儿》在京获奖，赴京的路上我激动得睡不着，吃不下。临走时我一连写就了七八封信给亲朋众友，全带着，准备领奖的那天从北京发出。但一到北京，座谈会上坐满了老作家，坐满了新作家，谈谈他们的作品，看看他们的尊容，我的嚣张之气顿然消失。唉，我有什么可自傲的呢？不到西安，不知道山外的世界大小，不到北京，不知道中国的文坛高低。七八封告捷的信我一把火烧了。

颁奖活动的七天里，我一语不发。我没什么可发的。夜里一个人在长安街头上走，冷风吹着，我只是走。自言自语我说了许多话，这话我是给我说的，我不想让任何人知道。所以，直到现在，请原谅我还是不能披露出来。

回到家，我把获奖证书扔给了妻子，告诉说："请把它压在箱子底，永远不要让人看见！"

一九七九年

这一年，文坛上新人辈出，佳作不断。惊叹别人，对照自己，我又否定起我前一段的作品，那是太浅薄的玩意儿了。我大量地读书，尽一切机会到大自然中去，培养着作为一个作家的修养，训练着适应于我思想表达的艺术形式。我不停地试探角度，不断地变换方式，我出版了三本小书，却不愿意对人提起这些书名，不愿意出门见人，不愿意让外人知道我是谁。

从夏天起，病就常常上身，感冒几乎从没有停止，迟早的晚上鼻子总是不顺通。我警告着自己：笔不能停下来。当痔疮发炎的时候，我跪在椅子上写，趴在床上写；当妻子坐月子的时候，我坐在烘尿布的炉子边写。每写出一篇，我就大声朗读，狂得这是天下第一好文章。但过不了三天，便叹气了，视稿子如粪土一般塞在柜屉里。

冬天里，爱人调进了城，我的脾气却越来越暴躁了，动不动就发火，小两口常常闹气。每一次气都是我惹起来，每一次闹起来都以我失败告终。我知道这全是由我的创作不长进的烦恼所导致的，我恨死了我这个没出息的丈夫，一个孱头男人。

一九八〇年

沉沉闷闷的一年，像一堆湿柴火，没有生焰，只是冒烟。终于攻出了一批文章，外界的反应不错，增加了我的信心。比较起来，我有些得心应手了，而且习惯了一种战法：思考了什么，就写出一篇；写出一篇，就写出一批；一批写完，就重新开辟领地。评论家们对我的作品有了注意，评价文章骤然多了起来，似乎是有些小名气了呢。

我的得意劲儿又滋生了，耐不得寂寞，耐不得孤独，喜欢听好听的。

有了小名，有了小钱，小家庭也完满了，两本小书又编辑了，好一个"春风得意马蹄疾，一日看尽长安花"！

一九八一年

我什么都想写，顺心所欲。开始了学写中篇，开始了进攻散文，诗的兴趣也涨上来了。又爱起了书法、绘画、戏曲。又是没黑没明地干，又是洋洋得意地轻狂。

一九八二年

一批又一批作品的发表，我等待着它们的爆炸，等待着社会的赞美，但是，回答我的，却是评论家的批评。批评得多么严厉啊！随之，社会上对我的谣言四起，说我写得多，是掏钱雇佣了三四个人专门提供情节、细节呀，说我犯了大错误了，被开除了；甚至说我已被下放，赶出城去了。我蒙了，不知所措，不知道该怎么办，路该如何走。一个人在没人处真想哭。

明月夜里，我坐在城北的铁道边，一趟又一趟听着火车的轰隆声。

半个多月，我不再写一个字。我得好好想想，再一次将所有的批评言论翻出来，一一思考。我慢慢冷静了，有则改之，无则加勉。我在日记中写道：平凹，你要是个没出息的，你就沉沦吧，一蹶不振吧。要是把文学当作一生的事业，就不必为一时的成功而得意，也不必为一时的挫折而气馁。铁锤砸碎的只能是玻璃，宝剑却得到了锻炼。

我总结着我的过去：生活积累还是不深，理论学习还是欠缺，艺术修养还是浅薄。

我请人画了一张达摩图，决心从头开始：深入生活，研究生活，潜心读书，寂寞写作。于是，拒绝参加一切出人头地的会，躲避去文学讲习班上作报告，推辞到一些报刊创作颁奖会上领奖。

一九八三年

思考仍在进行，创作仍在继续，作品仍有奖励的，也仍有争鸣的。

各级领导给我亲切的指导，众多的读者给我热切的鼓励。我脱离了编辑部，在家专职搞起创作。我有时间了，平心静气地去从事我的事业了。我出奇地变得豁达起来：有奖，我也去领；有批，我诚恳接受；该笑，就放声大笑；该检讨，就认真检讨。我对妻子说："现在，全家要保障我这个重点了！"出门十一次，除了去开一些必须开的会议外，大都下乡去了。当然，不可能一下子吃个胖子，不可能立即拿出像样的作品。我将我的创作视为试验，或许这个试验很长，很长，甚至是整个一生。但我在鼓励自己，写吧，好的作品还没有写出来，就看你的了！坚信只要我忠实于艺术，艺术必会有一天与我亲近的。

三十岁了，自立之年。生日那天，我请了一次客，说："朋友们，为了我的慢慢成熟，干杯吧！"我自己先喝醉了。

弹指十三年了，十三个台阶爬得我很累，妻子搬进城来，我先在西安北郊的静虚村居住，如今移到了城中的五味什字巷里。我构思了一幅画：我拽着碌碡在上台阶，我不敢松劲，一松劲，碌碡就滚下去了。可惜我画功太差，不能作出。我知道前面的台阶还很长，一级一级还很高。我体力不行，气喘得厉害，眼看着大队人马都从我身边一跃而上了，我只是揉腿，捶腰。

但是，我的眼光在看着台阶，我说，要到天国去，要得到糖果，我的出路只有上台阶，只有沿着台阶往上走。夸父不到大泽就渴死了，他死得悲壮。我或许在半路上也要倒下，但是即使倒下，我仍是一个上台阶的鬼。我在房子里重新换上了一个镜框，上边写了日本电视剧《排球女将》的主角小鹿纯子的话：

"我的目标是——奥林匹克运动会！"

一九八四年二月十七日

我是农民

自报家门

昨天下午，我把钥匙和电话本丢了。

我原本一直将电话本装在上衣的口袋，钥匙也是拴在裤带上的，但一个朋友送给我了手提皮包后，电话本和钥匙才装进去一天就丢了。电话本和钥匙怎么能不带在身上呢？这有什么难看的？现时的中国人，即便一个街头饭店择菜洗碗的小工、司机和妓女，甚或是政府大楼里的处长和厅长，谁不是电话本装在口袋，钥匙那么一嘟噜地挂在裤带上？！那个该死的出租车司机——我吃过许多出租车司机故意弄坏计价器乱收费的亏，我灵醒了，上车前看了一下他的车号尾数是 12——我说去雁塔路八号。他说八号院，那是省委家属院呀，你家住在那里？我怎么能住在那儿，没脑子，住在八号院我能搭你的出租车吗？！我是为一个亲戚的就业去求助姓周的领导的。"我看你也不像八号院的人！"长舌的司机立即对我不以为然了，他开始哼着一首流行歌曲"走呀走，走呀走，走过了多少年华……"车剧烈地摇晃了一下，险些撞着了一位骑自行车的人，他骂了一句"仄"[①]，同时一口很稠的痰从车窗吐向那人。我知道这司机一定是城里的泼皮出身，就不作声。他却从此粗话再不离口，不停地指着路边的年轻女人说："小姐！""又一个小姐！"他看穿得暴露的女人都是小姐，开始骂妓女就是妓女，偏大名叫"小姐"！生殖器叫得再文雅还不就是个××吗？他骂贪官，又骂污吏，骂美国，也骂伊

---

① 仄：陕西极粗野的骂人话。

朗，骂下岗的工人多，骂街道的路不平，又骂股票下跌了，骂白粉也不纯，骂除了娘是真的什么都成了假的。他说他什么都不怕，只怕交通警察，"我要是不开车了，我须杀几个交警不可！"我害怕起来，赶忙让他停车，我就是急促促下了车而将皮包忘记了，待那辆出租车已经走得无踪无影，我才想起我的皮包还在车上！

没了电话本和钥匙，我从八号院回来进不了门。明明是我的家，我不能进去，贴在门扇上的宋版木刻门神拓片，秦琼敬德不认我。直等到孩子从学校放学回来开了门才歇着，而与外界的一切联系又都中断了。同事的老婆患病住院，我得去看望，不知道了医院的电话和病室的床号；熟人的孩子参加了成人考试，答应了替孩子去查查分数，忘记了自考办的同学的呼机号；一部中篇稿件邮递了北京一家出版社，收到了还是没收到；为盗版而引起的官司，需要通知律师商量出庭的事宜；家乡的父母官到了西安，住的是哪家宾馆哪个房间；单位出现人事内讧，急需向上级领导汇报而先要和领导的秘书约定时间……没有了电话本我一下子被这个社会抛弃了，是个瞎子、聋子、星外的来客，一条在沙滩上蹦跶的鱼。我大声地发着脾气，门却"咚咚"地被敲响，是市人事局送来一沓表格要填。我坐下来写：贾平凹，男，陕西省丹凤县棣花乡人，生于一九五二年农历二月二十一日，属龙相，身高一百六十五厘米，体重六十二公斤，一九七五年毕业于西北大学，分配于陕西人民出版社任文学编辑，一九八〇年至今在西安市文联供职……这样的表格我至少是填写过一百多份，看样子我还得继续填下去。若论起官衔来，我也是有着相当多的官衔的，小到《美文》杂志的主编，大到全国政协委员。但我从未体会到"人上人"的滋味，把掌柜的当成了伙计我是有经验的。我想，它们对于我在活着的时候百忙而无一利，好处一定是会在我死后的追悼会上念出职务一大串的。但这样的表我得一份又一份填写着。又有人狼一样地叫喊了："407——！4——0——7——！"这当然喊的是我。我走下楼，是邮递员送来电报。"你是407吗？"他要证实。我说是的，现在我是407，住院时护士发药，我是348，在单位我是001，电话局催交电话费时我是8302328，去机场安检处，我是610103520221121。说完了，我也笑了，原来我贾平凹是一堆数字，犹如商店里出售的那些饮料，包装盒上就写满了各种成分的数字。社会的管理是以法律和金钱维系的，而人却完全在他的定数里生活。世界是多么巨大呀，但小起来就是十位以内的数字和那一把钥匙！我重新返回楼上继续填写我的表格。在四楼的楼梯口上，隔壁的那位教授（他竟然正是数学系的教授！）正逗他的小儿玩耍。他指着小儿身上的每一个部位对小儿说："这是你的头，这是你的眼，这是你的鼻子……"小儿却说："都是我的，那我呢，我在哪儿？"教授和我都噎在那里，亏得屋里的电话急促地响起来，我就那么狼狈地逃走了。

"谁呀？"

"我找贾平凹！"

"你是哪里？"

"我是吉林人民出版社的编辑。您是贾平凹吗？"

"是……贾平凹的哥哥。"

"贾平凹还有个哥哥？"

"是堂哥吧！"

"哇！我终于找到啦！我寻不着贾平凹，我却寻着了0298302328！"

"……"

"他现在在哪儿？我有急事要找他，要不，我明日就坐飞机去西安了！"

我是离不开电话的，但最令我胆战心惊的就是电话，它几乎是每十分钟就响一次，有各种各样的事情在呼你、催你、逼你，永远不让你安静地待一会儿。一个人的名字，当然包括他的数字，就是咒与符，有的名字和数字会给你带来吉祥，有些名字和数字带给你的却是烦恼和灾害，我称我的电话是勾命的无常！现在，电话里的声音是个女的，好听的东北语调蛮有节奏，说着说着已经开始带有"哭音"了，我只好坦白了我就是贾平凹，问什么急事，她在那里高兴得拍桌子，"啪啪啪"，她说他们在编一套关于知青的回忆录丛书，一定得我参加，然后是一大堆"奉承"我的话。奉承是廉价的，当年全国都在说"毛主席万岁"，但毛主席并没有活到一万岁；我是四十过半的人了，自觉已经静正，不以宠辱而动心。我说，我现在正身心交瘁，上有老下有小，还都有病；我也肝心胃坏了，需要去养一养，这套丛书恕我不能参加了。女编辑却就是不肯放我，而且允许我放宽交稿的时间。我没出息，缠不

103

过她，也是我一时要逃避，就说那好吧，让我考虑考虑。三天后给予答复。

　　进入中年后，我是明显地衰老了。头发脱落，牙齿松动，四肢愈来愈细，腰腹日渐宽大，是一个"人蜘蛛"。我诅咒我的中年偏偏是在了世纪之末，国事家事个人事是那样日日夜夜烦扰我。我没有失眠的时候，只是没时间去睡。我的同学，住在楼下另一个单元的已经是文学系教授的冯，他和我做了两年邻居，他说："你是党员，特殊材料制成的，我要是你这般累，恐怕已经死过两回了！"孔子讲："朝闻道，夕死可矣。"我之所以不死，是并没有得道，或者说，一个人的苦难还没有受够，上帝是不会让你快乐地死掉的。我和冯教授喝酒——我们常常喝酒——他常常就醉了，他爱说："但知酒中趣，勿与醒者传。"而我则把我经受磨难的秘诀告诉了他，那就是逃避。

　　我逃避了女编辑的硬缠软磨，窝在了大沙发里喘息，脑子却不由得想到了往昔知青的岁月。说来真是奇怪，距离了知青生活二十五年，二十五年里每每作想了那五年的岁月莫不是咬牙切齿地诅咒，而现在却变得那样的亲切和珍贵。漫漫的长途上，竟然有一片林子，林子里有野花和荆棘的草坪，有划动着蜉蝣的水池，该坐下来嚼嚼身上口袋里已经风干的馍饼了。

初中生活

　　我是一九六七年的初中毕业生，那时十五岁。细细的脖子上顶着一个大脑袋，脑袋的当旋上有一撮毛儿高翘。我打不过人，常常被人揪了那撮毛儿打，但我能哭，村里人说我是刘备。

　　回家已经半年了，书包就挂在土墙壁的木橛上，门前的公路上见天有红卫兵在串联走过，扛着呼啦啦的红旗。中午的太阳火辣辣的，从河里摸了七八个老黑鳖，用柳条穿了，站在那里对路过的汽车喊：五毛钱！五毛钱！汽车没有停下，一个红卫兵摇摇晃晃地从那一片冒着白烟儿的路上走来。他是个光杆儿司令，打的是一面"独立战斗团"的旗子，我和堂弟就"哧哧"地笑。堂弟穿着的是件花衣裳，动不动就从地塄上抠一点土放嘴里吃。他爱吃土，令我不可思议，就压住他掰开嘴要掏。司令立在那里看了好久，最后提起那串老黑鳖走了，交换的是那一顶草绿色的军帽。我的脑袋大，军帽戴不进去，但我偏不给堂弟，回家后用剪刀把帽子后沿剪了一个口儿，直戴过了一个夏天和冬天。

　　许多人开始改名了，改成"红卫""卫东"和"卫彪"，我改作"志强"。但这名字没有叫开，因为我姓贾，叫起来是"假"的。三十年后，西安的一家夜总会，有人用粉笔在门墙上写了对联：假名假姓假地址，假情假意假亲热。横批：钱是真的。我就想到了那次改名。我那次改名倒是一派真诚，只是姓不好。这个姓决定了我当不了"左"派。即使从政做领导，也天生地不会让部下生畏的。

那天，军帽差不多戴得油腻兮兮的，端了碗蹲在猪圈墙上吃早饭。棣花街是世世代代每日吃三顿饭的，九点一顿，十四点一顿，晚饭就没迟没早了。据说县城附近的村庄已开始吃两顿饭，这就让棣花街的人非常骄傲。我吃的是煮了洋芋的苞谷糁米汤，一边吃一边将碗里的米汤往猪槽里倒那么一点，哄着猪呱呱呱地一阵吞食，一边与同样蹲在另一个猪圈墙上吃饭的人说闲话儿。那人的饭同我一样的稀，但咂嘴的声音却比我大得多。我们由没有馍吃而说起了吃馍的山外人，又从山外人有馍吃却长得黑瘦如鬼说到山里人饭稀但水土硬人还长得白里透红的。不远处的一个茅房墙头上就冒出一个乱蓬蓬的女人头，恶狠狠地瞪我们。我们是知道她蹲在茅房里的，她是才把自己的女儿出嫁给了山外人，获得了一百斤麦子十斤棉花，是故意要让她听的。我们在继续作践山外人，说山外人那么有粮，吃完饭却要舔碗的；舔碗是什么感觉呢？孩子拉过了屎，吆喝了狗来，狗就伸了软和的舌头舔屎尻子！这时长来、安娃、忠勋来叫我，说是去商镇领取初中毕业证呀！

"咱算毕业了？初中才学到一年半就毕业了？！"

"你没有收到通知书？毕业了！"

我把饭碗放在墙头上，心里想，这就彻底不上学了？！那女人提着裤子走去，走到村边的地塄上检查几窝南瓜结下的瓜；突然发现一只瓜被人偷去了，扯着高声叫骂，骂得全村人都听见了心发烧发慌，骂得鸡狗不安宁。但骂着骂着，骂出了一句："你×你妈的吃了我的瓜，让你嘴烂成尻子，让你尻子烂得流血屙脓！"和我说话的那人就拾起了话头，变脸责问你骂谁呢？因为他患有严重的痔疮，这几日走路屁股缝里还夹着纸。两厢一交火，骂人没好口，都发急，一个扑上去扇了一个耳光，一个顺地倒抓了一个交裆，双方的家人就闻声赶来了。我害怕，抽身就走，一边走一边说："打啥哩，有啥打的，咱领毕业证去啦！"

学校在商镇，离家十五里。丹凤境内十之有七都是山寨，平川地就是丹江两岸，而两岸的好地方只有龙驹寨、商镇和棣花。龙驹寨是县城，称城里，棣花称街，商镇就是镇。两年前第一次到镇上，是父亲用自行车带我去的。镇上的街道那么长，正逢着集市，人多得像要把两边木板门石房挤塌了似的，父亲和我好不容易进到镇西头的大集市场上。那里有一棵大药树，几个人搂不过来，父亲去给我买作业本，我靠着药树一动不动地蹲着，看旁边一个钉鞋的，钉一会儿鞋，从怀里掏出个小酒瓶喝一口，真是羡慕死了！后来，父亲过来，牵着我往东走，路过一家国营饭店，饭店的主任是我们棣花街人，头圆圆的，肚子很大，父亲和他说话，我却一眼一眼地盯着锅台上放着的三碗面条。面条已经捞出来时间长了，上边的一层有些硬，旁边的长凳上有个笸篮，里边是烤出的烧饼，一只苍蝇在上面起起落落。我是很长的日子没吃过这样的纯麦面面条和烧饼了，盼望着父亲能买一碗，我毕竟是中学生了，而且棣花的考生我是第三名，难道还不该奖励吗？但父亲没有给我买。我们又往前走，我恨我不是那只苍蝇。在街东头，那里有槩卖粮食的，父亲把那一口袋一口袋的麦粒抓起来看成色、问价钱，又把苞谷抓起来看了，问了价钱，最后却和一个卖烂米的人在那里讨价还价。烂米是里边有着稻皮角的，吃不成蒸饭，可以做米面儿，价钱便宜。但父亲买不了那一口袋，卖主似乎在嘲笑父亲是教师，挣国家钱的，一口袋的烂米还买不了吗？父亲仰了头沉思着，好像在计算着什么；后来吸烟，烟影在地上呈着土红色，嘟嘟囔囔地说要给孩子报名的，真的没钱了，就买了半口袋。父亲到底是好父亲，他将烂米装在早已拿着的一只口袋里后，却跑过去给我买了一把水果糖，这令我喜出望外！我剥了一块用舌头舔，抬头瞧见旁边铁匠铺拉风箱的小儿在瓷眼儿看我，我立即将糖囫囵含在嘴里，我的腮帮子鼓起了一个包。一直走过了长街，直到学校的门口。校门是非常非常大的，一个老头儿威严地坐在那里的长凳上吸旱烟。我知道他是门卫，害怕起来。不知怎么，我不害怕老师就害怕门卫，他头上方写着的"准时到校"四个字，像我在城隍庙里见到"你来了"一样心怀恐惧。父亲和我立在路边，他指点了远处河对面的山说那是商山——山形果真像个商字，我却看它像个坐着的巨人——商山是历史名山，商鞅当年封邑在这里，秦末汉初的"四皓"也曾居住在山上。我听父亲说着，心不在焉，又看了一眼那门卫。中学的门卫比小学的门卫更瘦，脸更凶。父亲说："糖甜不甜？"我说："甜！"父亲说："将来上大学了，我给你买一筐糖！"商山顶上有一朵云彩，停住不动，太阳将四边照得通红通红的。父亲却说："我就送你到这儿，你去吧，你自个儿去报到吧！"说完他就推了驮着半袋烂米的车子折身要走。父亲是严厉的，他一旦说什么就是什么，我原指望他领我去报到，到宿舍里帮我安顿床铺，但他偏要我独自去，我只好拿了一卷钱走进了校门。回头看看，父亲却站在那里，一眼一眼地看着我。

我终于是个住校的中学生了，上衣的口袋里插上了一支乌黑的钢笔，在那个有窗子没有玻璃的宿舍里与两个同学搭铺或与三个同学搭铺。我是尿过床的，也在身上发痒的时候摸出一个肉肉的小东西在窗台上用指甲压死，天明时那里留下一张瘪白的虱子皮。学生灶上的师傅有一颗发红的秃头，给我打饭时总是汤多面少，画过一次他的漫画在第三排教室的后墙上，而且配上一句话：秃，灯泡，葫芦，绣球；也因肚子饥偷吃过学校后院的毛桃，因作文本上错别字多被老师在课堂上示众。但我毕竟还是一个好学生，我上课用心听讲，不做小动作，从没和人打过架，也不给别人起外号，虽然个子矮，下课后同学们拿我做夯来打，我没恼过。我虽然体育成绩不好，但那是因为谁也不肯将球传给我，怕我个子矮守不住。我跟着队员跑过来跑过去，就觉得没意思了，再也不爱球类。我在没人时可以唱很好听的歌，只是牙不整齐，后来就羞口了。在学校里文体活动积极参加者都能引人注目，这两方面我都不行，就盼考试，一考试就能显示我的存在了。规定是一周一篇的作文，我几乎一直是一周写两篇。我曾经重写过一位老师为我起草的在全校会议上的讲话稿，也曾经被语文老师关在他的房里替他为别的同学批改作文。学生灶上的饭常常使我们挨不到时候，但为了节省吃饭，星期日回家带来的黑面馍和冷熟红薯，有两天就用开水泡了吃。街西头的国营饭店里，永远在诱惑着我们，我无数次地在那门口走过来又走过去闻香味，而我仅一次进去用八分钱买过一碗面条，面条吃完了，发现碗底竟还有一只苍蝇。星期六的下午从来是不吃灶上饭的，赶十五里路回家去吃一顿糊涂面。糊涂面即是苞谷面糊糊里煮面条和酸菜，算是最丰盛的饭了。我可以一口气吃三大搪瓷碗，肚子就像气蛤蟆一样凸起来，鼓腹而歌。星期日的下午，背着粮食，提着酸菜罐，徒步再往学校去。这个晚上的宿舍里大家几乎都吃坏了肚子，响屁连天，不停有人跑厕所，天明总会发现有稀屎从门口一直拉淋到厕所去。我提的酸菜罐系儿很短，因为个子矮。村人见到就说：罐罐来罐罐去，回来提个罐罐系儿。我真的常常提罐罐来，罐罐撞碎了，系儿保存着。天晴的时候，我们穿布鞋或草鞋，天一落雨，就打赤脚，我穿破过十几双布鞋和几十双草鞋。村里的一个孤老头子是经年编织草鞋的，他编织的草鞋是用从河滩捡抛死婴的裹布做鞋耳的，穿着那鞋子我总觉得有孩子在哭。穿透了底，就脱下来高高地抛起，让它挂在树梢上或电线上。十五里的路边树上和电线上常能看到那些破草鞋，摇摇晃晃的，提示着行人这是一条学生的路。

但是这次，我们再没有提酸菜罐，也没有穿草鞋，我们是毕业生了，毕业生应该有毕业生的体面。校园里很冷清，并没有多少老师和学生，野草丛生，墙上到处是被雨淋得已经肮脏不堪的大字报。据说这里曾做过一派组织的营地，高高的院墙里设有木架，还堆放着破砖和桌椅板凳腿儿。门卫已经很老了，患着哮喘，他看了我们一眼就剧烈地咳嗽，只说一阵咳嗽完毕，但又"喀喀喀"地咳起来，整个身子缩成一团，倒担心他从此就要过去了。我们吓得忙去扶他，他却又活了来，口里吐出吊线的痰来。俄语老师抄着手，踽踽地走过来，他看见了我们，喜欢地说："毕业啦？"我们说："毕业啦！"我们突然觉得应该送老师一件礼物，但我们身上什么也没有。我上课的座位总是在头一排，老师教卷舌音的那堂课，他一直站在我的课桌前，他的唾沫溅湿了我的课本，也溅湿了我的脸，我不擦，一动也不动。老师说："回家了，有空儿得翻翻书，学俄语还是有用的。"还有什么用呢？国家已经与苏联反目了，即使专业人员也已没有了与苏联人打交道的机会，何况我们毕业了，就永远去做农民了！告别了老师，我们觉得他有点迂腐，一转过墙头就笑起来。说实话，我们很快乐，从今以后，再也用不着一趟一趟步行十五里到学校去了，再也用不着整日背诵那些枯燥的俄语单词和数学公式了！

我们领取了毕业证，在校园里四处走动，破烂不堪的校舍使我们产生了破坏的邪欲，我们抬起了脚，看谁能把脚印按在墙的高处；又左盼右顾，希望能拿些东西带回家去。但是，到处是废纸、砖块和桌子板凳腿儿，所有的教室都上了锁，隔着没玻璃的窗子望进去，我的那张课桌还在，凳子没有了，桌面上蒙着厚厚的一层尘土，一只麻雀在上边走出几行"个"字。这麻雀前世也是个学生，我这么想。我趴在窗口上，趴了很久，一回头竟瞥见了前边一排房子屋檐下的电线上还挂着一条破布，脑袋里"嗡"地响了一下。一年半前，我们批斗了姓王的老师，批斗的那天许多人上去打他，把他的衣服都撕破了，有人就将撕下的一条布扬手一甩，布条便挂在了那电线上。王老师是第二天黎明在商镇的一个水库里投水自尽的，没想到这么久了，那布条还挂在那里！于是，我想起了教生物的刘老师还在不在牛棚？刘老师情况又怎么样？王老师被批斗的前三天，刘老师被剃了光头游街，我的那个头上长疮的同学在她游街时把一双旧鞋挂在了她的脖子上。我问："挂旧鞋干什么？"他说："她是破鞋！"我那时并不知道"破鞋"是什么。也就是这位同学，我们去西安串联时他是队长，夜里在新城广场排队买毛主席纪念章，我因去了一趟厕所出来，坐在厕所外的台阶上歇了一会儿，他便指责我排队不积极，惩罚我，不给我发买来的纪念章，使我坐在广场上伤心地哭。这时候我想起了刘老师，也就想起了长疮的同学，刘老师头上的头发是不是又长长了，那长疮同学的疮肯定还没好，活该他一辈子长疮！

　　离开了窗口，下台阶时，我看见了另一个门口前的小小台阶。那小小的三层台阶是我和另外两个同学修的。我们是学过雷锋的，在学校的范围内挖空心思地做好事。有一天，当发现班长和两个团员修起了教室南边的台阶，我们就商议修教室北边的台阶。虽然教室的地势是南高北低，北边根本用不着修台阶的，可我们还是修了，老师和同学走不走这台阶并不重要，重要的是我们要学雷锋做好事。那一年是学雷锋做好事最多的一年，有那么多的同学都拾到了钱交给了老师，我就奇怪路上怎么总有遗失的钱呢？后来才明白他们是将自己的钱说成是捡的上交了。下午放学后我和另一个同学去丹江，那里有一座木板桥，我们就在桥板下支了一块石头，专等有人过桥时落在水里我们去抢救。结果并没有人过，却有一只狗从桥上跑过，掉了下去。我们没有去救它，它被水冲走几十米远后爬出来又跑走了。我们去宿舍，宿舍的门大开着，门扇上画着个大乌龟，那个瓷烧的尿罐还歪在门口，里边竟长出一株狗尾巴草来。往日里放尿罐的地方永远是湿汪汪的，半夜的月下，我们站在门口往外尿，看谁尿得远、尿得猛。那时是多么厉害呀，可以将尿罐下的一窝蛆冲死，就像电影中警察用高压水龙头冲游行的人群一样。有一次下雨，我闭着眼睛在那里尿——我爱做梦，往往起来小便眼不睁，小便毕了回床睡下，那梦是可以继续往下做的——怎么尿也尿不完，我在迷瞪状态里误把房檐流水当作在尿尿了，在那里足足立了半个小时。前几日，我从街上过，坐在路边栏杆上的两个人在说话，偶尔有一句在感慨他们老了。一个说："一看电视就迷瞪，电视一关，却又醒了。"另一个说："年轻的时候按着按着就尿到了墙，如今扶着扶着偏还是尿湿了鞋。"我听了，回头看了看他们，就想起了当年在中学宿舍的情景。冬天里，宿舍里如冰窖一般，夜里常有老师来检查是否按时熄灯，我们已经感觉到老师就潜藏在窗子外边，嘴都不发声，却在被窝里故意努屁，惹得这儿那儿有"哧哧"的笑声。当然是老师进来要追查是谁故意放屁了，当然又是小鼻小眼的陈××要打小报告。可怜的陈××在这个晚上就遭殃了，他有起夜的毛病，他一出去上厕所大便，宿舍门就关了，任他回来怎么敲也没人理，只好翻窗子进来。陈××现在是某县的一位副县长了，不知道他怎么就当上了副县长?！我站在了窗子下的那张床板上，这里曾经是我睡过的地方。安娃说："你是欠我半口袋炒面的！"我点头承认。有一天夜里我俩搭同铺，饿得睡不着，他就拿出了他的炒面口袋。口袋并不大，炒面却装得满满的，就你抓着吃几口把口袋递给我，我抓着吃几口把口袋递给你，竟把口袋里的炒面吃完了。从宿舍出来，靠院墙根的那一片小树林子旁边是王老师曾经住过的平房子，长来、忠勋和安娃赶忙走过去，而且一边走一边"呸呸呸"地往空中吐唾沫，我却往平房子的后边去。他们说："王老师来了！"我没有整过王老师，做了鬼的王老师是不会寻我的。我走到了小树林里去看那棵小桃树，小桃树已经有胳膊粗了，它并不是枝叶茂密，但亭亭玉立，临风摇曳。就是这棵小桃树，在它第一次结果的时候，我于一个星期五的午后发现了，是五个毛桃。于是，我保守着秘密一直到第二天中午，放了学，别人都回家了，我钻进来，摘了所有的桃子吃下。后来，我有了奇异的感觉，看什么都是有生命的。譬如我住院，老觉得医院的人群里是混杂着鬼的，医院的一草一木或许就是曾经去世了的人幻变的；在大街上，又总疑心熙熙攘攘的人流中是有着神祇或狐狸精以人的形象出现着。有这样的感觉就想到了这棵小桃树。是个好心的女子，它给了我一顿饭食。我抱着小桃树，向小桃树再见！安娃在那里大声地喊我，我出了林子，他们问我干什么去了，我支吾着不肯实说，学生灶的红秃头师傅就迈着八字步过来了。我和师傅吵过一架后，他每次打饭，勺那么一拐总会给我留得比别人的饭稠，但长来是仇恨他的，他从来都给长来留的饭稀，长来皱了一下鼻子，把头转过去。师傅说："来领毕业证的吗？"我说是的，"几时到棣花赶集了，到我家去喝喝水呀！"我交代着我家的地址，他说："去嘛去嘛，一定去的！"但他没有去过，据说他后来得了噎食病，活活地饿死了。

我们已经走出了校门，并且已经商量了今日每个人都掏出自己身上的钱，去商镇街西头的国营饭店里一定要每人吃一碗素面的，然后不走公路，从河堤上，沿丹江溯流直上回棣花，天黑能到就天黑到，半夜能到就半夜到，反正要逍遥快活一次。我们掏钱的时候，长来将一枚五分钱镍币含在了口里，被我和安娃发现了，按在地上从嘴里掏出来。但走出校门，看见别的班级的学生有几个在那里照相留影，我们心里就来了酸劲儿。留影的是家住在商镇的学生，他们其中有干部子弟，穿得好，梳着分头，骑自行车，裤带上总别着乒乓球拍。棣花来的学生都是农民的孩子或"一头儿沉"干部的孩子，一进校就人以群分了。

这种现象，过去有，现在依然有，人性天然使然。知识决定着人的素质，钱财可以提高人的境界。城镇的孩子与乡下的孩子智商并没有什么差别，城镇的孩子表现出来的聪明、大方、灵活是因为见多识广，乡下的孩子却因穷产生自卑、畏缩、胆怯而转为强烈的嫉妒。人越穷越是心思多，敏感而固执，仇恨有钱人，仇恨城市，这就是我们父辈留给我们的基因，而又使我们从孩子时起就有了农民的德性。当我已经不是农民，在西安这座城市里成为中产阶级已二十多年，我的农民性并未彻底退去，心里明明白白地感到厌恶，但行为处事中沉渣不自觉泛起。环境是改变着人的思维的，当我收集着各种汉代陶罐，在一只巨大的陶罐上写着"大观"二字时，我理解：大罐便是大观，大观便是大官，能从大的局面看问题的必然能做大官的。我住在西安，常常接触各方来的人，比如北京上海的人和西安人思维不一样，西安人和县上的人思维不一样，县上人和村中的人思维不一样。当然，也有一类人，即从农民变成城里人后，比城里人更城里人。我的一个大学的同学，他是由农村来的，他成为城市人后决不再回老家，老家来人从不请吃和请住，老家人一走，就会用消毒水、空气清新剂喷洒沙发。他越来越讲究，到了四十岁，发展到了洁癖，买来的任何菜都必须用洗洁精浸泡，以至于有一次蔬菜没浸泡，全家大小都拉起了肚子。

　　看着商镇的学生大呼小叫地照相留影，我们就盼望有一只狗冲过去，或者，在哪儿找一只老鼠，蘸上煤油点着了，让老鼠跑向他们。但哪儿有狗和老鼠呢？我们不能把学校的影子留在照片上带走，我们得拿些学校的东西！于是又返回学校，走到图书馆，图书馆的门窗全被木条钉死了，走过那棵丁香树下，伸手就折断了一枝，在北边西头的那间教室里，终于发现窗子上还有五块完整的玻璃，忠勋、长来、安娃皆卸下一块，用纸或衣服包了，夹在胳膊下。我该拿些什么呢？去扳动窗子上的铁皮活页和窗扣，用力过猛，擦伤了手皮，血流不止。我们最后离开学校时是真真正正地做过一次抢劫者的，然后还蹲在教室角落里拉下了一堆臭屎。

回　乡

回到了棣花，我成了名副其实的农民，在农民里又居于知识青年。但是，当我后来成为一名作家，而知青文学在相当长的时间里走红于中国文坛，我却是没有写过一个字的知青文学作品。在大多数人的概念中，知青指原本住在城里，有着还算富裕的日子，突然敲锣打鼓地来到乡下当农民的那些孩子。我的家却原本在乡下，不是来当农民，而是本来就是农民。报界里有一句话：狗咬人不是新闻，人咬狗才是新闻。回乡的知青不是落难的公子，政府不关心，民众不关心，文学也是不关心的。

我读过许多关于知青的小说，那些城里的孩子离开了亲情，离开了舒适，到乡下去受许许多多的苦难，应该诅咒，应该倾诉，而且也曾让我悲伤落泪。但我读罢了又常常想：他们不应该到乡下来，我们就应该生在乡下吗？一样的瓷片，有的贴在了灶台上，有的贴在了厕所里，将灶台上的拿着贴往厕所，灶台上的呼天抢地，哪里又能听到厕所里的啜泣呢？俗话说：铁打的营盘流水的兵；俗话又说：家无三代富，风水轮流转。城市就是个优胜劣汰的营盘，在城里住久了的一部分人走出城门到农村去，一部分农村的有为者离开农村到城里来，城市就永远是社会文明的中心，也符合城市的性质。如今国家实行市场经济之后，面临困境最大的是那些计划经济时期建立的特大工厂。为什么这些工厂败家？其中一个原因是大的工厂除了生产外拥有着从幼儿园到小学、中学、中专和服务性的娱乐性的一系列完整的设施。工厂管理人员和工人的子女及子女的子女几代人的内部消化，工厂实际上已经成了一个庞大的村庄，哪里还具备现代社会的先进性和文明性呢？在我的经历中，我那时是多么羡慕着从城里来的知青啊！他们敲锣打鼓地来，有人领着队来；他们从事着村里重要而往往是轻松的工作，比如赤脚医生、代理老师、拖拉机手、记工员、文艺宣传队员；他们有固定的中等偏上的口粮定额，可以定期回城，带来收音机、书、手电筒、万金油，还有饼干和水果糖。他们穿西裤，脖子上挂口罩，有尼龙袜子和帆布裤带，见识多，口才又好，敢偷鸡摸狗，敢几个人围着打我们一个。更丧人志气的是他们吸引了村里漂亮的姑娘，姑娘们在首先选择了他们之后才能轮到来选择我们。前几年社会上流行一首歌曲《小芳》，暴露的是时过境迁之后那些知青对于后来进城时又抛弃了乡下姑娘的一份忏悔和追忆。我听见那歌曲中的"谢谢你，给我的爱，伴我度过那个年代"，我心里厌恶着小白脸的浅薄。他们在时代中落难，却来到乡下吃了我们的粮食、蔬菜和鸡，夺走了我们的爱情，使原本荒凉的农村越发荒凉了。姑娘们选择他们，是认作他们毕竟是城市人，终有一天会回城市。狼狗天生的比土狗漂亮雄健而有价值，我们作为男子的竟也是这样认为。所以，当征兵、招干、招工以后，城市来的知青先先后后都走了，我们回乡来的知青并没有嫉妒和做过什么破坏工作，因为天经地义，他们是应该的。这如同都是窑里烧出来的，而瓦就是用在屋顶，砖块只能砌在屋基。但不能使我们心理平衡的，倒是长着吹火状嘴的、老流着鼻涕、在人面前抓虱子的那个与我同过学的一位，他为什么就能去地质队呢？我们一群土著知青愤愤不平，密谋过、递交过攻击他的意见书，散布过他的种种不是的谣言。农民就是这样，方圆七八里，谁都知道谁家爷爷的小名；在村道里看见一只鸡，也清楚这鸡是谁家的媳妇喂养的。对于左邻右舍，若是日子过穷了，就嘲笑作践他的无能；若是谁家的饭比自家的稠了，又百般嫉恨。我们破坏"吹火嘴"去当工人的阴谋最后破产了，因为终于弄清楚"吹火嘴"的姐姐与公社大院的一个负责人有肌肤之亲，那干部是无法报复的。但"吹火嘴"家的几棵柿树被人用刀剥了一圈皮，不久就都枯死了。那时候，村里经常来一位阉猪的，骑一辆自行车，车头上插一根铁丝，铁丝上系一条红布条儿，工作轻松又收入丰盈。那天我正去看他给公路边那户人家的猪"摘蛋"，公社那个干部从"吹火嘴"家里出来，"吹火嘴"在临走时请客，那个干部喝酒喝得脸红红的。说："你们几个同学都去喝酒了，你咋地不去？"我说："我忙哩。"他看着我，笑笑，却说："听说你在你们班学习最好，你就在村子窝一辈子？"我说："我学阉猪呀！"转身就走，心里说：我学会了，我先阉你！二十年后，我坐在书桌前读一本知青小说。我的女儿比我早几日读过了这本书，她感动得不得了，问起当年知青的苦难，我说过这样的话："没有遇到饭店饿了一整天的饥和吃了上顿没下顿的饥本质上是不一样的，孩子！"

我们回到了家。我们每个星期六都回到过家，但这一次回家我们变成了另外的人，我们再没有了阳历，也没有了星期几的概念，上衣口袋里的钢笔取下来，墨水瓶里开始有第一只苍蝇出入。村里李家的那个儿子新婚的第二天，在门首对人说："一夜淑女成佳妇，从此男儿已丈夫。"我们像那儿子，也像那媳妇。

象征着我的中学时代的那个菜罐早已被酸菜中的盐蚀得外边一层白，回家来把绳系儿割断，母亲装着了辣面放在了柜台上。二十年后，我喜欢每写一部长篇小说时脖子上就佩戴一件玉或石，作品完成后就将佩件赠送给我所心仪的人。再后，我热衷了收藏，其中最多的就是唐代陶罐和汉代陶罐，它们大到如瓮，小到如核桃。每每欣赏它们的时候，就想到了我的那只酸菜罐。那是个没人能接受赠送的年月，装辣面的菜罐后来不知如何就没有了。在相当长的岁月里，我不堪回首往事，在城市的繁华中我要进入上流社会，我得竭力忘却和隐瞒我的过去，而要做一个体面的城市人。母亲被接到城里与我同住后，有一天突然记起了那只酸菜罐，母亲竟也说不出那只罐子后来是怎么就没有了！我想，一只普通的罐子的存亡没有被记住，这是应该的，长长的日月就是这么逝去的。世上的万物都是来自于土，树木、鱼虫和人物，末了又归之于土，我们都不过是尘土的一场梦幻。如果我现在不是城市人，不是一个作家，不是过着还算优裕的日子，不是要写这本书，对于菜罐将不再提及。试想，世上有多少怀念母亲和老师的文章？细查一下，作者都是有成就有地位的名人，不是所有的人不热爱自己的母亲和老师，而是名人才有歌颂母亲和老师的价值与意义！母亲讲，她却是记得我的堂弟的那个菜罐的，堂弟比我低一个年级，同我在一年里毕业，他的菜罐原本是瓷的，类似于砂锅，毕业后家里就用它做了熬药罐。这只药罐一直在村里使用了许多年。谁家有病人需要熬药了，就来借，熬过的药汤喝下，药渣则倒在村头的十字路口，用意于散病。病好了，药罐是不还的，还药罐有还病的忌讳。再要谁家有病人了，再去借着药罐去熬药。堂弟的酸菜罐救活过无数的村人，我的酸菜罐没有这份功德，它默默地消灭了。

初回村的数月里，我们是出了鸟笼的鸟儿，终日快活。早晨一般起来得很晚，总是母亲揭了被子，用扫炕的笤帚磕打着屁股："还睡，不上学了就这么睡，睡死呀?！"起来仍是迷瞪，蓬头垢面地要坐在堂屋的门槛上或台阶上半个小时。有时也是起来得非常早的，那是头一天夜里几个同学约定了要去三里外的另一个同学家的，或许是堂姐的婆婆家过红白事，家族里要去许多人，去了能吃到人家的柿饼和核桃。中午里，我们去丹江河里戏水，爬到高高的石堤上往河里扎猛子，或者手探进石堤的石缝里摸鱼。丹江里有一种五彩鱼，颜色极其艳丽，但我们摸到鱼却是不吃的。老家的人是从来不吃鱼、虾、黄鳝、鳖的，即便在一九六〇年遭年馑，将村前村后的树叶树皮全吃光了，也不去吃鱼吃鳖。我们偶尔将鱼在锅里煮了吃，大人要将锅碗用草木灰洗搓数遍，祛其腥味。在石缝里摸鱼，常常会摸出蛇来，这蛇是不会咬人的，顺手扔出去，它会从水皮子上斜斜地游走，样子甚为优雅。大人们最反对我们在正午去河滩，因为正午和子夜一样，是鬼出没的时候。村里曾发生过一人在正午去河边的芦苇丛里割草，突然头往沙土里钻，待人发现后已死。鼻孔耳里口中眼内全是沙。我们并不怕鬼，将鱼用荷叶包了，再用青泥包，拾柴火在河堤上烧，待青泥烧干，掰开来吃鱼肉。当然是吃一半扔一半，只觉得好玩儿。待回到家，很老实地溜进门，母亲问哪儿野去了？回答在魁星楼上下棋睡觉了。母亲伸手在我的肩头一抓，抓出五道泛白的指印，立即生了气："这是在魁星楼上？河里哪一年不死几个人，你好好去么，去给横死鬼当替身吗！"玩儿过水，经太阳一晒，手在身上能抓出白道的。之后，我们再从河里出来，要先去泉里擦擦身子才敢回家的。

到了夏末，河里开始发大水。在小的时候，丹江的水常常漫过大堤，淹到村里来。有一次水来了，人都往房上跑，眼见着水浪"啪"地把房门压倒，好像是压倒了一张硬纸板，随之浪又一收，水从屋中退出去，柜子、箱子、苞谷棒子、被子、筛子一溜带串地也跟着出去了。但现在丹江没那么大的水了，河堤上响着巡堤人的锣声，村人都去护堤，水终于没有翻过堤顶，而人们就开始用长长的捞斗站在岸边捞水面上的浮柴。浮柴里有粗的树、鼓着肚子的死猪，胆大的人就钻进水里向树和猪游去。我不敢，用绳子将自己拴在岸边的树上，只是捞那些树枝柴棍。天黄昏时刘叔则捞上来了一个女人，他以为是一头猪，待抓住了才发现是人，骂了一声："你要拉我当替身?!"丢开手，又去抓那一根木头。但那女人翻了一下身，说了一句："救我……"刘叔才知道她还活着，便又去抓她，她却一下子死扣住刘叔，刘叔险些随她一块儿冲到河中去。刘叔一拳把她砸昏，抓着那一蓬长发到岸上。这是一个五十多岁的女人。女人被背回了村，俯身架在牛背上，牛被牵着在大场上小跑，女人就在牛背上"哇哇"地吐水。她开始说话了，说的是蛮语，她说他们一家人都淹死了，跪下给刘叔磕头。这女人再没有离开棣花，嫁给了一个老光棍儿，逢年过节，老光棍儿和女人就提了鸡蛋来看望刘叔。我那时常疑惑，刘叔怎么不娶了她？刘叔的婆娘是个母老虎，整日像个茶壶似的一手叉腰一手指了刘叔骂，刘叔竟能容忍了婆娘而把那个白胖胖的女人送给了老光棍儿！

　　一场大的暴雨之后，秋季里更是连绵不绝的淋雨，村里许多人家不是院墙倒了，就是檐角发朽的绽板终于折断，泥巴和砖瓦就塌下来。修在门前或屋后的尿窖子全灌了水，又溢出来，粪便就漂得哪儿都是。差不多的猪圈都是用石块胡乱砌的，于是塌得七零八落，大猪和小猪在村道里跑。逢着连阴雨，大人们就抱着头睡，睡三天四夜，头都要睡扁了。雨还在下，他们就收拾着稻草在门槛上打草鞋。我们是睡不着的，先是去看五林叔骂他的老婆，五林叔是因一顿饭没有吃好而骂老婆的。他瘦高的身子竟能盘脚搭手坐在蒲团上，像女人一样有条不紊地开骂，时不时嘴一噘，一口唾沫从上牙豁口处喷出来。我们称五林叔是"棣花第一嘴"，他骂人骂得幽默、狠毒，他的老婆倒只会"呜呜"地哭。后来又去看大伯父用鞭子撵借宿在厦房里的孤老头儿。孤老头儿在雨季里没柴烧，竟去捡了猪、牛、狗的骨头，当然也有人的骨头来烧饭，骨头的臭味弥漫在院子里令人胸口发呕。这时候，安民肯定是会在院门外向我们招手，他是大我三岁的，原本是小学的同学，但他每次考试都不及格，小学四年级就不念书了。他是除了不会念书而样样都会的人，上高爬低，泅水打架，还会配钥匙和钉鞋。他现在用木板制作了高跷式的雨鞋，呱嗒呱嗒地在村里走，我们就去向他学着做木鞋。学做木鞋的还有邻村的那两个从城里来的知青，后来我们就在他的房子里玩儿扑克，一直玩儿到天黑。一个知青已恋上了另一个村的女子，他说："想不想吃鸡？"我说："当然想。"他说："那咱晚上就吃鸡吧！"村里好多人家已叫嚷丢鸡了，还用鸡皮包裹了炸药埋到牛头岭下去炸狐狸，原来偷鸡的是他们！去偷鸡时，我害怕了，但我已经不能退出，我只有随着他们，在被偷的人家门前放哨。知青是有手电的，他一道光照在人家院门处的榆树上，栖在树上过夜的鸡就一动不动；安民就举一根上边钉了木板条的棍子捅捅站着的鸡，鸡便走到木板条上；一连偷了三只，那个知青在怀里揣了一只去孝敬未来的丈母娘了，另两只拿回家，藏下一只，宰掉一只我可以吃到一只鸡翅膀。

　　星期六，父亲从十里外的两岭小学回来了，他回家来大多的时间是在自留地里忙活。他喜欢吃辣子，自留地里就栽了许多辣子；他喜欢吸烟，烟苗也栽了那么一畦。要么就是推石磨，我最害怕的是推石磨，常常是晚上把三四升麦子倒在磨盘上，需要磨四五个小时。母亲就扒在婶娘的窗口，轻声说："二婶、二婶，你帮我推推磨子，过后我给你还工。"二婶娘有时就来了，有时因别的事不得来，我们娘儿仁就艰难地推那石磨，走一圈又一圈，我和弟弟就抱着磨棍打瞌睡。父亲一回来，有了劳力，石磨推起来就轻松得多，但推到半夜，仍是没推完，我和弟弟就发脾气，赌气不推了。母亲就要骂我们懒，白天里疯得不沾家，猪没食了不去寻猪草，没柴烧了也不劈劈楼上的那些硬柴。"你以为你还小，你还是学生吗？你现在毕业了，是农民了，你不生心？！"母亲骂着的时候，父亲是没有言语的，坐在磨道里吸烟。母亲还在诉说着，我有些心焦了，一摔磨棍，磨棍竟跳起来，打翻了旁边放着麦麸的簸箕，我又气又吓，拔脚就跑。父亲的脾气是暴躁的，他常会严厉地斥责我和弟弟，我担心他要发怒了，一气儿跑到村外的水渠边，却是后悔了。我虽是无意打翻了簸箕，但把簸箕里的麦麸撒在了地上，母亲不知会怎样心疼！我知道我犯了错，今晚儿是不敢回去了。渠水哗哗地流着，谁家的猫像小孩儿哭一样地叫着，我想，回去肯定要挨一顿揍的，如果父母找来，我就隐身到那棵柿树后去。但是，一抬头，父亲却站在我的身边，他没有扬着手打过来，也没有骂，平静地说："不上学了，就这样耍呀？"拿眼睛看着我。月色下，父亲的眼光是多么忧伤呀！他就那么看着我，我站在那里不动了。我永远也忘不了父亲的那次眼光。他原本对我是寄了很大的希望的，只说我会上完初中，再上高中，然后去省城上大学，成为贾家荣宗耀祖的人物。而现在初中未上完却毕业了，就要一生窝在小山村了，沉重的打击使他多么懊丧与无奈呀！

贾氏家族

在我们家族里，爷爷的爷爷是谁，一生做了些什么事情，我是无从知道的。听父亲讲，爷爷在世的时候，个子特别高，排行第五，人叫贾老五。他没有留下照片，倒是祖母留下了一张照片，脸很长，颧骨高耸，我总以为爷爷也是那个样子的。爷爷的威望据说很高，谁家的红白事都请他主持，哪里有矛盾纠纷也是他去说公道。丹江从雷家坡村那儿拐弯时，河的对面是另一个县的刘家塬村，两边为了争抢河滩地，分别在各自岸头修石堤赶河的主道。为此发生过几十年的械斗。在那一场场械斗中，爷爷自然是领头人物，自然是棣花人最后战胜了刘家塬人，把水逼向了对岸。棣花就多增了修造新的河堤后的数百亩水田地，爷爷日夜在那里劳动，脚板上起了一层死肉。踩着火炭也不觉得烫。他也办过染坊，吊过挂面，但在他中年以后，家道却越来越贫，至死，祖母和父亲他们都没有见过裤子。而他唯一垫身的是一件拆开的旧的棉裤片。祖宗们传下来的是"一等人忠臣孝子，两件事读书耕田"。爷爷发过誓要干两件业绩，一是造一所庄院，二是要供养出个读书的儿子。但是，爷爷造庄院的计划终究没有完成，仅仅在老街东路畔的水田里修了一座近两人高的庄院台基。而他的儿子们呢，在兵荒马乱的年月，为了避免抓壮丁，一次一次地变卖家中财产，但躲过了今年还有明年。我的伯父们远走他乡去铜川下了煤窑，在暗无天日的煤坑里挣钱供养我年幼的父亲读书。父亲是贾家唯一读书有成的人，父亲后来常常对我说起，一次抓丁，村里人都跑了，祖母抱着他在牛圈里藏了一天。黄昏时做饭吃，但家里已没了米面，用麦麸面在案板上拍成片儿，拿刀拨着下到锅里；没有盐，仅调了辣面，他吃得特别香，然后祖母背了他逃进苞谷地里。苞谷地里的狼多，祖母背着他，又害怕狼从后边把他叼去，就双手抓着他的脚，结果真的就遇见了狼。狼在地塄上看着他们，他们在地塄下看着狼，就那么对峙着。祖母突然背着父亲就地一滚，狼竟吓得转身跑去，稀屎拉在了地塄上。父亲终于读完了小学，后来去省城报考了师范学校，成为一名教书人。当爷爷过寿的时候，父亲的同事送来了一副"恭喜贾老先生七十大寿"题款的对联，爷爷似乎满足了一切，喝柿子酿成的酒醉得一天不醒。爷爷是一九四九年去世的，送葬的人坐了一百多席。没有桌子板凳，就用村中所有人家的门扇、筐篮、簸箕翻过来放在泥地上；或者在地上画一个圆圈，人围上去就算是一个席了。菜是以萝卜为主，有豆腐、一道红烧肉和两道猪的内脏做成的汤。烧柴是砍伐了三棵柿树的主要枝干。这三棵柿树至今还在，新发的芽已经长得盆口粗了。爷爷去世后，到了五十年代中期，我们家已经是二十三口人了，还一直在一口大铁锅里吃饭，直到六十年代初才一分为四。在我的小学时代以前，我就生活在这样一个大家庭里。祖母已经很老了，没有牙，眼睛却点漆一般亮，她的炕头上永远有一只黑瓷罐儿，里边放有红糖。她常常招我进她的卧屋，三个指头从瓷罐儿里捏出一点糖塞到我的嘴里，说："不要给人说！"其实，她也给我的弟弟和堂弟吃过，也叮咛着不要给人说。但她从不给我的几个堂妹吃，她说她不喜欢她们，女娃家是客娃。她卧屋的界墙外边搪着一块黑板，七八个上学的孙子孙女从学校回来，都规定要去向她报告，然后一一将这一日学的字和算式写在黑板上。她不识字，但她能看出每个人在书写时的果断或犹豫的神态，以此来决定吃饭时谁该吃稠些谁该吃稀些以作奖惩，她竟没有错过。父亲那时在邻县教书，他的任务是挣钱供养上了初中的几个侄子。他从这个学校调到那个学校，侄子们也从这个学校转到那个学校。三伯父一解放就在乡政府工作，始终未离开本县，他挣钱完全是提供家庭油盐酱醋的开销。二伯父和大伯父一直务农，但大伯父有爷爷的遗风，善谋略，好说话，主持家庭外务。他解放前做过生意，一根扁担把棉花、土布挑到汉口，从汉口又挑了水烟回来。他的脊梁上生着一个大肉墩，这肉墩就成了他的资本，在外说到家事，常摸着肉墩说："我们那个家呀……谁让我就是长子呢！"在家里，他享受着除了祖母外的一切权力和生活优待，他是可以指责、耻骂甚或殴打每一个弟媳或侄儿侄女的。每天早饭，苞谷糁稀饭里肯定是要给祖母、他，有时也有二伯父，一人一个苞谷面做成的窝窝馍的。午饭是山地人在全天唯一能吃面条的一顿，糊涂面熟了先给他捞一碗——这一点，祖母也享受不到，因为祖母说她不劳动——给他捞一碗了，下了酸菜，再连面条带酸菜给祖母和二伯父捞一碗，然后才是其余人吃，饭就成菜糊糊了。二伯父骨节粗大，为人实在，只管种田、砍柴，全家人都喜欢他，对大伯父不满，但谁也不敢说。妯娌四个，大婶娘是深山的娘家，祖母老作践她的亲家人丑而奸，对大婶娘也就什么都看不顺眼，终日批评不已。但大婶娘却极干净，常常一个上午都在收拾她的屋子，每有亲戚过世，全家出门，她总是走不出来，走出来了，还一边用手帕摔打脚上的鞋，一边在手心唾了唾沫去抹光头上的头发。二婶娘长年害红眼病，见风落泪，儿女又多，没穿过干净衣服，"抓个娃娃，要吃四两屎的"，她这么说着，自己给自己打圆场。棣花最漂亮的人才，要数三婶娘，抬脚动手都与众不同。几十年后，我在省城的大学里读到了李渔的书，方明白了三婶娘是有派的那一类女人。什么是天生丽质？三婶娘是最可证明的。当我的父亲去世，我替父职出嫁我的小妹，小妹的婆家在县城，家族里要去许多人的。那时大婶娘已经过世了，二婶娘说她走不到人前去了，没有去，三婶娘年过七十，她是代表，县城里的人全以为她是一位离退休的老干部。三婶娘明大理，但极精明，历来被祖母信任和宠爱，主持家庭内务。我的母亲那时最年轻，舅家人又担心贾家人口多，茶饭不好，常常在父亲去学校后就接她回娘家，从娘家回来又多是在包袱里包有锅盔，晚上关了门给我们吃。这样的大家庭，团结友好在乡里是没有第二的，但随着三年自然灾害和第三代人逐渐长大，其中发生着许许多多内部的矛盾冲突嫉恨和倾轧，我的童年和少年就是在这错综复杂的关系中度过。当我后来读到了《红楼梦》，其中有些人际关系简直和我们家没有多大的差别，可以说这个贾家是那个贾府的一个小小的缩影！

　　我为什么要简略地叙说了我家的历史呢？就是在父亲的那一次忧伤和无奈的眼光看过我之后，我是老成起来了，我明白了我已不是学生，欢乐如风中旗的少年时期已经结束，该是棣花公社的贾家的一名真正的成员了，一个确确切切的农民了。我开始不清洗膝盖上的垢甲，村里人说膝盖上的垢甲是老龙（农）甲，有垢甲将来才有钱。第二天，我向队长申请，要了一份工分手册，我要上工，要给我派活，我得挣工分呀！

棣花·社员

　　如果过去的时光可以回放，就能看到在棣花的水田塄上，牛头岭的坡道上常常有一个孩子低头走道。他迟早都背着一个背篓，背篓特大，背篓底直磕着小腿腕子，他永远在低着头。村里人说，仰头的婆娘低头的汉，这孩子是有毒的。但他却一脸憨相，留着用剪刀剪出的盖儿头，鼻涕挂在嘴唇上。这一年的春上，他的脸上开始生痣，竟有七颗痣，排列如天上的七斗。这孩子就是我。我的工分被定为三分。那时一个劳动日是十分，十分折合人民币是两角，这就是说我从早劳动到晚可以赚得六分钱。被定为三分，我是有意见的，但队长考我们，先让安民同我把一大堆麦糠运到生产队的牛棚楼上，麦糠一分为二，安民两个小时内就运完毕；我虽然只穿了件短裤，累得满身汗水，麦芒又扎得手脸通红，但三个小时过去了还没有运完。要命的是我胆小，提着装麦糠的大篓登那上楼的木梯时，需要小心翼翼，数次还掉下来，而安民却如履平地。更让我丢人的是，脱下衣服时衣服里装有二分镍币，我担心放在衣兜里丢失，自作聪明地将镍币含在嘴里，结果后来不小心镍币滑进肚子里，我又不敢对人说。回家后害怕镍币永远留在腹中，母亲就让我喝蓖麻油，晚上才将它拉出来。考过了运麦糠，队长又让我和三兴、信用以及堂弟挑粪担去牛头岭的地里；别的人都能挑八十斤，我只能挑五十斤，且我不会换担，肩头上就磨出泡来。然后套牛，就是给犁地的把式把牛套到犁上。安民胆大，他钻在牛肚下牛也不动；我怕牛，牛也怕我，我还未走近它，它就摆头踢蹄。队长就说："你不是个好农民，给你三分工就算照顾你啦！"

从此，犁地的把式们谁也不要我做他的套牛工。修梯田石堰的匠人总是骂我当小工供不上料石，他们骂人骂得十分难听，我就和迷糊叔亲近。迷糊叔是一个耍猴子人物，会以作践自己取乐众人。田地里他常让人将他的头装进自己的裤裆里做一个蚂虾状，而放在地塄沿上供大伙儿取笑，他也落得不劳动。但我不愿那样，我嫌那样脖子弯得疼，裤裆里空气不好。所以，在相当长的时间里，队长是分配我和妇女一块儿劳动的。但我不是"洪常青"，妇女队长也动不动训斥我。我是没力气，又不会农活，可我很乖，婶婶嫂嫂们都喜欢我。田地里歇气儿时，夏季里她们让我去泉里提清花凉水供大家喝；冬季里又让我去捡柴火来燃烧取暖。她们说我不生事、腿快，又会说故事给她们听。可我知道她们喜欢我更有重要的原因，那是她们在拔红薯地草的时候，在草篓子下藏着了拔下的地堰上的白菜而我看见了没声张；在麦场起场时故意将麦粒装在鞋壳儿里我发现了没揭发。还有，每次出工，她们说不尽的是是非非，谁家的婆婆见不得媳妇，将好吃好喝的牵挂了自己的女儿；谁造了孽生了一胎不成，再生了一胎又得了四六风，用笼蒸熏了一回，娃娃还是死了；谁在偷汉，谁在扒灰，谁又和谁收工后去坡根坟地的柏树丛后亲嘴哩。吵吵嚷嚷，甚至打架，我是从不参与其中的。乡下的妇女善良、勤劳、节俭，但总是自私、目光短浅、心眼小、长嘴多事、爱笑话人、好嫉妒，这些我体会得最深。以至现在，我成了作家，许多读者认可我作品中的妇女形象，其实都是那一段生活得益。而我性格中的阴柔，处事的优柔寡断也都是那一段生活给我的坏影响。我至今仍顽固地认为，乡下的女人，在二十五岁以前，她们是美好的；二十五岁到五十五岁之间，则集中了世上所有毛病一起爆发；而五十五岁以后，善良和慈祥又恢复上身，成了菩萨。我的家乡属于陕西南部，陕南的女人一般比男人长得好，开放、热烈、痴情又能干，这一点和陕北的情况不同。陕南的民歌里男的称女的都为"姐姐"，陕北民歌里却从来是"妹妹"。我的小说里女的差不多都敢作敢为，泼辣大胆，风情万种；而男的又常常木讷憨厚保守，那是有生活依据的，是我从小就耳濡目染深深体会到的。

写到这里，我得说说棣花的风水了，一方水土养一方人啊，棣花确实是丹江上下最好的一块地方。为什么叫棣花？据说有两种说法，一是这里满山遍野长有棠棣花，以花命名。所以，这里的女孩子虽不是那种细腰白面，但极丰满，高鼻大眼，有极宽极深的双眼皮，颜色人称是剥了皮的熟鸡蛋在胭脂盒里滚过一般。一是讲王母娘娘曾经过这里，将头上的一支簪花寄放于此。因此，棣花民间流传的神话故事特别多。在我的童年，记忆最深的是夏夜的晚上一家大小铺席在麦场上，大人们轮流着说仙说鬼，说得最好的是三婶娘。那时候狼多。常发生狼把乘凉的小孩儿叼走，在村头或牛头岭下的荒坟里遗下一双半只虎头小鞋的。所以，讲这些故事时，大人们是躺在席子外边的，我们就躺在里边，直至在听讲中呼呼睡去。

丹江起源于秦岭，流二百里地，到了棣花，河道就非常非常地宽了。原本是直直地要往东去，到条子沟口，山为之一束，像拐过一个墙角，收纳了条子沟的小河，忽地掉头往南，顺着苍苍莽莽形成内弓状的南山缓缓而去；大约去七八里，到马鞍岭，又向北流，南山几乎与北边的牛头岭的山尾相接；出山口又掉头往东南去了，棣花就成了一个盆地。丹江上下有盆地的并不多，规模大的仅四处，一个做了商州城，一个做了丹凤城，再就是商镇的金盆和棣花。金盆那地方是一搪平的盆地，出了全县最大的地主李玉海，也是我的出生地。母亲生我的前头曾生过一个孩子，但没有成，怀上我后为了我能平安地活着，被姨接去住进了驻扎在金盆的解放军的团部。大姨父解放前是陕南游击队的负责人，解放后任独立团的团长，而团部就在李玉海的宅院里。我是生在金盆里的，生命里既沾有共产党军队的光，也沾有大地主的光。棣花盆地的盆地是不平的，几乎是对等着，一半高一半低。高的是旱田，种玉米、小麦、谷子、大豆；低的是水田，冬种麦夏插秧。棣花是饿不死人的地方，遭旱，水田有收成；逢涝，旱地有收成，但终年却吃不饱。高低交界线是那塄畔，塄畔下是棣花的老街。早年，从条子沟下来有一条石板铺成的路，那里有一个石牌楼、一个亭子，亭子下常年停泊着一只木船，撑船的雷老头家就住在塄畔上。河边待渡的人一吆喝，老头就跑下去，"吱吱吱"地将船摆到对岸刘家塬的渡口，刘家塬的人也提着篓子和口袋到棣花老街上赶集。这一路风光是十分地好，路南水田稻浪起伏，蛙声一片，长满高大柳树的河堤下有成片成片的芦苇，芦絮放白，随风卷来如漫过一层云似的；而路北的塄坎，红沙石壁上凿满了题词。经过一座庙宇，庙宇是建立在突出的塄角上，下有石头砌成的堞门，就进入了西街。然后是中街，过小小的石拱桥，桥是将西街后的一溜荷花塘与中街后的大片的荷花塘分开的。中街两边是高高的台阶，人家都是丈二高的木板门面，各家店铺卸动了门扇，门扇又平支在台阶下，摆满了应有尽有的家用杂货。中街的东头，是几家饭店、吊面坊和一家铁匠铺，铁匠铺打出的镢头是名牌。再过一座小小的拱桥，这桥又是分隔了中街一片荷花塘与东街的一溜荷花塘。棣花的荷花塘像一顶平放的官帽，中街处是帽顶，东西街处是帽翅。如果有扁平的船，可以从东街荷塘一直荡到西街荷塘。夏日里荷塘荷花放香，成群的蜻蜓在空中飞，相当多的人家在稀饭里煮摘来的莲子，或者用荷叶铺笼底蒸红薯面馍，红薯面馍上就留下荷叶的脉络印痕和清香。冬日里，荷塘全结了冰，冰层上稀落着干枯的荷茎，有人就拿了铁锨在冰上铲荷茎回去烧饭，一边铲一边将一支点着当烟卷吸。腊月天是产藕的时节，藕出奇的是十一个孔，四面八方的人都赶来买。棣花的藕全然在外边涂上泥，保鲜又增斤两，这是棣花人最开心的日子。卖藕和一年喂一头猪，是农户全年最大的收入。到了东街，那就是我所在的生产队，虽然没有门面房，但有戏楼、魁星楼、老爷庙和二郎庙，有戏楼和老爷庙之间最大的一个广场。再后，官路通过了一条从苗沟下来的小河，这小河与丹江南岸山间出来的小河遥遥相望，过河即到了贾塬村，自然又是青石板道，直斜斜地铺到盆地东头的拐弯处。半圆之上的塬上，靠东，就是牛头岭。牛头岭是土岭，正面看似乎平地而起，其实有根有脉，向北一线直到苗沟的主峰月亮山。我家的祖坟即在牛肚下，父亲的坟又迁埋在牛鼻孔下。立于牛头岭上往南看，南山诸峰皆往盆地拱迎朝揖，分别有太阳山、虎山、龙山、马鞍山、笔架山、帽山、案山、锣山、鼓山，还有一垭，形成弯月状。垭里生满古松，以天幕作背景看，如松中藏月。松中藏月下的河南岸有塔，塔对面遥遥相对的是塬地半塄上的法兴寺，寺里早没有了和尚，一对大石狮和铁锤还在，坐满了学生，是棣花小学。

　　村人们常常念叨棣花昔日的兴隆，其实时间仅隔了二十年，那时丹江的水大，从丹江下游的商南县渡船一直可以上行到龙驹寨，再到棣花。搭船而来的商人带着烧纸、食盐、瓷器、布匹、木炭就在中街的店铺里出售，聚聚散散着方圆十多里的人。这些人给棣花增加了相当的福利，那些饭店、客栈、剃头铺、小炉匠铺收入了多少无法估量，单是中街两头的两个公共厕所，粪尿的积攒是相当快的。商人们和船工售完了货并不立即返回龙驹寨和荆紫关，他们踏着青石板街道去法兴寺敬神焚香，然后沿街去铁匠铺和吊面坊。巩家的吊面细长如丝，中间却是空心，远近闻名，当然闻名的还有巩家的三儿媳人长得稀。三儿媳是个年轻的寡妇，惹动过许多凄美的风流故事。天黑了，东街的戏楼上如果有戏演，远远近近的人打着火把就来看戏，看戏的孩子喜欢一路上点燃路畔的荒草。但凡黑夜里看见远山近岭火光一片一溜的，就知道棣花的戏楼上在演戏了。若是一日两日戏不上演，船工们可能就回去了。偶尔谁家的媳妇或女子悄悄地坐在了船头，为的是贪图坐便宜船，更为的是受不得船工那一把五彩丝线或一块头油和篦梳的引诱。商人们却要留下来，他们就住到街上的客栈里，或寺庙的厢房里。更多宿于老爷庙和二郎庙。这两座庙据说先有老爷庙，后金人入侵，以小河为边界，金人也就以老爷庙的样子要修二郎庙。修庙正愁没有木料，一夜苗沟山洪暴发，从山地冲下无数的巨木，天明待人捡回建造，庙起，木料竟不多一根，也不少一根。

　　我在《商州初录》《商州又录》和《商州再录》的系列散文中都曾详细地介绍过商州，说商州是秦头楚尾，是中原文化与楚文化交汇过渡地，是陇海线没有开通之前，关中平原通往东南的要道。龙驹寨是相当繁华的水旱码头，而棣花则是龙驹寨的门户。历史上，有相当多的一批文人，如李白、杜甫、韩愈、苏东坡都经过了这里，留下过他们的踪迹和诗文。但更多的是这里出产两种人，一是隐士，二是土匪。土匪可能最早缘起于李自成，后来的白狼、李长有、长毛等川粤滇豫的诸多流寇在这里时间最长，危害严重。我的外公就是李长有过境时被抓去，从此活不见人，死不见尸。而又后来，土著的兵匪蜂起，为避匪而为匪几乎成了一种风气，丹江沿途的大的村落差不多都有匪徒。外地人描述过去的商州是：山坡上耕作的农人，正挖着地，见坡下有陌生人背包袱经过，就招之吸烟，将烟袋递给客人，并亲自用火绳点燃，指着不远处石壁上的刻字，或许刻字是"野心被白云缠绕……"，一镢头就往客人头上刨去，那人就"扑"地倒了，从死人的嘴里取下还冒烟的烟袋自个儿吸着说："咋恁不经刨的?！"掘个坑埋下了，又平静地挖他的地。人

129

人要生存，不为匪害而要成匪，棣花就有人去过西安抢军警的枪，结果被捉住了，在西安的南门城楼上被砍了头。据说那人的坟还埋在牛头岭下，埋时是以一截木头做身子的，头是一个葫芦上画了眉眼。此人被杀后，没人敢去弄枪，却盛行了拳脚功夫，棣花就应运产生了许多拳脚师傅，教授一种"熊拳"。我家老院居住的刘家，也就是五林叔的胞兄，年轻时便学过拳脚，吃一筛箩小米做成的干饭，用肚皮可以掀起一只辘轳，他抢人杀人，最后也被人打死在一个厕所里。隐士呢，在这么个地方，各朝各代却有相当多的文化人隐居于此。其中，最早也最有名的就是秦末汉初的"商山四皓"。这些隐士逃避的是政治，却把知识传播开来，而民间的语言和风俗也就有着浓厚的典雅之风。在我很小的时候，印象里逢年过节，家家都要贴对联的，联语多是自编，平仄对仗工整，字极有功夫，这是由村里的老先生执笔的。谁家有人过世了，已经没有了在石碑上刻墓志铭的豪华，但红绸子上却要以金粉书写铭文，且门前的墙壁上要贴一张白纸，上写：恕报不周。几乎是历来的规矩，家居的房子再小，都要造高大门楼，门楼上要砌一块石刻横批。都是"耕读传家""紫气东来""三阳开泰"一类。六十年代，几个有名的拳师相继过世，文化人却正红火，这就是西街的韩家和贾塬村的贾家。这两家的成分都高，是地主和富农，属于无产阶级专政的对象。但棣花崇尚文武的风俗，再加上他们的人格高洁，威望甚重，反倒少有受到轻视。两家的家长都有一肚文墨，所有的才智就集中表现在写对联的铭锦上；两个人几乎平分了棣花的东西两片，渐渐地也形成了各自的风格而争胜好强，以至街东的人不服街西的人，街西的人不服街东的人。对联和铭锦的高下优劣无可定判，唯一要压倒对方就是在正月里耍社火。各家的社火朵子挖空心思要做得玄、做得妙，为的是要赢得如山如潮的观赏人群的一声叫好。棣花的社火因此在丹江上下十分著名，每次县上社火比赛，拿头奖的必是棣花，而没有棣花的社火参加，任何社火比赛都毫无精彩和意义。若是棣花单独闹社火，总是早饭一过，各村锣鼓就敲响，然后抬着朵子集中于中街的店铺门前的台阶上，那些耍高跷的，分别坐于人家的屋檐和墙头上，等候东西二街的社火一到就游行每一条道路，然后去戏楼的广场上。越是精妙的朵子越是迟到，而做朵子的则常常就在韩家院和贾家院，同时有一些探子相互深入到对方的村中窃取情报，然后回去通报。若觉得自己的设计不及了对方，立即修改方案。几年过去，西街的是压倒了东街，他们的《游西湖》是能在一只船上艄公的篙尖上立一人，而船又能起伏波动；《宝钗荡秋千》更能使人在秋千上来回摆荡。东街刺探情报高明过西街，西街就严加防范，关了韩家大院门，且村口布了岗哨。东街已经数年斗不过了西街，出奇制胜，就出社火穗子，即以丑角逗乐，五林叔和迷糊叔自然是最佳人选。他们化装成奇丑的老妪，胸部挂着猪尿泡，手里拿着风箱，猪尿泡里装上了水，见人就挤奶出水，风箱里又装了灰，在人窝里喷射。丑角最能夺彩，成百上千的人围着他们跑，一边用土坷垃掷他们，用柳树条打他们，一边嬉笑着说："这活鬼，你这活鬼！"

　　我是棣花公社棣花大队东街村的社员了，我已经能闭着眼睛说出居于我们村的土地在前河滩里多少亩水田，西河滩里多少新修地，东垲里多少亩旱田，西垲里又有多少梯田。我爱土地，爱土地上的每一株庄稼苗。牛头岭下有一片谷子地，谷子成熟了的时候，成群的鸟儿要去糟蹋。妇女队长分配我去看护，说好中午后有人来替我的。我一个人整上午站在谷子地中的一座坟丘上，大声吆喝，甩响鞭，直到嗓子发哑，精疲力竭。到人影儿已经偏西，顶替我的人仍没有来，我蹴在那坟丘上突然感到了恐怖。坟丘上有一个鼠打的洞，总疑从洞口中冒出一股烟，烟雾散去要现出女妖怪来。但我不能走，无人看守的谷子，鸟是会来糟蹋的，我就一直在那里吆喝到下午，又吆喝到天黑。天黑了，母亲见我一天没有回家，以为我自己到小河边的那一溜柿树上去吃蛋柿而摔下来了，柿树下当然没有我。她去问妇女队长我下午干的什么活儿，妇女队长才猛地想起我还在谷子地里，和母亲赶来看，我果然还在那里。队长说："你这娃真老实，不来替换你，你就饿死在这儿呀！"她是这样责骂着，却从此信任起来。那时候天已旱了很久，丹江里的水也开始能支列石，稻田的灌溉水很紧张，我们村灌水的时候，常常渠的上游有人就岔了水灌他们的地。那个晚上队长就派我沿渠上下跑动，以防渠漏和被人岔水，到了下半夜，我困得难受，摘了一颗青辣椒在嘴里嚼，真的发现有人岔水。我据理力争，双方就打起来。我被对方提了腿扔到水田里，但我不退却，跳出来还是去用手搬石头泥块堵他挖开的渠口。那人就用烟袋杆子在我头上敲，梆，梆，梆，他敲他的，我还是堵渠口。他说："你是条狗吗？血头羊了还扑着往前咬？！"我们村的人闻讯赶来，水是保证我们灌溉了，我的头上却起了五个青包，又都渗了血，数天里都粘着止血的鸡毛。

村人都开始夸我是好社员，但我知道我不是，因为好社员是能犁地、能扬场、能插秧和壅红薯窝子，这些我都不会，甚至我连像样的农具也没几件。我干什么就喜欢侍弄干什么的工具，比如现在，我好写作，就爱收集各种类型的笔和砚台；好烟茶，但凡在哪儿见到稀罕的茶具就买，烟斗也是找人出国捎回来有十多种。我有了社员劳动手册后，我是重新更换了家里镢头和锨的把杆的，而且用瓷片刮磨得光溜锃亮。可我们家也仅有镢头和锨，别的农具需要钱买就没有再置。一天，也就是第一回担尿水往牛头岭上栽红薯苗，母亲走了三家，才借来了两个尿桶。我的个子矮，水担的系儿就挽得很短，但还是在上坡时前边的尿桶撞在地堰上；我一个趔趄滑倒，尿倒了一地，尿桶滚下坡，而一个尿桶底板如车轮一样一直滚到坡下。我坐在那里大哭，这不但浪费了一担尿水，更害怕的是尿桶的主人要我赔尿桶！我就下坡捡了桶底，双手在那里安装起来，又返回家用棉花泥巴糊塞桶底缝儿，弄得一身的肮脏。我的诚实被我的笨拙破坏得一干二净，村里人就嘲笑我，连有来伯也说："这娃这辈子是冬生，要难过了！"冬生是邻村人，棣花人都知道，他长得单单薄薄，却会纺线、纳鞋底、演旦角戏，装什么女人像什么女人。这样的人在农村肯定吃不开，尤其在一次铡草中伤了右手两根指头，什么重活也干不了了，家里穷得如洗，只好娶了个貌丑又脑子不清楚的女人为妻。有来伯的话使我受刺激，我羞愧，但我不服，偏要让村人看看我到底怎么样！

真正的农民的德性，我就是在那一年里迅速形成的，我开始少说话，一切都刻苦，不要求吃与穿。每日空手出门，回来手从未空过，不是捡些柴火，就是挖些猪草。这如小偷偷惯了人，一日不偷心发慌手发痒似的。我家的院子里总是晒有各种树枝树根蒿草和落叶稻根豆秆，更有捡回来的绳头、铁丝圈、破草鞋、碎砖、烂瓦。能节省一粒米就节省一粒米是我的快乐，能给家里多拿回来一样东西就多拿回来一样东西更是我的快乐。所以，我们家的猪总是有食吃，猪圈里的土垫得干，尿窖里及时灌了水，柴总是有，虽是野枣刺，剁得短晒得干，饭稀是稀，但从未断过顿，有客人来还能吃上一顿面条。当我端着饭碗蹲在猪圈墙上一边扒饭一边经管着猪吃食的时候，我给人描述我的设想："这头猪卖了，要喂一头母猪，母猪一年生十二个猪娃，一个猪娃十二元，十二个猪娃……还有，养鸡呀。鸡生蛋，蛋生鸡，生生不已。"旁人说："你昨晚是不是梦见挖金窖啦，那金窖能深只管深?！你真个是银来伯的接班人。"银来伯是极节俭极勤苦的人，他家是中农，他比小说电影中的中农更像中农，常年见他忙着，衣衫破旧，腰里系一条草绳，帽子上头油腻得软塌塌的，叼一杆旱烟袋，用火镰"咔咔咔"地打火；见人就笑，笑而无声，哭穷，十指短而粗，指甲里满是泥垢，但就靠着他的节俭和勤苦使日子过得很宽裕。把我比作银来伯，我喜欢。当然，在那贫困的环境里，我学会了自私，因为一分钱、一根柴火、一把粮食，对于生命是那么重要，你少了一份就再也没有了那一份，你不争取那一份就不会是你的那一份，就那么一点东西，周围又都是如狼似虎的人，他多吃一口，你就得少吃一口。为一分工记错了，我与记工员争吵；队长在分粮分菜时秤高了低了，我也有意见；我去借别人家的农具和生活用具时被人家说一堆刻薄话，而感到难堪；别人来我家借东西，我也同样骗说没有或是某某借走了。出门在外，憋屎憋尿要跑回拉在自家尿窖里或自留地里；实在赶不及，拉在野外了，偏不让别人捡去。拿石头把粪便砸飞。雁过拔毛，过河屁股缝里夹水。该显摆的时候打肿脸充胖子般地显摆；该藏富时就瘦猪哼哼，肥猪也哼哼。而且我学会了嫉妒，左邻右舍谁的日子好过了，心理就不平衡，旁人诋毁他们我也加入其中，却也常常笑话谁不会过日子。五林叔家的日子过得很糟，每每春荒二三月家里就揭不开锅；麦子还未熟，他家就收割自留地的麦，用碾子踹了麦糠熬麦仁糊汤；苞谷还嫩着，掰下来砸了做浆粑吃；一旦生产队分了麦和稻子，他们家就上顿吃烙馍下顿蒸米饭。他们家就成了被嘲笑的对象，每当他们家关了院门，必有人说："又在胡吃海喝哩，到春上，喝风屙屁去！"我们家的东西从未发生过彻底没有的现象，但什么东西又从未吃过新鲜的。比如红薯，总是拣坏的吃，把好的留下来，再有坏的，再吃坏的，吃到最后全都吃的是坏的。母亲在阴历六月六的那一天，要把全家所有的衣服拿出来晾，然后叠得整整齐齐地放入箱中，而有事无事爱把柜里、瓮里的麦子稻子苞谷豆子倒出来量量，筹划着全年的分配，计算着逢年过节和家里人或亲戚

133

们有什么红白喜丧事需要的支出。日子越贫困，年节和行"门户"人情越十分看重，这如边远地区才流行民歌一样。对于粮食的珍惜，是我们最基本的道德。一个人对自己的父母不孝敬，对粮食不珍惜，这样的人我们是不交的。每一顿吃饭，剩那么一碟半碗，肚子再饱也要吃下；在路上见着一颗麦子或豆子，捡起来也得放进嘴里。别人曾经取笑过我买了一把扇子，为了不让扇子烂，把扇子夹在腿缝里，头在扇子前左右摆动着起风取凉。这是编造的，但我吃芝麻烧饼，芝麻掉进桌缝儿里了，就一手猛拍桌面，使芝麻跳出来用另一只手接住了吃。人死了入土为安，食物进口算没浪费。几年前，每顿吃饭前，我和弟弟抢先藏铲子，为的是在饭盛完后去铲锅底的稠的，为此我们吵过嘴、打过架。我现在是这个家的主要劳动力了，弟弟也从学校回来务农，我们当家了，每顿饭倒埋怨母亲做得太稠了。在那年的春天，我们在河边摘新绿的柳叶和杨叶，回来煮熟了经泉水拔过苦涩当下锅菜。后来河畔村头的杨柳全没有嫩叶了，就将院墙头上去年秋后架着的红薯蔓取下来，在锅里炒熟了，在碾盘上碾碎罗出面，我和弟弟就抓着吃，竟吃得过多，当晚拉起肚子。拉出来的屎是稀的，并不臭，紧迫得跑不及厕所，稀糊糊地从裤管往下流。冬天里白天短、黑夜长，肚子饥得睡不着，母亲从檐笆下取两个帽盔柿子在热水里温了给我和弟弟一人一个，或者我们吃萝卜。萝卜和柿子是不能一块儿吃的，吃下去胃里就翻腾得难受。或者萝卜和柿子也没有了，就喝辣子开水，弟弟也因此常常尿床。那时候，村里害胃病的人多，尿床的孩子多。我也尿床的，每每梦里去谁家贺寿吃宴席，有红条子肉端上来，席上的人举着筷子去抢，肉盘子还未放到桌上在半空就被抢夹完了，我吃得嘴角流油，这晚儿就尿床了。

收麦天里，农家说龙口夺食，那是能把人肠子头挣出来的日子，没黑没明地干活儿，稍一立在那儿就打盹。我常是在大片的麦田割麦时，一人一溜往前割。你不能落下，你脑子麻木，身子僵硬，你只是机械挥镰、拢麦，一步一步往前走；你要想解脱，你就用镰往手背上砍。那一次我实在受不了了，砍伤了手，我倒在麦捆上，血从手上往下流，我却趴在那瞌睡了。邻村有人就是倒在麦田里瞌睡，大张着口，蛇从口里钻进去而死的。我瞌睡在那里，队长让我回家去歇歇，回来我头疼的毛病就犯了。我那时经常害病，不是肚子疼就是头疼，太阳穴处老留着拔过火罐的红痕，额头上也常被针挑破做放血疗法。在家睡过一天，我给队长说头还疼，出不了工，实际上我却打我的小算盘，躲避着村人，和弟弟去邻村的地里拾麦。拾麦就是在收割后的地里捡拾遗落的麦穗，或者用小笤帚连土带沙扫地头上的麦粒。当然，拾麦人一半是拾一半是偷。经过没有收割的地边，手那么一将，极快地将过一把麦粒。我的怀里揣着一把剪刀，能潜入地中"嚓嚓嚓"地剪麦穗。少不了被看守人发现，那就得扔掉篓子兔子一般地逃跑。那一年我丢失过两个篓子，跌伤过膝盖，但我和弟弟一共拾到三十斤麦子，这些麦子单独磨成面后，母亲给我们烙过一张很大的饼。那时，农民，几乎没有不偷盗的。就在这个夏天，本家族出了五服的六婶娘是个小脚，扎着裤腿，穿那么一双粽子般大的鞋，她看见别人播麦时故意让麦粒溜进鞋壳儿，然后走回家把麦粒倒出，她鞋里装不下多少麦粒，就将麦粒塞进裤子里，结果塞得过多，裤管下坠得厉害而被发现了。六婶娘脸皮薄，回家后羞愧得喝了老鼠药。但老鼠药过期了，她没有死去，只昏昏沉沉睡了一天。村里人知道了倒同情她，去对她说："你怎么能这样呢？我们都是没抓住的贼，你是被抓住的好人，当农民哪能不厚脸皮？！"迷糊叔的家在村口，出门几十米就是麦田，他半夜起来小便，忽然觉得手痒痒的，便去麦田里把白天割倒的麦子抱了那么一大捆。天亮了，李过秤发现麦田麦堆有了异样——他是负责分粮分菜分柴火过秤的，我们就叫他"李过秤"——他告诉了队长，队长就顺着一路遗落的麦穗寻找，寻找到了迷糊叔家。迷糊叔面不改色心不跳，指着日头起咒，但麦子却从他家楼顶上的一副空棺材里搜了出来。迷糊叔把一捆麦子又抱回麦田，自己打自己的耳光，说："是我拿的？我害了夜游症了，生产队的麦子我怎么就拿回来啦？！"

妇女队长是不会生育的，她风风火火，敢说敢为，得罪过一些妇女，背地里都骂她是"绝死鬼"。她也有心让自己生出孩子来，想尽了一切法儿，终未成功。乡里的风俗，新婚的夫妇在八月中秋的夜里，家人偷偷地在其被窝里塞一个南瓜或苞谷茄子，来年就可抱上娃娃。忽一日，是中秋节的前一天，那个窝嘴的说话一声高一声低的前院婆婆对安民说："你们怎么不给六婶的炕上塞些东西呢？真让她当'绝死鬼'吗？"安民将这事告诉了我们七八个同伙，大家都觉得很有意思，好像六婶生育不生育与我们有极大的关系。于是，晚上吃过家里烙的垫有核桃仁的饼，就云集于村头，决定去偷生产队的南瓜、苞谷棒子、茄子给六婶塞炕了。如果是给自己偷着吃，我们做贼心虚；这回是为了六婶生育，我们胆大妄为，竟各人怀抱了摘来的南瓜、苞谷棒子、茄子、萝卜、莲花白，还有葫芦去了她家，在那土炕上堆了一大堆。这件事第二天村人就知道了，开始议论这是一场阴谋，是窝嘴婆婆和妇女队长合谋要侵占生产队的财物；并且说头天晚上我们离开后，有人看见窝嘴婆婆从妇女队长家抱走了两个南瓜。于是，我好懊丧，想那些东西他们足足能吃几天的。后来，妇女队长什么也没有生出来，她家的檐笸上倒晒出了那么多的南瓜瓣子。

秋后收获了红薯，牛头岭就空闲了，我们就开始整天地去捞红薯。捞红薯是在收获过的地里，用锄头挖寻着遗散的红薯，我是捞得最多的人。一般的经验，站在一处地方，齐齐地挖寻过去会捞到红薯的，但我嫌那样费劲，拿着锄头满地跑，这儿挖一下，那儿挖一下。出奇的是，凡是我挖过的地方，没有不捞得着的。同伙们都眼红，问我怎么知道哪儿有红薯，我说不上来，嘴上却得意：我眼睛能透过地看的！前些年里我回了一趟故乡，和我当年的同伙们喝酒，大家还说起我捞红薯的本领，啧啧不已。他们仅知道我捞红薯，但谁也不知道在那些日子里，每晚上我和弟弟出去偷生产队的红薯蔓。真是贼不打三年后自招，我告诉他们在偷红薯蔓时是在半夜，在门卷窝里灌了水，开门就不响，然后月色苍茫中潜入生产队的红薯地里，用镰刀去砍红薯蔓根儿，一口气砍那么几行，极快地装在背篓里幽灵一般地进村进院。那阵儿心里怦怦地跳着，自己在前边小跑，老觉得身后有人也小跑着撵来，回头看看，却并无人，就疑心有鬼。有一次背篓突然被拉住了，怎么也迈不开步，咔嚓扯了裤管，回来身子像筛了糠一样地抖。母亲是知道我们的行为的，她没有反对，只是担心我撞见了鬼。乡下的鬼很多，据窝嘴婆婆讲，她夜里路过牛头岭下，听见坟上两个人在吵嘴，一听声就是雷老汉和贾家的七爷。雷老汉和七爷都是死了的人，坟埋得很近，他们的鬼魂吵没吵架我是不知道的，但他们生前为了砍河堤上一棵树而打闹过一场，是一对仇人。所以，母亲为我叫了"魂"。但第二天，我去那地畔查看，原来地畔上有一个小树桩，树桩上还挂着我裤子上的一块布。我这么说着，我的同伙都笑起来，说他们都有过晚上去偷红薯蔓喂猪的经历，甚至到苞谷地里偷摘套种的黄豆叶，有时连黄豆秆子一起拔回来，就剥着豆叶和还未饱满的豆荚一块儿喂猪。大家说着往昔的偷窃行径，是那样的轻松和快活，也令我平衡了长久以来每想起就觉得自己丑恶的心理。说实话，毛主席那时实行公社化，他的用意或许要让农民过富裕日子，最后达到共产主义，但农民是并不爱公社的。记得我小时候吃食堂，家家不准存私粮，不准有锅。我们家人口多，正愁着没吃没烧，当然是欢呼雀跃。但离我家不远的二姨家却恨得咬牙切齿，因为她家殷实，她就把所有的粮食磨了面，突击着变法儿吃，吃不完，烙了饼晚上送到我家，最后吃干吃净了入公共食堂。食堂先是吃得特别好，后来什么都没有了就喝能照见人影的稀苞谷糁汤，喝得肚皮发亮，喝得出了人命，食堂制也就垮台了。公社化是集体劳动，人人都在偷懒，都在磨洋工，都在混工分，集体的利益犹如一头牛，每个农户手里都拿着小刀和小炒勺，一点一点割着牛肉去炒。一年四季，生产队的农活总是干不完的，庄稼却长得黄瘦稀薄。我们给牛割草，并不是想着牛爱吃什么，而是想方设法要增加草的分量，就拔而不割，拔出的草连根带泥，又常常故意浸水。各家尿窖中的粪水是定期收缴泼往生产队地里的，一担粪水八分钱，轮到收谁家的粪水了，头一夜这户人家必是往尿窖里灌水，把草木灰倒进去搅成黑色。特定的体制使人的私欲未能扼制反倒极度膨胀，大家都在哄着，大家心里都明白，但谁也不说破。"人民公社万岁"的标语写得满村的墙上都是，农民却认作那是在墙上写字哩，写的内容从来不在心上引起感觉，犹如小孩子看见人民币也只认作是纸一样。

毛主席说：农村是一个广阔的天地，知识青年在那里是可以大有作为的。这话是对的，农村是一片大树林子，里边什么鸟儿都有，我在其中长高了、长壮了，什么菜饭都能下咽，什么辛苦都能耐得，不怕了狼，不怕了鬼，不怕了不卫生，但农村同时也是一个大染缸，它使我学会了贪婪、自私、狭隘和小小的狡猾。

记忆——"文革"

　　那时候，"文化大革命"还在继续着，无产阶级专政下继续革命的精神渗透在每一个人的血液中。任何革命，都是年轻人的节日，当革命并没有革到自己头上时他们都是热情而快活的。围猎可以使人疯狂，革命也同样使人疯狂。写到这里，我或许老了，总认为，那一场我们身在其中的"文化大革命"，不管它的起因是千种万种，责任应该是大家的，我们每个人都是有罪的。日日夜夜的躁动不安、慷慨激昂、赴汤蹈火、生死不顾，这里有着人的自以为是的信仰，也有着人的生命类型的不同，这如蜜蜂巢里的工蜂、兵蜂和蜂王。我亲眼目睹了武斗场上，我的一位同学如何地迎着如雨一般的石头木棍往前冲。他被对方打倒了，乱脚在他的头上踢，血像红蚯蚓一般地从额角流下来。他爬起来咬住了一个人的手指，那手指就被咬断了，竟还那么大口地嚼着，但随之一根大棒砸在他的后脑，躺下再不动了。那场武斗结束，打扫战场时，我的那位同学的右眼球掉出来，像一条线拴着一个葡萄，而他的嘴里还含着没嚼完的一截手指。他当然是这一派的"革命烈士"，他家的门楣上钉上了红色的"革命烈士"的牌子，当然后来这牌子又被摘掉了，他又永远不是了"革命烈士"。年初，有朋友从重庆旅游回来。告诉我重庆有一座"红卫兵公墓"，他去参观了。但铁栅栏门锁着，锈迹斑斑，已经被风雨淋得模糊的水泥墙上有一行字，写着门票二元。他给我谈起这座公墓可能是全国唯一的红卫兵公墓，当地曾有人提议毁掉，被一位美术师最后阻止了，说："谁要把它毁了，谁将会成为历史的罪人！"我的朋友说这件事时十分敬重这位美术师。最令他难以容忍的是他听当地人说过的另一件事，即公墓里有一天来了十多位锻炼身体的人，在里边吐纳导引。管理公墓的人不让他们在此活动，他们说："我们是专来采气的，这里埋的人都是童子身，又都是暴死，采他们的气是最好不过的。"我的朋友一连数声地骂这些人是王八蛋、是猪，后来又问我对这件事的看法。我怎么说呢？我热爱和尊重着我的朋友的感情，但我没有说一句话，我想到了刘胡兰。刘胡兰是十四五岁时死的，她死在革命战争年代，她是个英雄；如果刘胡兰在"文化大革命"中也是十四五岁，也处在武斗中，我想刘胡兰也会是很勇敢、宁死不屈的。有一种人生来是硬骨头、是不怕死的，他不论是汉朝明朝清朝和民国，也不论是为了国家、爱情和家里的一头猪一只猫。死的时空不同，才赋予了它的意义。我还是在中学的时候，参加了造反队，那时期不参加造反队，别人不说你也自觉倒是很可耻的事。我们的造反队叫"刺刀见红"。这名字够可怕的，但我们只会与人辩论，又都是小个，与他人辩论时要一跳一跳地才来劲儿、才来气势。我的嘴唇厚、口笨，造反队能让我参加，为的是我的语文好，可以每日为造反队写大事记和大字报。我极羡慕另一班级的"风雷激"造反队的大字报，上边有相当多的新词新句，比如"司马昭之心，路人皆知""是可忍，孰不可忍""惊回首，峥嵘岁月稠"。似乎懂得，似乎又不懂，不晓得从哪儿弄来这么好的句子。学校里先是从早到晚地辩论，后来社会上的两大派组织插手进来，学生两派的总头儿各自成为社会上两大派的领导成员。作为临委会下属的小组织"刺刀见红"慢慢无所作为，况且我写的大事记也被人偷去了。我就不大正常去学校，不是待在棣花就是去商镇我的舅家。舅家常做搅团饭吃，我爱吃那东西。终于，全县的临委会失利，筹委会的势力浩大，且武斗开始，我们棣花的同学就彻底不去学校。革命是起起伏伏的，两派的势力也是水中的葫芦，一个按下去一个浮上来，形势日日变化，这时候我就毕业了。棣花的造反派绝大多数是筹委会的，我回到棣花后就不敢说在学校时我属于临委会。记得有一夜，家人在院外乘凉，不知什么地方"轰"的一声爆炸，许多人就拿了木棒、长矛向大队部跑去，留下来的老弱病残只是静等消息。过一会儿，传来话，是贾塬村有人在试验炸药包，结果把自己的双手炸掉了。后来又传来消息，说手是炸掉了，但不是在试验炸药包，而是邻村一位姓田的老干部从临委会人手里被抢了回来，为庆贺而放了炸药包。姓田的是陕南游击队出身，能双手打枪，因站在筹委会一边，临委会是一直要打倒他的。我在校时是反对田的，忍不住冒了一句"那田麻子……"我还没说出个怎么样，仅仅说他是个大麻子，旁边几个人就"呼"地站起来训我："住嘴！田麻子是你叫的吗？"我吓得不敢言语，跑回屋去。母亲跟回来说："你是小娃，别人可有这样观点那样观点，你不要有观点！"我说："毛主席说，没有正确的政治观点，就等于没有灵魂！"母亲说："死了才有鬼魂哩，你死啦？"

武斗是越来越升级的，棣花最有名的有一个"榔头队"。其实他们并没有全拿着榔头，而是棣花历来有拳脚功夫，他们的能打善战使临委会闻之丧胆。312国道是通过棣花，又是丹凤与商镇的交界地，这里就成了两派争抢的关口。筹委会得势，临委会的人作鸟兽散，我家屋后一百米处的公路上，一棵巨大的原木就横在那里，有一队荷枪的人守着检查出境的车辆行人。荷枪的人中有斜眼雷善，常端起枪瞄准地塄上停着的什么鸟，"叭"的一声，鸟是打不着的，地塄上却"呼"地冒一股土烟儿。听父亲讲过，雷善的父亲解放前就是"逛山"，跟了商镇的土匪刘松林背枪。一次去山阳，刘松林下令三天后放枪，第三天听号角集合。号角已经响了，这"逛山"还到一家农户的檐笸上去端人家的烟土，——那时商洛地区种有罂粟——刘松林就将他一枪崩了。雷善有其父的遗传，也喜欢摆弄枪，但他的枪法打不准。关卡上并没有抓到临委会出境的人，可是在一个晚上，父亲从学校回来了，已经是半夜，我忽然听得有人说话，睁开眼，是父亲和一个陌生人坐在小屋里，接着是父亲和那人开了门出去。我问："啥事？"母亲说："少说话，睡吧睡吧！"我重新躺下，母亲却没有睡，惊慌失措的样子坐到院中的捶布石上。约摸过了一个小时，父亲回来了，我听见母亲在问："走了？"父亲说："嗯。"母亲说："河堤上没有巡逻的？"父亲说："走的是芦苇园。"我立即明白那个陌生人是"偷渡出境"的，就说："那是临委会的？"父母听见我这么说，倒吓了一跳，进来叮咛道："这事对谁也不敢说！他是我的同事，不跑出去就会没命的。"我当然知道事情的轻重。可是第二天早上，一家人正在吃早饭，是蒸土豆蘸着盐吃，中街那边"当当当"地敲锣，不知发生了什么事，邻居好几个人放下碗就跑去了。一会儿邻居的儿子回来，他拿着一副假牙让他娘戴，他娘牙掉了数年，嘴窝缩着像婴儿屁眼儿。但他娘戴不上，儿子就把假牙扔到尿窖去了。我的母亲问哪儿弄的假牙，那儿子说："昨夜里在西河岸上抓住了临委会的一个头儿，他是往省城搬援兵，被抓住了，假牙就是那人嘴里的。"父亲当下脸就白了，怀疑是他送走的那人，但他又不能去现场，打发母亲去探个虚实。母亲去了，中街上正游斗那人，并不是昨晚来我家的，他被游斗到街口，押他的人一抬脚，将他踢到了水田里，他跪在泥水中磕头求饶。村里人是瞧不起他这副模样的，说："你这熊样还当头儿？"拿木棒打他的头。似乎是觉得直接打他碍眼，有人就拿了一条麻袋，套住了他，立即木棒擂如雨，我看见鲜红的血在泥水里漾开来。

不久，临委会的势力却大起来，"榔头队"的头儿们和骨干又纷纷逃散了。我的邻居家的那儿子，据说已是一个什么副指挥，他在一次夜里双方对峙的阵地掩体里和人吸烟，对方一个冷枪照着烟火亮光打过来，原本那冷枪瞄得很准，照烟火亮光左边半尺远的地方打，那正是心脏，但那副指挥是个左撇子，用左手拿着纸烟，结果他左边的一个人就挨枪子儿死了。副指挥在这场失利的武斗后逃去了西安，好长时间没有踪影。而村人对他颇有意见，说他是拿着筹委会的一笔巨款的。那巨款就有他好过了。

之后，棣花有过一段比较平静的日子，县上的临委会的一大队人马进驻了小学，屋顶上的大喇叭不断报告着临委会的革命主张。喇叭在一个夜里被一颗子弹打哑过，临委会的人搜查了几天，没有结果，却在贾塬村的一个女人屋里抓住了一个奸夫。奸夫是她同一生产队的，女人家的同族不答应，奸夫死不承认有那种事，结果被解了裤子，在尘根头上一按，一道白汁拉出多长，奸夫就险些被打死。住在小学里的人拉来了许多整袋的面粉，天天烙锅盔、捞黏面，村人倒眼红了，说："过的是毛主席的日子！"他们有吃的却没烧的，就在学校会议室后的地塄上砍那棵古槐。槐树是法兴寺的百年物事，粗得三个人牵手才能合抱，用斧子砍了一天，还没有砍去四分之一，就要拿炸药包埋在树根下爆破。古槐是棣花最大的树了，历来被认作是风脉树，要爆破古槐的消息一经传开，许多老年人就呼天抢地，但谁也不敢前去阻挡和劝说。一声巨响，古槐是倒下了，压塌了大殿后檐的一角。整个树干被他们劈碎后拿去做饭了，而树根却被我们东街村的人蜂拥一般前去挖刨。人们在那里争抢，有两个人就打起来，各自的家人也参与其中，双方都打得焦头烂额。我知道得较晚，待到小妹来叫我的时候，弟弟已经在那里占着了一条延伸的树根。我们就随着那条根刨了一天，竟弄到整整三背篓劈柴。约摸一月后，一日黄昏，风呼呼地刮，突然石畔沟口枪声大作，村人就传说筹委会又回来了。就见从小学里跑走了许多人，从中街口的石桥往南，顺河上了南山，一边走一边往后面放枪。村里人见临委会一走，就张狂起来，去棣花那些属于临委会观点的人家门前示威，去大队猪场里揪来了在那里下放喂猪的公社原党委书记。这位书记是临委会保护的人物，有人就喊："让他背炸药包！"已经从安康地区传开消息，那里抓到四类分子、走资派，每人反绑了手，又系上炸药包子，点燃导火索，让其在河滩上跑，跑着跑着炸药包一响，什么都没有了。但不知为什么，没有给党委书记背炸药包。我们一伙年轻的就到小学去，看那里睡没睡生病的未能逃走的人。学校的大门敞开，一条狗也没有，走到食堂窗外，向里一看，喜得我们都叫了一声，那锅里还有一张未烙熟的锅盔！立即破窗而入，七八只手去掰锅盔，灶口的残火烧着了三兴的裤管，七哥弄了一个踉跄，柴灰眯了眼睛。六哥把每一个人踢开了，叫嚷着由他来分。他就用手指比画来比画去，长而黑的指甲在上边画道儿，然后解开来，递给了我们，而他是没有吃锅盔的，端起了案板上一堆已揉成的面团，揣在怀里拿走了。

不久，两派实行了联合，武斗基本上结束了，县上两大派的头儿都进了革命委员会，且都来到棣花检查农业学大寨的工作。这两位头儿文质彬彬的，戴着眼镜，他们的到来，棣花的许多人家，或是在武斗中亡者的家属，或是受伤残废的人，要求解决他们的救济。这当然已不可能，苦得一个亡者的老娘就精神分裂了，见谁都叫"我儿"！黄昏里站在村口呆呆地往南山上望，老太太的手永远都插在长襟下，脖子前伸着，像一只猴子。

两派虽然无战事，隔阂却并没有消除，渐渐又发展成了宗法斗争。我们村主要是贾姓，也有以李姓为主的一些杂姓。贾李两家族曾各是一派，时常大睁了眼寻找对方的动静。李家族的人书写了毛主席语录，贾家族的人发现了某个字写错了，就无限上纲；批斗四类分子的会上，贾家族的人喊口号，一声接一声地喊，越喊越快，就出错了。明明喊的是打倒刘少奇！毛主席万岁！却出口变成了打倒毛主席！刘少奇万岁！李家族的人就闹一场轩然大波。一日吃午饭的时候，几个堂兄变脸失色地在我家厨房里开会，原因是得到消息，李家族的人明日要出大字报，揭发我的六哥在厕所小便时嘴里说着毛主席，手却抓着自己的生殖器，是严重的恶攻行为。这样的事是极不得了的，县城附近的村子有人因发生了猪瘟，别人家的猪都死了，唯独他家的猪没死，他激动地抱住猪说了一句"万寿无疆"，结果被抓去坐了牢。大家就追问六哥到底抓没抓自己的生殖器，六哥说小便哩咋能不抓生殖器！本族的二哥就扇了他一个耳光："那你去坐牢吧！"六哥就呜呜地哭起来。骂过了也打过了，亲人毕竟是亲人，总得想办法呀！有人提出去给李家族的人求情，但更多的人不同意，说这样会把事情弄得更糟。二哥就出了个主意，以其人之道，还治其人之身，当晚就把事情化险为夷了。二哥的主意是，既然在厕所小便时只有两个人在场，对方说咱的人抓着生殖器说毛主席，咱为什么不可以说是他抓着生殖器说毛主席？于是，就立即写起揭发大字报，又让我去李家找三娃，想办法要让三娃看到正写着的大字报。三娃是政治观点不鲜明的人，但基本上属于临委会的。我约他来我家看一本《说岳全传》，他来了，瞧见了写好的大字报，立即回去通报了李家族人。果然，李家族的人自己倒慌了，竟派了三娃来说情，协定谁也不要揭发谁，一场恶性事件就不了了之了。

　　二十年后的今天，我因病去看医生，一位老中医在他的诊所里悬挂着一面告示牌，上边写着：土改时期不谈田，四清时期不谈钱，"文化大革命"时期不谈权，改革时期不谈烦。我笑了，老中医或许是几十年间明哲保身的淡泊人物，或许是经历了大灾大难不死的角色。在中国，一般的百姓，说安分有世界上少有的忍耐性；说不安分却是没有不对政治发生兴趣的。狐狸因美丽的皮毛而产生了猎人，人以口无遮拦而引来杀身之祸。辽宁的张志新就是这样，执行枪决时还被压在地板上割断了喉管。其实，世上百分之九十九点九的人都是芸芸众生，我们就归其之中，多言多语有什么用呢？如我们去足球场看比赛，踢进球了，我们排山倒海地欢呼"牛×"！踢不进球了，我们万口一词地骂"傻×"！如今我之所以特别喜欢韩国的围棋手李昌镐，并不在于他的棋艺天下独步，而是他那张永不言笑的石佛一样的脸。我大学毕业分配到陕西一家出版社工作后，社会上正流传着关于江青的是是非非。我那时轻狂，在单位里说过一些，后来追查谣言，出版社的人都面如土色，表态没有传过谣，也没有听到过谣；如果有人揭发自己传过谣，愿负一切责任。有一个人还站起来念了写在纸上的四句诗，他永远开会发言是念四句诗的，四句诗的最后一句永远是"高举红旗向前进"，念完了就坐下，再不吭一声。追查会开到一半，另一个人站起来发言，突然就提到了我，说："我没有传过谣，平凹……"他的目光从眼镜片子上斜着看我，会上的空气凝固了，我紧张得手心里出汗，但他不说了。他或许良心发现，不想害我；或许看到了我的可怜，要同情我。总之，他再也没检举我，我的一场灾难就这么过去，飞机安全着陆，也从此忌口。

一九九八年的六月，我为父亲的坟墓迁移回了一次棣花。棣花的公路两边原是大片大片良田，现在却盖满了房子；村里已少见有精壮的劳力，他们都进城打工了，只有老弱病残和妇女儿童。前院的刘婶老得鹤首鸡皮，给我诉苦："现在村里死了人，都没劳力往坟里抬棺材啦！"李家族似乎发展得并不快，贾家族的人却繁殖得厉害。仅我们本家，一个爷爷下来，父辈是兄弟四人，我们这辈是兄弟十人，我为老八，而下一辈和下下一辈一共是多少人口了，盖了多少房屋了，我已经无法弄清。只是一群一群小孩儿围着我叫"八爷"。做了八爷的我又惊喜又惊慌：我怎么就成爷爷啦？见人就发烟散糖。在棣花是流传着我的一些故事的，家乡的人把我当作他们一个有出息的儿子，到处夸耀。甚至有一年商洛地区社火比赛，他们扮出了一摞书上站着一个穿风衣的人，下面写着"作家贾平凹"。只是那扮我的小孩儿被抬着在街上招摇过市时被尿憋得"哇哇"直哭。旁边人说："不敢尿，不敢尿，你是贾平凹哩！"小孩说："我已经尿下了！"湿淋淋的尿就从裤管里流下来。家乡的父老虽然夸耀我，夸耀之余又责骂我，说我并没有给家乡办事。某某某是地区专员为家乡修了一座水泥大桥；某某某是县长给他们办了抽水站，家家用上了自来水。而我们村的土路我没有出钱修成柏油路；小学屋舍已经很糟糕了，省里那么多的希望工程款，我没有要来几十万；丹江河堤上的石排垮掉了十几座，知道我与省扶贫办的人熟，竟不争取扶贫款。我唯一的好处是鼓动了一帮年轻人热衷于写作，觉得在贫困的山区写作是他们出人头地的一条捷径。但也害得许多人什么都没心思去做，发誓不成功不娶亲不成家，精神也不对了。我去看望这些一心要当作家的青年。他们热情地接待了我，并拿出一本当年在家时我写的日记，还说他们保护着我在家乡书写的任何字。我于是也跑去看，看到写得最大的字是旧戏楼拆除后新盖的戏楼墙上的"推陈出新"，每个字斗大，用红漆写的。而小字有两处，一是粉笔写在二伯父老屋后山墙头上的"人逢喜事精神爽，月到中秋分外明"。我已记不清是什么时候写的，怎么有如此心情。一是写在另一家土屋后墙上的"打倒朱德"。我站在那后墙下，感到十分地可笑和羞耻。这是我参与"文化大革命"的证据！那个时候，我回到了棣花，没有广播没有报纸，但公路上见天有串联经过的外地学生，他们散发传单，外边世界的消息就是这样被带到了山区。当我们已经在喊口号、在写标语要打倒刘少奇和邓小平了，有一天一队学生散发的传单上有打倒朱德的话，我觉得是那样地新鲜，说出来与众不同，当日就在墙上写下了这四个字。我没有想到这四个字还保留着，我也不去擦拭它；我说："留就留着吧，好让人知道我过去也干过了什么！"

两派之争不论如何的钩心斗角，毕竟武斗再没有形成，可以除了抓革命也要促生产了。贾家族的人和李家族的人又一起出工，在田地里消极地劳动着，而同时清理阶级队伍的运动又开始了。清理阶级队伍当然是先从"死老虎"开始，揪那些现成的地富反坏右和死不改悔的走资本主义道路的当权派。那时的宣传里，地富反坏右永远是我们的敌人，他们反党反人民的贼心永远不死。但在我的经验里，这些人都是农村最贫困的人，解放近二十年来，他们老实得像个猫儿，劳动最卖力，国家任何政策都最拥护，怎么阶级斗争就强调得那么严重呢？前些年里，我接待了欧洲的几位记者，不知怎么谈起了阶级斗争。他们说，真正有阶级斗争的是西欧的国家，斗争异常激烈。有人是代表着大资本家利益的；有人是代表中低产阶层利益的，谁上去就为谁说话。所以，为议会席位的斗争是具体而实在的。他们弄不明白在中国的"文化大革命"中，地富反坏右何以能成为一个对立的阶级而那么长期地斗争下去？我无法回答他们。棣花的学习班是在小学校的教室里举办的，原先的公社书记已经被打断了肋骨，原县委书记也重新到棣花来喂猪；现在该揪出来的，是那些地富反坏右中从未被揪出来的人。反革命案件是不时发生的，河堤上发现了在麻纸上用毛笔写就的攻击社会主义的万言书；公社商店边的杨树上有人在刻着毛主席万岁的字样上画了一道；街后的村子里有人揭发一个地主的儿子在收听敌台。这些案件先是大规模地在群众中调查，关于万言书，凡是识字的人都得当场写一张纸，待范围越缩越小，最后就怀疑到西街的韩先生和贾塬村的贾先生——村人一直这么称呼的——他们就被隔离在小房子里，每日接受审讯，每日家人用瓦罐提了饭放在小房子门口。二位先生却是旷达人，除拒不承认外，饭依然吃得香，觉依然睡得沉。韩先生竟还学会了鸟语，他房子的后窗上常飞来几只鸟，他用嘴"嘤嘤"地发音与之交流，以至后来他一"嘤嘤"，鸟就飞来，站在那里给他鸣唱。在毛主席万岁的字样上画上一道，始终未查出来，而收听敌台的地主儿子连人带收音机被抓了来，追问为什么收听敌台？他说他把收音机上的旋钮一拧就收听了。又问听到了什么？他说里边说话的人舌头短，叽里哇啦像是蛮语，他不知道人家在说些什么。专案组的一个人是老牌大学生，明白地主儿子听到的是外语台频道，如果是敌台，那是外国人要说中国话的，就把他放了。地主的儿子还不走，他怕这是故意要看他的表现的，说："我真的是听了敌台，我罪该万死！"专案组的人在他屁股上蹬了一脚，骂了声"滚！"他才真的走了。当然，又揪出了另外的一批人，比如某某某在旧社会曾勒死过一个要饭的，据说那要饭的是共产党的地下工作者；某某某在"四清"时早就下台了，但他与一户地主的儿媳妇发生了关系；某某某解放前虽然不是土匪，但他是土匪的耳目，常常村中有人在外做生意回来，他提供情报，连夜土匪就来绑票了。这些牛鬼蛇神在每次开会前就自然而然地要站在会场前边，低首垂手，战战兢兢，他们的身后是黑板，写着"坦白从宽，抗拒从严"。我那时字已经写得很好，念报纸上的社论又念得极其流利，所以，主持人总是要我先念一段毛主席语录和中央文件。我念得流利是我在念的时候遇到我不认识的字或读音不敢肯定的词我会以别的字词代替，而不像他们念着念着就停下来问左右："这是什么字？"我的字写得好更写得快，并不像他们半天记不到一行，最后无法汇总材料。我就这样做了大会的记录员。大会总是按一种定式进行的，首先是被批斗人站在那里做自我交代，他们看着自己的脚尖，将世界上所有罪恶用词加给自己，不停地要给贴在墙上的毛主席画像鞠躬，给在场的革命群众弯腰请罪，然后说："完了。"小心翼翼地站在一边。主持人就问："交代得深刻不深刻？"群众要喊："不深刻！"主持人又问："不深刻怎么办？"群众便喊："实行无产阶级专政！"立即就有人走上来——在他的裤带上别着一嘟噜细麻绳，而且还蘸了水——将被批斗人五花大绑了。捆绑人粗声喘气，不时地用拳头击打被捆绑人的头或用脚踢被捆绑人的腿腕子，捆绑成一个球似的人就呼爹叫娘。捆绑好了，若是绳子还长，绳头就地一甩，甩过了屋梁上，用力一拉，被批斗人双脚离开了地，叫声更惨了。阶级敌人的喊叫声常常能动摇意志薄弱的人，于是，主持人就要领喊口号，口号声轰天震地。

我大学毕业后分配到西安市文联工作。一次与作协一位副主席交谈，才知道我们这个仅五十人的单位里，地富反坏右出身的多达十五人，而其父在各个时期被镇压的竟有五人！在不讲阶级斗争的年代里，并没有见这些人反攻倒算，危害着社会和人民，反倒是这些人都是单位业务骨干，工作非常地积极。我问过他："'文化大革命'中受过批判吗？挨过打吗？"他说他在"文化大革命"时是剧团的编剧，许多剧本在国内会演中获奖，自然受到批判，又加上父亲的历史问题，他挨过打。打他的那个晚上，他疼得呼叫不止，为了不让他的惨叫声传出去，造反派们在批斗室里弹奏了钢琴，乐曲是非常优美的。

这样的批斗会，要记录的东西并没有多少，我又不忍看打人的场面，就多去厕所。厕所里我用猛烈的尿柱冲击蹲坑里的一窝蛆，竟曾经把一些蛆冲昏冲死。但我还是待在那学习班上了一段时间，吸引我的是学习班开灶，每个中午能吃到一碗荤油熬的萝卜和四两一个的筒子馍馍。荤油熬萝卜当然就是有猪肉了，间或也给每人吃两片，这使我心中有一种别样的快感。因为我小学毕业的那年，学校里饲养了三头猪，猪圈和教师的厕所隔一堵墙，猪圈地势又低，厕所里的粪便就能滚落到猪圈里。学校的劳动课，都是安排学生去给猪剜草、打糠，或者垫圈土，我们是看着那猪一天天长大长肥的。后来猪杀了，肉全归了老师灶上，学生连猪毛也没见到。学生的意见自然是大了，一闻见莲菜炒肉片的香味，就给校方提抗议。校长便在全校师生大会上讲话了，说："有人反映猪是学生剜草养大的，杀了猪却没有学生的份儿。可是，学生能剜多少草呢？猪一天到黑吃着老师的粪便，是吃屎长大的，猪肉当然归于老师！"那次没有吃到猪肉，这次吃到了猪肉却就在小学里，我觉得非常地惬意。但是，又一次批斗会中途我去了厕所，出来经过伙房看饭熟了没有。从窗子往里一望，我们学习班的另一个头儿，蹴在条凳子旁正吃着一碗肉。天神！是一碗纯肉，吃得两个嘴角往下流油哩！我很气愤，就回家了，不愿再去学习班，借故到县城我大姨家，十多天竟没回来。

我的一位本家族的哥，对我的行为甚为不满。他风风火火，爱跑动爱打枪，当个民兵营长张狂得日夜不沾家。"文化大革命"初要破四旧，他负责到各家各户收缴他认为是四旧的东西。什么字画、书籍、旧桌椅、老式灯笼和插屏烛台，那么一大堆，在贾家祠堂门口烧毁了。有一天他找我，问什么是"上层建筑"？我仅知道建筑指的是房子，但上层指的是什么就不甚明白。他说："我醒开了，是房顶上的乱七八糟的玩意儿。现在报纸上号召我们砸烂资产阶级的上层建筑，你跟哥上房去！"我不会爬树，上高头晕，没有去。他领着猴一样的安民到村里的祠堂和一些人家的老瓦房顶上扳倒了所有屋脊雕饰。他后来患上了牛皮癣病，除了一张脸外，浑身似乎变成了一个硬壳，就死了。我现在常常想起他，在他临死的前一年我回乡见过他，他拄着拐杖，行走都十分困难了；和我说话的时候双手在身上抓，麦麸一样的银屑纷纷落地。我递给他一支烟，我们又谈起当年的事，他还骂我意志薄弱。他说："要是战争年代，你会叛变的！"我只是笑，但我没有告诉他，我不仅逃避了学习班开会，在学习班时还给三娃家通风报信过哩。

三娃是李家族的人，他的父亲被指控曾为土匪做过耳目。我听到要揪斗他父亲时，提前告诉了他，使他父亲有了思想准备，并早早穿着一件领口下没有纽扣的衫子，免得被五花大绑时领口纽扣勒着脖子难受。三娃自小害哮喘病，一年四季没见过他有精神头儿。但他是我们村最有文化的人，我俩能说到一块儿。三娃的威信不好，人人都说他"鬼"，是个阴谋家，许多李家族的活动都是他出谋划策，贾家族的人一般不与他来往。我俩待在一块儿最多的时间是在他家那黑乎乎的小屋里，因没钱交电费点着一盏小油灯，读一些破旧不堪的书。看完一本，爬上炕去，从炕角墙上的小木板架上再换一本，或者听他说故事。村里能说故事的有两个人，一个是五林叔，一个就是三娃。五林叔不识字，演过戏，他能把一本戏从唱词到对白一块儿背诵出来。但他除了戏本，别的就不会了。三娃能从三皇五帝说到袁世凯、张作霖，他说笑话时并不笑，小小的眼睛闪闪发光。我就闻着屋子里有一股浓烈的尿骚味，因为他家的尿桶老放在屋里，同时听到楼板上有老鼠啃木箱声。这当儿他就赶忙搭梯子上楼撵老鼠，从箱子里拿出一本已被老鼠啃烂了的旧书，说："你看看，我这儿的老鼠都有文化哩！"我们的关系一直保持了二十年，我上完大学又工作后，每次回家探亲，都要拿上点心去看望他；或是当日的下午没有去，晚上他听到消息必定就来看望我了。我散给他烟，他说他不敢吸，但又说："你给我的烟我得吸。"吸得剧烈地咳嗽。六年前，他患了癌，到西安做手术，因医院的床位紧张，他借住在一个熟人单位的库房里。我去看他，人已经是瘦得变了形，但情绪还好，说过十天就可以入院了。我要给他钱他拒不接受，让他去我家住他也不去，我们就告别了。他没有送我，倚着库房门框说："有空了你再来，我给你说村里好多事哩，或许你写小说用得着。"可当我再去看他时，他却早三天就回乡了。熟人告诉我，他已经入了院，手术工作也准备好了，但他的哮喘病却犯了，手术就只好取消。半年后他死了，我再次回家探亲，特意去了他家，在那明暗屋子的墙上，那个小架板上还放着一排破旧的书；他的儿子也半门扇高了，样子极像他，脸白白的，头发略黄，肿眼泡，小眼睛，只比他父亲少了些皱纹和稀落的胡子。糟糕的是他也患有哮喘病。

世事真是变化无常，高级的领导人几个月在报纸上没有登出名字，那必然是犯了错误，或者悄然下台或者受到了批判。政治是翻手为云、覆手为雨，一人之下的所有臣民前头路都是黑的，保不准升与降、荣与辱、生与死。丹凤县担任了革命委员会成员的两派群众组织的头儿又分别下台坐牢了，武斗中威风凛凛的东线西线战场上的总指挥们更被五花大绑了，押在丹凤县城南的丹江沙滩上要枪决。枪决的时候，我是徒步三十里去现场看的。同去的人群中有一个老者，他是见过民国初年执行刀斩的。说那种行刑好看，犯人是剥了衣服的，刽子手"噗噗"地一口水喷上去，然后刀在那脖子上一抹，不费劲的头就骨碌掉下来了。但手法高的要头掉下来还得连一片皮，围观者就一声叫好；若是没有割下或是割得头掉在了地上，那就是臭刀了。没了头颅的脖子在刀割后立即聚缩得很细，核桃大的一个气疙瘩就从肚脐处往上蹿动，直蹿动到心口之上了，断颈突然膨胀，"咕"的一声血就冲天喷去。他说："现在用枪子儿打，没意思。"我说没意思你怎么也来？他说枪毙的有几个是老革命，战争年代当陕南游击队队员时他就认识，能冲敢打，枪法极准。武斗时原本年事大了，但拒不了打打杀杀的诱惑，参加进去又成了总指挥，过足了很久没有的杀人的瘾。他是来看看会游泳的怎么死在水里，玩枪杆的怎么死在枪上。多少年之后，我想起了这位老者的话，明白了一个道理。有些人生来是性硬强悍的，他们如果在蜂里是兵蜂，在鸡里是斗鸡；他们或许参加革命，也坚强，不怕死，但并不是为了信仰和人民的利益，那只是与生俱来的对于白刀子进红刀子出的行为的疯狂。在沙滩上，围观的人黑压压地站在刑场的对面，呈一个扇形，他们为稀罕的热闹驱动，大多兴高采烈。人窝里，我看到了邻村的引生。他是个疯子，过两天清醒了，过两天又疯癫，而且是个自残了生殖器的人。他早早死了娘，跟一个终年害红眼病的父亲过日子，家贫到光腿打得炕沿响的程度，但吃不饱穿不暖并不影响到性，甚至更强烈。可哪里有尾巴一倒是个女的肯进他家门的呢？那一个晚上，父子俩脚蹬脚地睡着，又为请媒人的一份钱争执开来，争执到鸡叫了三遍。引生毕竟是孝子，觉得不能再怨父亲，要生气就生气自己身上长了个东西，没有这东西也就没那么多焦躁、急迫和烦恼，便摸黑用剃头刀将那根东西割了。割了，蹬醒已睡着的老父，说："我把××割了！"老父说："今年不行了，明年养个猪，年终媳妇就有了……"他说："我不要媳妇，我把××割了！"老父说："睡吧睡吧，胡说些啥？！"他说："我真的把××割了，就撂在炕下。"老父拉开灯，果然看见那一根肉在炕脚蹦跳，而一只猫却忽地扑上去按住。老父呼叫着跳下炕，把猫撵走了，但老父没办法把断的东西接上，连想到医院能接的念头也没有。在没有了生殖器的一年之后，引生发现终日的烦恼并不只是那根东西引起的。而没有了那根东西却遭受了所有知道情况的人的轻视和耻笑，于是，他就疯了。他清醒的时候就问老父将他的××埋在了哪里。其实，老父是将那东西埋在了院中的脚踏石下，那里曾经埋着他的胎盘，但老父骗说埋在村头那截石柱下。石柱是竖起的半人高的石头，经常拴牛。老父四处访医寻药，当然他都在使用着偏方土方，疯病终未好转。村人就常见他靠坐在拴牛的石柱下，哭着闹着要他的××哩！这样一个疯人，却还有政治的热情或热闹的兴趣，也来看枪毙人啦？！枪声一响。是十二杆长枪同时响的。我并没有看清那十二个人的眉眼，他们都五花大绑了跪在各自面前的沙坑边，同时在头上不足一尺的空中冲跌了一股东西，就像一排水龙头朝上猛地都开了水，然后窝在了沙坑里。那时候的枪决，枪一响，执行人立即就撤了，而夹杂在围观人中的，拿着芦席白布单、抱着大白公鸡的死者家属就拔腿往沙坑跑去收尸，围观人也同时如溃堤的洪水一般往跟前跑去看热闹，嚷着子弹是在执行人的口里蘸了唾沫的，那就是炸子儿，会把脑袋炸飞了的。我被人撞倒了，坐在那石滩上，但我看见引生像兔子一样冲了出去，几乎是和收尸人齐头并跑，他的手里拿着一个蒸馍，边跑边把蒸馍掰开来。旁边一个棣花人告诉我，引生得了一个土偏方，说是蒸馍夹人的脑浆吃了可以治疯病的，他一直等待着这一天，昨天晚上就到沙滩来了。收尸的人一定是知道了引生的企图，但他们不能责骂和殴打引生，连阻止也不敢，只有拼命往前跑，提前跑去保护好自家人的尸体。引生当然也明白他若跑得慢就意味着什么，他们就在沙滩上进行长跑比赛，最后是引生第一个赶到了。我没有看到他如何去用掰开的蒸馍夹了红的白的脑浆，而看到他狗一样折头往回跑，身后是两三个人呼叫着撵他。他一边跑一边吃着手中的蒸馍，待到整个蒸馍吃完了，站下来，拍拍手，笑着对追赶的人说："哟，没了！"

引生并没有吃了脑浆蒸馍而疯病治愈，他的老父不久却去世了。从此，家徒四壁，终日流浪，却不远走。棣花方圆谁家过红白事，他不请自到。农村的红白事几乎不断，所以，他倒不愁吃喝无着。若是谁家过事，没有见到引生来，就奇怪了：引生怎么还没来？

引生的故事毕竟是饭后茶余的谈资，谈说一年半载也就没了太多的谈头，农民关心的事情还很多。陕西这块地方是很特别的，它在中国的地图上形状像一个秦兵马俑里的跪射俑。而从南到北，地貌不同，气候物产风俗人物也多异。北部的黄土高原上的人性格强悍，具有强烈的扩张性；中部的关中大平原上的人次之；南部山地的人再次之。且不说历史上的风云际会，仅共产党取得中国革命的胜利后，陕西党政领导人中陕北人最多，陕南人最少。在陕北贫瘠的黄土沟里，农民跪着用镰刀在地里收割东一棵西一棵的高粱糜谷，但歇息下来，他们议论的是北京城里的事，是联合国的事，政治的欲望使他们变得令人讨厌，又可笑可爱。陕南人家居水边，性情柔软，山高多雾又遮了眼，关心的倒只是出门七件事，油盐酱醋米面茶；要不，东家长西家短，见人说人话，见鬼说鬼话，人鬼碰到一块儿了就一顿胡哇啦。显赫一时的武斗头子枪决了就枪决了，引生吃他们的脑浆是应该吃还是不应该吃，很快无人理会。因为连续的大旱使收成减少了一半，每个人只能全年分到三四十斤小麦，一百余斤的稻子和不足一百斤的苞谷。饭越来越稀，肚子越来越大，所有人的目光只看到了鼻子下的嘴，喂嘴成了活着的最大负担与艰辛。母亲照常是天不亮就起来，一块抹布擦得长条板柜上的大小米面瓦罐锃明光亮，然后就谋划着今日一天三顿饭做什么、用什么去做。我们是再难吃到白面馍了，而面条也只是那种刀削面，在苞谷糁的稀汤里少得如水中的鱼。炒菜当然是谁家也不会炒的，要泼辣面或炝一下浆水菜，就把三四颗蓖麻剥了壳，在铁勺里烧熟了，就算是油。棣花人对于酱的概念，是用白糖熬化了可以染猪肉的那一种。而突然村里一股风，说是县城有一种油很便宜。许多人就去用瓶子买了那么一斤回来炒菜。菜并不油，连个油花花也没有，就骂娘，说油是假油。城里来的知青看了，才解释道："那不是油，是酱油，酱油的油不是油。"我们把什么都变着法儿来吃，比如榆树皮磨成粉，掺在麸子面里，麸子面能擀成面条儿，但光滑得筷子夹不住。把未嫁接的柿树叶磨碎熬成稠汁做凉粉，若是苦，可以调上辣面，不咬就下咽。山上的老鸦蒜煮熟了，舌头能麻木，可吃那么一大碗，并不会出事的。没油少盐的树叶草根汤令几乎一半的人浑身浮肿，纯稻皮和柿叶做成的炒面成了每顿饭必吃的食物，因为它耐饥，但拉屎却成了问题。一次劳动，腰院儿里那个老伯去千枝柏后大便，足足半个小时不见人回来。有人说："去看看，八成是屙不出来啦！"去的人返回来说果然是屙不出来，老伯快要憋死啦！几个人就跑过去用小柴棍儿在肛门里抠；抠不出来，又用老式的铜钥匙去挖，挖破了肛门，鲜血淋淋。到了三月，更是青黄不接，人饿得红了眼，见了什么能吃的东西都往嘴里塞，我的耳朵梢都干起来。我们几个年龄相近的坐在地堰上想象着过去的地主富农吃什么，想象着北京城里的主席和总理吃什么，最后得出的结论是吃捞面，干干捞那么一大海碗，还有葱花和油泼的辣子，吃完了，喝半碗面汤，原汤化原食嘛；他们一定不说原汤，说汤的大名："喂，来半碗银汤！"我们这么说着，却看见远远的那座作废的砖瓦窑里有人影在动。砖瓦窑下是我们村种着的一片菜地，常常被人偷窃。正中午的谁又去那儿偷盗吗？待趴在窑场后的土塄上一看，地质队的工人和邻村××的老婆在那儿干事哩！那半年里，地质队驻扎在丹江河滩钻井探石油，地质队的工人有钱就勾引村里的妇女。已经风声传出谁谁谁和工人好了，谁谁谁脚上穿了翻毛皮鞋是靠他老婆挣的。××的老婆光着下身被地质工人抱着抵住了胡基壕沿上，狗女人手里拿着一个烧饼在吃哩！我们嫉恨着那地质工人，更嫉恨着有烧饼吃的女人，一声"哇"的大喊，又掉头跑开，在村里大肆张扬，说那女人身子被撞着，烧饼也摇着老吃不准，但还是撞毕了，烧饼吃完了。不久就听到消息，××在家里用皮绳抽打他的老婆，而那个地质工人也调走了，走时没有带铺盖。

　　三四户人家出门去讨饭了，讨饭似乎已不是丢人的事，尤其当讨要的人数月后回村，背篓里装了半背篓晾干的白馍黑馍豆渣馍和红薯干萝卜干，大家倒有些眼红。于是，我的二伯父竟也悄然出走，去五十里外的地方行乞了。他不能在方圆二十里内挨门乞讨，因为贾家家族是有威望的家族，而他的兄弟和一个儿子又都是国家干部。所以，当二伯父出走的消息悄悄地在我们家族里传开，我的三婶娘立即就通报了我的三伯父和我父亲。他们连夜回家来，秘密召开家族会议，将几个堂兄骂了个狗血喷头：再穷也不能去要饭，就是要饭也不是让老人去的！你们猪狗一样待在家里，怎么忍心让你大去求爷爷告奶奶？！他们是顾面子的人，说着骂着泪水长流，责令不孝之子们分头去找二伯父，一定要把二伯父找回来。各家互相周济，不能让每一个人饿死，也不能让每一个人出外讨饭。几乎是从那以后，父亲只要从学校回来，就饿着肚子带回他的一份学校灶上的饭，比如四个小菜包子，或四两锅盔。一到我家院门口，就要朝紧挨我家的二伯父家的后窗喊："二哥！二哥！"那四个小菜包子我吃一个，弟弟吃一个，两个妹妹合吃一个，二伯父吃一个；而要是吃锅盔了，也要给二伯父拿去一小块儿。他们的兄弟之情一直维系到我的父亲去世前，虽然再也不是那缺吃少穿的年月了，但谁家有了什么可口的东西，必是将几个老人叫去先吃先喝。

我在西安有一个朋友，是甘肃人，老家又是甘肃最贫困的小山庄。他在西安工作后娶了一位年轻漂亮的城市姑娘，家庭和睦了数年。后来，他领她回了一次老家。老婆目睹了那里的贫穷和不卫生，回来无法抹去印象，竟想：我的丈夫就是那么个地方出来的，那是猪狗一样的生活嘛！我怎么就嫁给了他?! 越想越想不通，看丈夫什么都不对劲儿了，哪儿都觉得脏，要求离婚。朋友寻到了我，苦恼得要死要活。原本要见婚姻说合、见官司说散的，但我说："离！她看不起农民，看不起老家，和她还过什么日子。天下又不是再没有了女人！"

对于过去的苦难，现在回想起来，觉得惨不忍睹，也吃惊怎么就活过来了！但是，在那时，却并不觉得苦得受不了，因为常年待在那大山之中，没有可比较的，全村人都是一样。而令我在那时烦恼的是我总是那么矮，那么没有力气，挣不来大工分。尤其在同我年龄差不多的一些人已经去参军了，去招工进工厂了。公路上往来的有小轿车，我并不嫉妒坐车的人，似乎觉得人家是应该坐小轿车的，最多是说一句："那是铁老虎，保不准翻车就丧命啦！"但对于参军回来的、当了工人回来的那些人有了一辆自行车，心理就不平衡，什么时候想起什么时候急。毕业回乡的那一份快乐和自在渐渐被繁重的劳作和无聊的生活所代替，往昔厌烦的读书如今却没了书读，我的容貌明显地与年龄不符，性格也越发老成。周围同学家的书被交换着看完了，三娃家的书也被借着看过了一遍。我开始翻《新华字典》，又不管到谁家去，都喜欢歪了头看用报纸糊的墙上的文章。我们已彻底接受了永远当农民的现实，同时发作了破坏性的农民劣性。五六个同年龄的人一伙，一块儿去山上割草，割生产队的苜蓿，割山里人家地堰上种植的黄花菜，将那些桑树苗一并割去；拾柴火，砍任何树上的枯枝，也砍湿枝，甚至到南山去，几个人进庄户人家缠住主人，几个人就在屋后砍人家的椿树、杨树；并将生产队里所有地塄上的野枣刺砍下来，连根也要刨出来，使地塄倒塌。村里的一切果树，果子几乎在半青时就被我们打抢了，以致树的主人用屎涂在树干上，用荆棘围在树下，而每日清晨那些女主人照样站在村口破口大骂。我们成了一群痞子、一群祸害、一群土匪。在这群小流氓无产者中，我恨我的笨拙，不会上树，不敢爬高，行动又迟缓，常常是败露事情的目标。比如，我们要报复爱指责我们的贫协主席，将他家的长得极大的一篷船豆荚用刀子从土里割断根蔓，而我竟把刀子遗失在现场，后被查出；在把刘家的黄柿子摘下一大篓埋在水稻田的污泥里退涩捂甜时，被刘家追赶，我跑不快被捉住了并如实交代了同伙。

我们在疯狂了半年后终于在一片唾骂声中老实了，因为其中一个人发展成了小偷，使我们另外几个人害怕被他带坏，而且又有两个家里开始为其定亲，也没了多余时间鬼混。那一日，我独自去丹江对面的沟里割草，镰刀撞着了一窝蜂，虽然及时卧倒装死，额上还是被蜇了三个包，忙用鼻涕涂抹了，背了草背篓过了齐腰深的河水。刚刚上岸，坐在岸边穿那一双破得没了脚跟儿的草鞋，抬头就瞧见了邻村的我的一个同学。这同学已经是工人了，据说与另一个村的姑娘订了婚。他推着自行车从水渠堰上走过，自行车上挂着大包小包是要去拜未来的丈人的。我立即低下头去，又隐身于草背篓后。我不愿意让他看到我，但我却偷偷地看着他骑上了自行车驶去，堰两边的草丛中青蛙就扑腾扑腾地跳进稻田。刘家的一个媳妇在堤边采白蒿，她有肝炎。一年四季采白蒿熬汤喝。她说："嘿，你瞧瞧人家，哪像你这模样？！"这话使我感到极大的羞辱，我永远记着这个刻毒的女人，她伤害了我，使我从那时起开始真正产生了自卑。当我成为作家后，许多人问我怎样才能成为作家？我说，得有生活，得从小受到歧视，我举的例子就有这个女人的那句话和说那句话时的眼神。我去生产队交完了草后回到家里，我的脸是阴着的，母亲端来饭我也不吃，爬到我家的泥楼上发狠：我就这样做一辈子农民吗？！此事发生之后的十年，我回到了家乡，听到了两件事：一件是邻村一个人责怪儿子不好好学习，没有打，也没有骂，领儿子去山上砍柴，偏让儿子背得很多，以致走到半路，儿子脚磨破了，肩膀也被背篓襻儿勒出了血。儿子躺在地上站不起来，他开始教育了："你不好好学习，将来就这样一辈子！"另一件事是伤害过我的那个女人，丈夫去世后改嫁到了另一村，后夫有个儿子，她虐待，每次儿子砍柴回来，她总嫌儿子砍的柴没有隔壁谁谁谁砍得多。那儿子指着门前公路上一个骑着自行车的女干部，说："人家会骑自行车，你怎么不骑？"我听了大有感触，尤其高兴那儿子对后妈的诘问。我就在那一次偏去那女人家看她，但她却早忘了当年嘲笑我的话，热情地接待我，还从葡萄架上摘了一串葡萄让我吃。甚至说，村里流传着一个道士在很早很早的时候经过棣花，指着你家的老房子，声称这一家将来要出个人物的，果然就出了你啦！

我开始想着离开农村，甚至幻想我本是读书的料，若没有"文化大革命"，我会考上高中、大学，去从事适宜于我的一份工作的。所以，在又一次征兵时，我就报名了。军人在六十年代地位是非常高的，只要一参军，即使家再穷，人长得再丑，也立即就能订下未婚妻。报名当兵，必须走通公社武装干事的关系，但棣花公社的武干我不认识，也难以与人家认识。我们村有个在别的公社当武干的人，他家的日子十分富裕。一日我去他家院墙外的桑葚树上摘桑葚，偶尔往院中一望，望见了晒在那里的一席白皮点心。六十年代送礼即送一瓶酒或一包点心的，八月十五的中秋节，大姨从县城来给我家带过一包点心，我和弟弟是关了院门，小心翼翼地打开油纸包，一人拿一块，一边吃着一边用另一只手在下边接着掉下的渣。吃完了，舌头在嘴角舔，又噙一口水涮涮咽下。而人家竟点心多得吃不了，拿一张四六席在晒太阳啊！我是没有提着点心去走通武干的，结果报名后随着几十人去商镇区政府大院接受参军体检，脱了鞋，脱了上衣，也脱了裤子，让医生拿着玻璃棒把身子的每一个部位都戳着看了，认为一只脚是平板而遭淘汰。此后，又招收地质工人，大队的三个领导在将十几人的名单进行第一轮的筛选时，就将我的名字拉掉了。事后，据说拉掉的原因是他们三人不熟悉我。虽然知道是东街贾家家族的老八，但别的人近来踏破了门，我却未去一次。"他以为他是谁，寻着寻着他去当工人呀？！"再是要招收一批公路护养工，我主动去大队找领导希望能让我去，而公路局的招工人员嫌我又瘦又矮出不了力，没有被目测上。没有被目测上，我气恼了，月夜里从大队部往回走，一路见树用脚踢树，见石头用脚踢石头。后来公路上没人，掏出家伙来用尿边走边甩着写字，写的是：老子还看不上干那力气活儿哩！到了年底的某一天，我的那个当民兵营长的本族哥敲我家门，他喝得醉醺醺的，说小学的一个女教师休产假了，要找一个代理教师，大队的几个领导和他商量，他推荐了我。我很高兴，又担心他是喝醉了胡说的诓我，本族哥拍着腔子说是真的，明日可能正式研究哩。母亲留下他给他做面条吃，又在面条下卧了两个荷包蛋，希望他明日研究时一定要让我去当代理教师。这一夜和第二天的上午我都是惶惶不可终日，我估摸我是十拿九稳的。因为我学习好，字也写得好，全大队谁能比我强呢？我甚至想象了我在课堂上讲课的情景：带一个小凳子，板书时站在小凳子上就可以把字写到黑板的上部了。但是，这次我又落选了。本族哥见到我时破口大骂，说没想到代理教师有那么多人在争取名额，而且一个领导坚持要让他推荐的一个熟人去。争执了一阵，后来都不说话，他上厕所去尿尿了。等尿回来，他们举手已表决了，定的是那个领导推荐的一名妇女。接二连三的打击，磨掉了我的志气，往后再有什么招工招干我连理都不理了。记得有一次李家的那个儿子穿戴整齐地出村去，我说穿得这么新去丈人家呀？他说铁路上到棣花招工哩，你不去公社看看？恰好一群孩子撵打着一对交尾的狗跑过来，我二话没说，抄起了一根棍子就打那只长着黑眼圈的狗。黑眼圈狗痛得哼叫，但它逃不走，因为尾部还连着母狗。李家的儿子怪怪地看着我，我听见他在说："你给我使什么性子？不去就不去，你就好好做农民吧！"

逆境中的父亲和我

遗憾的是，我到底没能做个好农民！

回过头来，如梦如烟的命运里有许多神秘莫测的东西。如果我在十四岁之后一切顺利，或去参军，或去当工人和教师，我就会在极大的满足中去成为一名合格的军人、工人或教师，但我偏偏各条路都没有走通。西安城这几年进行着大规模的改造，在南大街的一条小巷旁边长着一棵榆树，这榆树极丑，驼弯得厉害，而且又有一个突出的疙包，一个未朽却裂成的槽坑，常常上边爬满绿头苍蝇，但它长得很粗很大。南大街是改造了数次的，每次将临街的名贵的长得繁茂好看的树都砍伐了，但这棵树因生得地偏，靠近垃圾坑，竟丑而长存。我每当经过树下，就觉得此树如我。李白说："天生我材必有用。"我可能就不是活到世上要做农民的，虽然生活在社会最基层的农民之中，却每一步都经过了精密的计算，走到了该是我去的地方。生有时，死有地，婚姻是前世之缘，大概也正是如此。我常常坐在家里玄想——我越来越喜欢玄想——为什么我就住在了这座房子里呢？握在手中的毛笔，笔毫是哪一头羊的毛呢？笔杆的竹子又是长在哪一座山上？在公共汽车上、在电影院里、在足球场看台上我紧挨身坐着的男人和女人怎么是这个而不是那个？山洪暴发，一块石子从山顶上冲下来，以至经过了丹江，到了汉江，到了长江，而有一天在长江的入海处，被一个人在河滩捡去了，那石子对于那个人来说，是石子在追寻着他，还是他在等待着石子，这其中是偶然呢还是必然呢？

参军、招工、教书全然淘汰了我，连安分地要当一个好的农民也是不能的。不久家庭发生了剧烈的事变：父亲被揪出来了，他被戴上了"历史反革命分子"的帽子，开除公职，下放回原籍劳动改造。一夜之间，颜色变了，我由一个自以为得意的贫下中农成分的党的可靠青年沦为将和老鸹与猪一般黑的"可教子女"，虽然这名字还好听点。

父亲原本是无事的，他教龄长，为人诚实而热情，业余生活又喜欢唱几句秦腔，谁也没有怀疑他会有问题。但我的一个堂兄却向组织揭发了他，说曾见过我的父亲有一张穿着国民党衣服的照片。堂兄因自找了一个女人与其父母意见不一致发生过矛盾，结婚后，小两口不孝顺父母而我的父亲去教训过他引起了他的仇恨。父亲也真是的，他过于相信自己的权威，倚老卖老，竟动手打了不孝之子一个耳光。什么衣服是国民党的？这么一个荒唐可笑的揭发，在那个非常的年代里竟有人信了，他们追问父亲，父亲当然提供不出来照片，他们就翻父亲的档案。天下竟有更荒唐的事，档案里偏偏白纸黑字写着一九四九年，父亲在西安参加过胡宗南的一期讲训班。这是那年丹凤县教师暑期学习班上发生的事。暑期学习班是全县中小学教师清理阶级队伍的集中营，先是清查出了一批出身不好的、有海外关系的、说过对政府不满言论和犯有男女不正当性关系的人。父亲问题的出现，使专案组如获至宝，宣布斗争取得了重大胜利，抓住了一条大鱼。从此，父亲的命运发生了逆转，从这个学习班转到那个学习班，开完了那个批斗会又开这个批斗会，造反派污辱他、作践他、殴打他，最后开除公职，戴上"历史反革命分子"的帽子遣乡改造。那时候父亲的年龄还不足五十岁。前途一片黑暗，精气神儿一丧殆尽。以至后来平反了，恢复了工作，意志依然不得张扬，性格也变了，染上了酒瘾，动不动就喝醉，哀叹："过一天是一天吧！"

父亲的一生错过了许多相当重要的机会。他第一次到西安考学，发榜之前，在小旅馆里遇见了一个人问他愿不愿意去延安干事，他说愿意，只要有饭吃。那人让他第二天去七贤庄××号找某某，可以送他去延安的。他去了，看到是八路军驻西安办事处。但父亲害怕当兵，在门口转了几圈却走掉了。他如果不走掉，后来就是革命老干部了，一人得道，做鸡犬的儿女们也可以升天了。他考上了师范学校，毕业后就职于西安田家湾小学。西安解放时他可以不走留下来，也可以用三袋面粉购买下一院房子的。如果是那样，我们全家现在也就是很有资格的老西安户了，也不至于后来为了解决全家农转非的问题，而费了九牛二虎之力，可他偏偏跑回了老家。他在田家湾小学教书，田家湾在西安的东郊，每个星期天，他们一帮年轻教师都要进城去戏院看秦腔。又是一个星期天，学校接到通知，要求教师们在新城广场的礼堂听取胡宗南的军政训话，父亲进城后却溜出去看戏了，这便是父亲参加讲训班的全部真实情况。但是，濒于灭亡的地方政府在那时习惯了欺上瞒下，学校接到通知后为了证明全体教师到会，竟将在校教师的花名册直接上报，父亲虽没去礼堂，也没见到胡宗南是胖是瘦，但他的名字却在登记册上，又不知何种原因在档案里写了一笔。"文化大革命"中，胡宗南在长安县办的这种短期学习班被定性为特务训练班，并将在礼堂听过讲训的人定性为接受了特务训练，父亲就如此当上了国民党的特务分子。父亲当然是不服的，他曾经要以死来证明自己的清白，牛棚里有日夜监视的看守，死也无门，就发誓要翻案。在回乡后的两年时间里，他口述我执笔，我们写了上百封的申诉信，分别寄往原来的学校、县教育局、县革委会，以及地区革委会和省革委会。这些申诉信如泥牛入海，但我们依然在写，只有在写作的过程中增强我们是清白的自信。两年之后，县上终于复查案子，开始了正式外调，才得知那次胡宗南的讲训使花名册上所有的人都程度不同地受到审查、批斗和戴上了"反革命分子"的帽子，随后又以听一次训话并不算什么，而不了了之。父亲也随之重出地面得以平反了。

我今生不能忘却的是那年春节一过父亲进入了两岭小学内的学习班。阴历正月十四的上午，三伯父来到我家，说父亲元宵节可能不得回来，得去那里看望看望。母亲当时就哭了，一边哭一边炒了家中准备过节的所有的猪肉，装在一个大搪瓷缸里。三伯父又买了五包纸烟，让我的一位堂兄领我去两岭小学。我和堂兄步行了十里路，就端着那大搪瓷缸，到了学校的前门。前门紧关着敲不开，又绕了一大圈寻到后门。门口站着背枪的民兵，不准进。我吓得拉着堂兄的后襟，堂兄暗示我要哭，我就哭了。堂兄就说你行行好，可怜我这兄弟吧，给老人送点肉和烟立即就出来的。那民兵看着我，应允东西放下，他负责一定送到，但人是不能进去的。我又是哭，堂兄就再求，我们就跪下来要磕头。他同意了，进去通知了父亲。但放了我进去，却不让堂兄进去。我在一间矮屋前见到了父亲，他脸色青灰，胡子老长。一见到我两行泪就流下来。父亲没有收肉片，他说他不想吃，一口也吃不下，只拿了那五包纸烟。他正要问家里的事，一个麻子脸的人就呵斥着父亲到屋子里去，而推着我出了校后门，铁栅栏门"咣"的一声关了。我扒在铁栅栏门上，瞧见父亲在拐过那间矮屋墙角时回过头来看我，麻子脸推了他一下，他的头撞在了墙角棱上。朱自清的《背影》里写到他的父亲微胖的身子从车站月台上翻下的背影，我在中学时读了并没有任何感觉，后来每每再读，就想起父亲头撞在墙角棱上的一幕，不禁热泪长流。

那是一个非常冷的下午，天阴着，还零星地飘着雪花。母亲在家焦急地等待消息，一听完我见父亲的经过，她的心口疼病就犯了。母亲一直害心口疼病，每次疼起来就头在炕上犁地一样地乱撞。我和弟弟在那一晚上迅速地长大成人了，我们忙着去喊几个婶娘，来给母亲请医生，说宽心话；又给年幼的妹妹做饭，安顿睡觉。母亲的疼痛在后半夜渐渐缓解下来，我和弟弟还守着一盆炭火坐在另一间小屋里说话。我警告弟弟："父亲不在，母亲又病了，你一定要在外不得生事，回家里多干活！"弟弟点着头，却告诉我，下午他听从茶坊村来的一个人说，父亲在学习班被绑了吊起来拷打。拷打的人就是棣花中街的某某某的亲戚，住在茶坊村，会开手扶拖拉机，是个大麻子。我立即想起在两岭小学院子里见到的那个麻子脸，诅咒他不得好死，上山被狼吃，下河滚长江！

对于大麻子的仇恨，我和弟弟是记了相当久的年月，但我们最终没有报复，因为待父亲平反后，我又考上了大学，一家人的日子蓬蓬勃勃旺起来，倒觉得报复这么一个狗样的小人已没有了意思。"文化大革命"彻底结束之后，社会在清算"四人帮"的流毒，许多在当年殴打人的人开始忏悔，主动地向被殴打者致歉谢罪。弟弟从老家来了信，谈到大麻子并没有来给父亲说一句还算过得去的话。直到五年前，他来信还说这件事，显得耿耿于怀。我在回信里，讲了一件我的一个在西安工作的朋友的故事。那位朋友在"六四风波"中仅仅上街游行过一次，清查时名单报到了有关部门，负责清查的一位小处长却不相信我的朋友仅仅是游行一次，要她交代是否煽动过别人？是

161

否上街讲演过？她当然否认，小处长竟一个耳光拍在她的脸上。这一个耳光使她仇恨了他，不久她的问题得到落实，确实仅仅去游行了一次，宣布无事，但她就是咽不下挨了一个耳光的气。恰在这时，小处长生病住院，查出患了癌，并已扩散，她听了偏去了医院探视。小处长已经奄奄一息了，瞧见了她，说："我估计你会来的，你来要看我的下场的。我是快要死的人了，我向你道歉，不该打你……"他说完这句话，我的朋友却什么话也说不出来了，倒觉得自己太那个了，俯下身去为他掖掖被单，安慰他什么也不要想了，好好养病。后来，小处长去世了，我的朋友特意买来花圈去参加了他的葬礼。

那次学习班后，父亲可以十天半月回家一次，每次回来，造反派要求他必须戴写着"黑帮"字样的白袖筒。父亲就在进村前偷偷地把白袖筒摘下，将草帽低低地压在额前。然后回校时，走出了村口，又把白袖筒戴上。到了秋天，已经穿夹袄了，我同一群妇女在牛头岭上的地里拔白菜。一个夏天没有落雨，白菜长得又黄又小，生满小黑腻虫。但大家还都盼望着能分到这批白菜，说洗不净那小黑腻虫，全当是吃没骨头的肉吧。拔下的白菜还没分到我家，看见岭下的公路上有三个人走过，前边的似乎是父亲，后边的两个人认不得，好像背着枪。我正疑惑，本族的一个婶子慌慌张张地从岭下小路上跑来，悄声对我说："你大大回来了！"我们把父亲都叫大大的。我看着她，紧张得没有说话，婶子又说："你大大被开除回来了！"我转身就往家跑，脚上的一双鞋同料浆石一块儿踢飞了。跑回家，父亲已经躺在炕上，一见我，竟"哇"地哭了："我把我娃害了！我把我娃害了！"我从来没有见过父亲出声地哭。对于我，他是从来都寄予厚望的，即使高中大学都停办了，我初中毕业回了乡，他仍觉得我不是平地卧的人，总有一天要发达的。但是，他没有想到他成了"历史反革命分子"，而在那个讲政治讲出身的年代里，我将坏在他的手里，永无出头之日啦！我站在炕前，和父亲一起哭，我并没有像父亲那样想得那么多，只是可怜我的父亲。

父亲初回的那两三个月，他是四门不出。他有小知识分子的自尊心，他嫌丢人，但他在家里什么活都干，吃饭时总要把稠的给我和弟弟妹妹吃，好像他对孩子们犯下了罪。他越是这样，我们越是伤心，越是要尽量减轻父亲的痛苦，即使在外受了什么委屈，一进家门，脸上都笑笑的；又主动给父亲说这样说那样，逗他也有个笑脸。又去求所有的亲戚好友到我家去陪父亲说话，将挖药卖得的钱买了酒，托别人给父亲带来。但是，一些亲戚好友以各种借口不去我家了，他们宁可让我捎几个鸡蛋拿回来，也不肯来见父亲。父亲成了反革命分子，政治上完蛋了，工资也突然没有了，生活陷入了极度的困境。生产队分粮时，以往我家是缺劳户，要分口粮必须先交一批粮款的，而那些劳力多可以分红的人家常常是争着为我家垫上；现在，无人肯垫款了，家里又没有现钱，高高兴兴地拿着口袋去分粮，粮却不分给我们，扣留在生产队的库房里。父亲的一些朋友，曾经来过我家的又吃又住，说过十分殷勤的话；如今见了我家大小，好像根本没有见到似的，脸一扭就走过去了。穷困，我们是能忍受的，最难以忍受的是世态的炎凉。那时候，我们多么需要安慰，母亲日日出去上工，对一些以为可以信赖的人诉说苦情，明知道他们说一句"共产党不会冤枉好人的，总会平反的"的话其实毫无用处，但就希望人家能这么说说使自己心里安妥；可人家偏就不说，还教训道：现在风声紧，你们不要乱说乱动啊！

父亲终于出门了，他想通了，既然已经是人下之人了，还要那面子有什么用？死了，你是"自绝于人民，死有余辜"；那就活，偏要活下去，活得旺旺的！他穿着干干净净的衣服去出工劳动，挖地、修渠、挑粪担、割牛草，什么都干，什么都干得卖劲儿。他收拾了背篓，穿上了草鞋，领着我和弟弟到三十里外的山上砍柴去。

事情就是这样，没有吃的时候，常常也就没有烧的，隔三岔五地去砍一次柴。先是堂兄承携着我去条子沟、苗沟割梢子柴，穿着的草鞋未下山就破了，光着脚一路走回来，背了三十余斤，被安民、三兴他们嘲笑道：你不是去砍柴哩，你是图着吃干粮哩！砍柴要吃早饭，还要带干粮，干粮有时是冷剩米饭，冷熟红薯，或碗口大的一张薄饼。自第一次上山穿破了草鞋，我有了经验，以后每次去都带三双草鞋，柴也砍得越来越多，慢慢就不让堂兄承携，而和弟弟两个人单独行动。一次鸡叫了头遍，我们就起来了，站在院子里看星月。天气是好的，母亲就开始给我们做饭，我收拾背篓，弟弟磨砍刀。村后的瞎脸叔——他就叫作瞎脸——提着木桶去泉里打水，经过我家院外，听见说话声，隔墙问："平，你们是去砍柴吗？"我应声是的。他说他也去，打水做饭吃了一块儿走吧。但是，待他吃了饭，临出门时，屋里的灯泡突然爆炸，他说什么也不肯去了，嫌不吉利。我和弟弟就顺着条子沟河道往深处走，河道里黑黝黝的，流水潺潺，鸟声呜咽。已经走到前几次来过的一面沟坡下，天在放亮前黑得什么也看不见了，我们就不敢再走。坐到路边一处较高的地方。弟弟一坐下来，手就伸到干粮袋里取干粮吃，我阻止了，甚至骂他："还没砍柴哩就吃，吃完了中午吃什么？饿着肚子能背动柴吗？"弟弟和我吵起来，接着哭。他一哭，山里就起回声，我们都害怕起来，看着远近黑乎乎的树木、石头，怀疑那后边藏着狼和豹子，或者是鬼。好不容易天亮了，使我们惊骇不已的是我们坐着的地方，正是一座荒坟！我想起了瞎脸叔，担心今日出什么事，砍柴过程中，不停地叮咛弟弟小心。还好，一切平安！我将砍好的梢子柴扎成捆从山顶推下坡，又在坡下收拾好了背篓，就招呼弟弟取干粮来吃准备背柴返回。但是，就在弟弟从藏在石板下的干粮布袋里取出薄饼，刚要一人一半地分，一只大的乌鸦突如其来地从一棵柿树上飞来，我是知道乌鸦吃砍柴人的干粮的，大叫一声。弟弟不知事理，回头看我，那乌鸦已猛地叼了布袋腾空而去。我忙将手中的砍刀抛向空中掷打，乌鸦却已叼了布袋落在半山的一块石头上吃起干粮了。弟弟发疯似的往半山腰跑，乌鸦是飞走了，那空布袋遗在石头上，破了四个大洞。遭这一场抢劫，使我们饿了大半天的肚子，却不敢对人言语，那是太丢人的事。砍梢子柴不耐烧，但近山的树全砍完了，要弄到栲木一类的硬劈柴，须得去丹江南的乌山和苗沟的沟垴，来回得六十多里路，这又是堂兄们承携我了。我心贪，在乌山顶第一回砍到硬劈柴，总希望能多背一点。堂兄帮我装好背篓，他是把劈柴尽量架高、朝前，又给我的草鞋上系上几道葛条，拄一根棍杖，让我一直走在他的前头。从乌山顶往下走，路是盘山道，细得如绳，心慌腿颤地下行了十里，放下背篓歇息。我瞧见身下的沟堑里是那样壮观，云如棉絮一样一片一片浸上来，伸手是抓不住的，但你脸上感受到了潮湿和柔软，一阵风后，又荡然无存；沟壑里的河流、危崖，满身附长了苦药藤蔓的古木尽收眼底。深山的中午异常寂静，听见自己的呼吸声，听见一只蚂蚁从腿上爬上来，倏忽我瞧见了就在十米之外的崖头上长着一株我不认识的花，鲜红如血，在风里寂寞地摇曳。这次惊艳，使我数年里印象深刻。后来我到水库工地，与县政府一位通讯干事聊天，忽然说到那朵花，惊奇冬天里怎么会有花开，而花怎么竟开得那么艳！通讯干事说了一句："它可能一生就只让你一个人看到了它的美丽。"又是数年后，我在大学里以通讯干事的话写成了一首诗。我和堂兄歇息之后，准备起程，或许是我太兴奋了那株花，或许命有劫难，我蹲下背了背篓往起站，突然头顶上的柴分量过重，平衡未能把握住，人和柴背篓就翻下去，并且连续翻跟斗到了崖畔。我的堂兄在那一瞬间吓呆了，他竟瘫在那里不动也不喊，眼看着我已滚下崖去。心里在说："完了、完了，滚下去尸体都寻不着了！"这是事后他对我说的。但是，半崖上偏偏有并排的三株白桦，我和背篓卡在了白桦上。我的堂兄见此跑过来，先从背篓上往下卸柴，然后把我拉上来。我的额上就破了一个洞，血流了一摊。堂兄不要我背柴了，要我对着白桦磕头，对着群山磕头；但我怎么能空手返回呢？我还是坚持要背柴，当然只能背原有的一半，直到一个小时之后，两个人下到了河畔。

当父亲领着我和弟弟去砍柴时，我们是去了苗沟垴的。天虽然没有下雪，但山上的雪极深。山梁上已没有了栲树，我们又跑到梁后的沟里去，砍是砍下了整棵栲树，却怎么也捎不到梁上。穿着没有衬裤的光筒子棉裤，汗把衣裤全湿透了，又结上冰，裤管成了硬的。我几次捎着树干已经到半梁上了，一个趔趄又滑落下去，直到第四次才爬上来，累得倒在雪里几乎要闭了气。父子三人相互呼应着，担心走散，又担心受伤，呼应声在山林里"嗡嗡"回鸣。父亲也到了梁上，他捎上了一棵树，开始用斧子劈，他做这样的事远不及我的任何一个堂兄。弟弟满脸汗水道，像花脸猫，兴奋地说："瞧那边山头上的雪，白凯凯的！"山头上是一片白雪，太阳光下，银光发亮。父亲说："读皑，不读凯！"父子三人啃了黑馍，黑馍冻硬如石头，啃不动，抓雪吃了几口，背柴下山。从沟垴下来先在河滩里走十里路又爬上河边的半坡；那是砍柴人最头痛的一段路。因为一边靠坡一边临河，沿途有固定的歇脚的地方，但走不到每一歇脚地，你是无法停下来的。歇脚地与歇脚地的距离是砍柴人久而久之形成的，是人负重能力的极限点。我们都坚持不了了，坚持不了也得坚持。我咬着牙，默数着数字往歇脚地赶。我在以后的生活中，这

165

种须赶到歇脚地不可的劲头成为我干每一件事的韧性和成功的保证。许多人在知道了我的并不好的生存环境后，惊讶我的坚忍和执着，说我是一位真正的男子汉。我就笑了，这有什么呢？我在小时候走过无数次的歇脚地呀！我们背着柴火回到了离家大约八里地的地方，母亲背了空背篓来接我们啦。母亲的个子矮，又有病，一手捂着肚子，口里又咬着包在头上的手巾角儿，远远地站在河边的石头上。我们是全村砍柴人最迟回村的，我告诉母亲，我回去要好好睡觉呀，明天睡一天；可回到家了，竟兴奋得毫无倦意，借了秤来称劈柴，我背的是七十斤，弟弟背的是六十五斤，父亲背的竟是一百一十二斤。我又用斧子把所有的柴劈碎，粗细长短差不多整齐，再一一在台阶上垒好了，然后坐在院中的捶布石上观赏。这如同年轻的母亲在看着熟睡的婴儿，也如同后来我发表了作品，把杂志放在书案上，打开窗子，又让阳光照在杂志上，感到是那么地亲切。

父亲是一九八九年秋去世的。他去世后我写了一篇祭文，其中有一段写到我们父子去卖猪的事。文章发表后，我收到了大量的读者来信，说他们都是读到那一段时哭了。写关于回忆的文章我是一点也不敢虚构和扩大或缩小事实的，我每次回忆到那段经历，也是胸口就堵得厉害。这部回忆录写到一半时，家里干扰的事太多，我寻到一处僻静的房子，昨天夜里，竟在新床铺上又梦见了我的父亲。我每到一处陌生地，就常梦到父亲，我也不明晓这是什么原因。今早起来，忆想着梦中父亲的样子，心里又难受起来，禁不住又想到了我家的关于猪的故事。猪是我们全家的指望，它重要到是家庭的一员。每次我们吃饭，一端上碗，就要问母亲："给猪倒食了吗？"晚上关门睡觉时，我总问弟弟："猪圈门关啦？"我那时是很丑的，细胳膊，大肚皮，形若蜘蛛；而猪更丑得有些怪样，它下陷着脊梁，黄瓜嘴翘得老高，生出一身的红绒。越是盼着猪长，猪就是不长。也难怪，人都没啥吃，又能给猪吃什么呢？每日喂食后，我和弟弟就在它的脊梁上按按，摸着上了膘没有，幻想着几时就可以给国家交售了。那时把猪交售给国家，除了付款外，还可得到价钱便宜的三十斤苞谷。等到它终于长大了，这一天早上我们决定把猪用架子车拉到商镇生猪收购站去。父子三人并没有吃饭，却给猪煮了一大盆红薯和麦麸的食看着它吃。猪从来没有吃过这么好的食，它响声极大地把一大盆食都吃了。父亲说："把猪卖了，咱们下一顿馆子！"这话有极大的诱惑力和鼓动性，让我想起邻村那个老红军讲当年他们攻打榆林城的战地动员：打开榆林城，领个女学生！半中午，我们赶到了商镇，收购站门口排队卖猪的人很多，为了防止日晒，有人将衣服浸了水披在猪身上，有的猪脖子上还挂了花。我们在那里排队等了大半天，我和弟弟肚子就饿起来，拿眼睛盯着公路对面卖花生、糖糕、油饼的小食摊。但我知道不交售了猪，父亲是不会给我们买那些东西的，就扭别了头，不去看小吃摊。心里说：那些东西有啥吃的，又贵又不顶饥！但弟弟去公共厕所了，回来悄声对我说，远处那棵柳树后有饭馆，卖面条的，饭桌上还放有辣子，他已经侦察好了！他说："我要吃三碗！"我瞪了他一眼，让他快把猪往前拉。因为前面已经交售过了几头猪。在猪群里，我们的猪最小最瘦样子最难看，我就挠了它的肚子，让它卧下来，把毛根处的红绒往下拽。眼看着可以轮到我们了，但收购站的门关起来，收购员宣布下班，下午再收购。这无疑让我们丧气，因为离下午上班还得三个小时，这三个小时哪儿也去不了，只能死等。死等就死等吧，等到了下午上班，收购站的门已经打开了，收购员正戴橡皮手套哩，猪却又是尿又是屙。屙尿在这个时候意味着就是将要失去多少重量、失去多少钱票和粮食！弟弟赶紧用脚踢猪屁股，希望它立即停止，但它却同我们赌气一般，屙了一大堆，尿成了一条河。什么叫"屙金尿银"？我算是体会到了。收购员耳朵上夹了铅笔，过来按按猪的脊梁，踹踹猪的肚子，问："喂了多长时间？"我说："一年。"其实是两年。收购员站起身，说："不够等级。下一个！"后边排队的"噢噢"地拉着猪就往前来。我们父子三人全都急了，求人家："不够头等标准，可以够二等吧；就是二等也不够，难道还不够三等吗？"收购员吼了一声："不够等级就是不够等级，你让我亏国家吗？"他已经去按另一头猪的脊梁了。我们就傻立在那里，觉得天上的太阳在快速旋转，汗水湿了一脸，而且汗水直往眼睛里钻，钻得眼睛睁不开。猪却不知趣地过来偎着我的腿哼哼，它是那样地难看，黄瓜嘴，红绒毛，额头上满是皱纹，我狠狠地踢了一脚，又踢了一脚，弟弟捡了根树条就抽。旁边一人说："算了，孩子，它是不会说话的，没交售上总比养了个扁尾巴的好哩！去年我养了个扁尾巴的，让狼叼去了，难道我就不活啦？"扁尾巴猪我是知道的，就是尾巴梢是扁状，乡里人认为这样的猪前世欠了狼的债，不管你养它多大，这一世都会被狼吃掉的。太阳底下，猪又被绑在了架子车上，父子三人默默地拉着往回走，我和弟弟再也没敢提吃饭的事，连公路对面那些卖吃货的摊子看也没看一眼。

这一年是我们村最晦气的一年。有来伯出门时，刚一仰头，一粒鸟粪就落在他的口中。他果然就得了一种病，肚胀如鼓，浑身上下黄得发亮，不久死去。安民上树吃蛋柿，他原是比猴子还能爬高上低的，常骑在树梢儿闪晃给我们表演，但这回是从树主干杈上掉下来将腿跌成跛子。百善的那个小弟明明是活人，睡觉时老鼠却咬吃了半个耳朵。弟弟把十斤米背到深山去，同深山人家兑换了六十斤土豆，一切都很顺利；返回时，承携他一路的一个堂兄身上却生出瘤疮。瘤疮是腰带瘤，有危及生命的可能，直伐掉一棵树卖了，用钱抓药服了半年多才好。我丢失了那顶黄军帽，被狗咬伤过腿腕子，被取消了民兵的资格，任何学习班也不让我再去做记录，生产队的会上要念报纸，也轮不到我来念了。但是，我的声音开始变粗，嘴唇上生出茸茸的胡须，下身也生出毛来，已经磨炼得吃什么都能克化、什么活儿都能干了。几乎成了规律：今日去深山砍柴，明日就去浅沟割草，再到生产队出工一天，然后周而复始。我学会了打草鞋，学会了给弟弟剪头发，学会了用毛柳枝编篓筐，学会了打胡基砌墙垒灶。我总是忙忙碌碌地每日将身子弄得很累，然后倒在炕上像倒下的一捆柴，而沉睡如猪。我难以启口的是，平生第一次在梦里遗了精，醒来惊慌失措。回想梦里的事，我觉得自己很流氓。但也曾经大胆地对村中一位大我数岁、按辈分应称呼她是嫂子的说："我梦里背你上了一夜的山。"她笑着说："那还不累死你?！"三月里，村里来了一位讨饭的女人，三十多岁，人长得眉眼生动。我虽然讨厌她见着大小男人都称呼"叔叔伯伯"，而我又喜欢她身上的衣服总是干干净净的，头发光洁，在脑后留一个小髻儿。她待在我们棣花几乎有一个多月，帮窝嘴婆婆洗过衣服，帮李家人锄过地，还给我的二婶娘做过一次面条，做得酸辣香。我看见她的时候，总想，她是不该出来讨饭的，讨饭怎么能是她这种人呢？她告诉村人，她不生娃娃，丈夫在修梯田时土塄塌了，别人什么伤也没有，偏偏把丈夫埋在土里，挖出来就瘫了，她出来讨饭是要养活丈夫的。山区里有一种不符合国家婚姻法的乡规，若是做丈夫的瘫痪了，没了劳动能力，日子无法维持，就可以再招一个男人到家，叫招夫养夫。这女人的话使几个光棍儿动了心，据说村东边的那个光棍儿已经托人给那女人把话说白了，但女人却在一个早晨离开了棣花。又是三个月后，突然传来消息，那女人叫狼吃了，说是有人在西边二道岭的土地神庙前发现了她的尸体，衣服被撕破，肚里五脏没有了，只有头是完整的，头上还梳着髻。一连十多天，晚上一闭上眼睛那女人的影子就在我眼前晃，而且每次她都是头发光洁得一丝不乱，圆乎乎的脸上在笑。我因此而神情恍惚，茶饭顿减，被母亲请来了会阴阳的傅先生念了一回咒，喝了三次黄表符烧成的灰水。

暗　恋

　　村里一个多年流浪在外的人突然回来了，穿着时兴的衣服，额上有一个疤。村人都在私下议论，说他是个扒手，跟河南的一个大盗学的艺，有很高的行窃手段，是逃避城市公安部门的搜捕而回来的。大家又是害怕他又对他感到神秘，与他在一起，身上是不带钱的，即使有钱，也全放在鞋里。对于他到底在西安干些什么，没有人敢直接问他，但他同我们一伙去河堤上抬石垒堰，歇气儿了，他主动给我们讲他在西安吃过羊肉泡馍，吃过奶油面包，吃过腊汁肉和火腿香肠，穿过四双牛皮鞋，而且还有女人。……他说到女人时，眼睛一眨一眨的。他嘲笑邻村的一个姓刘的青年也赶时髦戴口罩，但口罩是脏兮兮的；又嘲笑我的七堂兄把手电筒系上带儿黑天白天地斜挂在身上。一个月后，他又要走了，这次他没有去西安，而是要到新疆去，他说新疆是天下最肯包容的地方，地富反坏右、小偷、流氓、贫穷、不幸、可怜、受难的人去了都能接收。他已经同另一个村的一个人说好了去的，问我肯不肯去？我那时还真动了心，但我又难以相信他，更看不起他行窃的行为。我征询过与我友好的伯安，他说他有一个亲戚在新疆，那里冷得很，一尿尿就有个冰棍儿撑住了身子。而使我最终没能下成决心的有两个原因，一是我得帮父亲写翻案的申诉书，父亲患了手颤的病，一提笔写申诉书手颤得握不住笔；二是我开始暗恋了一个女子。而邻村的那个人也没有去成，他的出身也不好，修河堤时他在南山崖上凿炮眼炸石头，明明是点燃了八个炮位的导火索，爆炸时却响了七声，他去查看时，那哑炮竟又"轰"地响了；他的尸体看着完整，但却拾不起来，爆炸起的碎石全钻进他的身上，烂得像个蜂窝。

在八十年代中，我写过一首小诗，名为《单相思》。诗是这样写的：世界上最好的爱情／是单相思／没有痛苦／可以绝对勇敢／被别人爱着／你不知别人是谁／爱着别人／你知道你自己／拿一把钥匙／打开我的单元房间。这首诗是为了追忆我平生第一次爱上一个女子的感觉。爱着那个女子的时候，我没有勇气给她说破。十多年后写这首诗，我的读者并不知道它的指向。而巧的是，我的一位老乡来西安做事时，来到我家，提到他买过那本诗集，竟然在买书时那女子也在场，他们站在路边读完了全部诗句。说者无意，听者有心，我问他："×××读过之后说什么啦？"他说："她笑了笑，一句话也没说。"我觉得很悲哀。这位老乡见我遗憾的样子，企图要安慰我："她哪儿懂诗？倒是她抱着的那只猫说了一个字'妙'！"他说完，"哈哈"地大笑起来，我也随之笑了。我一时的感觉里，她是理解了我的诗。也一定明白了这是为她而写的，但她已经早为人妻了，她的灵魂只能指使了猫来评说！

我最早对她留意，应该追溯于在魁星楼上睡午觉。魁星楼在我们村的大场边，楼南边就是一直延伸到河堤的水稻田。两人多高的楼台上，四面来风，又没蚊子，凡是没结婚的人整个夏天的晚上和午休都睡在那里，村人叫"光棍儿"楼。这一个中午，吃过了午饭，我们去丹江玩儿了一会儿水，就爬上楼"呼呼"地睡着了。但一个鸟总在楼台边叫，我睁眼看看，就看见了她一边打着绒线衣一边从官路上走过去，绒线团却掉在地上，她弯下腰去捡，长长的腿蹬直着，臀部呈现出的是一个大的水蜜桃形。几乎她也是听到了鸟叫，弯下的身子将头仰起来，眼睛有点泪，脖子细长长地勾勒出个柔和的线条。我的心"咯噔"地响了一下。我是确实听见了我心的响声，但我立即俯下头去，害怕让她看见了我正在看她。从此，我就在乎起她了，常常就见到，见到就愉快。她与我不是一个姓氏，按村里辈分排起来，有错综复杂的关系，她是该叫我叔的。初中毕业的时候，我是浑身不觉的愣小子，还嘲笑过她的皮肤黑，腮上有一颗麻点，可现在却发现她黑得耐看，有了那一颗麻点更耐看。我知道我是爱上她了，我也明白我与她绝不可能有什么结果。辈分异同，宗族有仇，而我家又沦落成人下之人，但我无法摆脱对她的暗恋。每天上工的铃响了，我站在门前的土埝上往小河里看，村里出工的人正

171

从河上的列石上走过，我就看人群中有没有她。若是有她了，陡然地精神亢奋，马上也去上工，并会以极自然的方式凑在一块儿劳动，那一天就有使不完的劲儿，说不完的话，而且话能说得风趣幽默；若是人群里没有了她，我出工是出工了却嗒然若丧，与谁也不说话，只觉得身子乏，打哈欠。生产队办公室与她家近，每天晚上去办公室记工分，原来是要弟弟去的，但我总是争先恐后，谋的是能经过她家院门口。她家的门总是半开半闭，望进去，院内黑黝黝的，仅堂屋里有光，我很快就走过去，走过去了又故意寻个原因返回来，再走过去，希望她能从院门里出来。有一次她是出来了，但院门外左侧的厕所里咳嗽了一声，她的嫂子的脑袋冒出了厕所土墙，姑嫂俩就隔了土墙说话。我贼一样地逃走了，千声万声恨那嫂嫂。心里有了鬼，我是不敢进她家去的，怕她家的人，也怕她家的狗。等我回到家里，我憎恨自己的怯弱，发誓明日上工见到她了，一定要给她说破我的心思；可第二天见了面，话说得多，却只是兜圈儿，眼看着兜圈要兜到圈中了，一拐又说起不咸不淡的话。于是，那时我老希望真有童话里的所谓"隐身帽"，那样我就可以戴上去她家，坐在她的小屋炕沿上，摸摸她照脸的镜子，摸摸她枕过的枕头。甚至幻想我们已经是心有灵犀一点通了，有了约会的暗号，我掷一颗小石子在她家院里，她就立即出来，我们到那水磨坊后的杨树林子里去……有一次，我和村里一个很蛮横的人在一起挖地，他说："我恨不是旧社会哩！"我说："为啥？"他说："要是旧社会，我须抢了×××不可，做不成老婆，我也要强奸她！"我吃了一惊，原来他也想着她，但我恨死了这个人，我若能打过他，我会打得他趴在地上，扳了他的一嘴牙，让他的嘴变成屁眼儿的。

我已经感觉到她也喜欢我了，她的眼睫毛很长，对我笑的时候就眯了眼，黑黝黝的像一对毛毛虫。而且越来越大方，什么话我把她噎急了，就小孩子一样地叫喊"不么，不么"，拿了双拳头在我身上捶。那一个晚上，生产队加班翻地，歇气儿时在地头上燃了一堆篝火，大家都围上去听三娃说古今。她原本和几个妇女去别处方便了，回来见这边热闹，说："我也要听！"偏就挨着我和另一个人的中间往里插，像插楔子般地插坐进来了。我双手抱了膝盖，一动不动，半个身子却去感觉她。半个身子的血管全都活跃起来，跳得"咚咚"响。三娃说了一通古今，有人就让说"四硬""四软""四香""四臭"，还有"四难听"。这四溜句形象生动，但带点颜色。比如"四软"：新媳妇的舌头猪尿泡，火晶柿子女娃子腰。她就不好意思听下去，起身走了。她一走，三娃透露了一个惊人的消息，说是她的父母为她在找婆家哩，而且已经从山外，即关中平原的某县来了一个青年相亲了。我神情自然落寞，回家后没有睡好。第二天，我在荷花塘挖排水沟，看见一个黑红脸的小伙子也在塘边蹲着，观水里的游鱼，有人说那就是她家来的山外人。我走过去，问："你是从山外来的？"他说："嗯。你们这儿水真多。"我说："听说了，女子嫁到山外，得尿三年黑水哩！"他说："我们那儿能吃蒸馍！"我说："蒸馍吃得你那么黑、那么瘦？！"他站起来要走，我不让他走，在排水沟里抓了一条黄鳝向他扔去，吓得他"哇哇"大叫。我就骂道："你滚回山外去吧！"那么一个小男人，有什么地方比我好呢？他真的是来要把她娶走吗？晚上，我又去记工分，她也在办公室，站在门口给我使眼色，她是从来没有这么个眼色的，我是那么驯服，竟乖乖地跟了她走。我们一直走到黑乎乎的戏楼前，那里有个辘轳，她立在辘轳的那边，我立在辘轳的这边。我盼望已久的时刻来临了，真想弯过身去拉拉她的手，但没出息的我浑身发抖，牙齿也"咯咯咯"地磕打。她说："平叔，你冷啦？"我说："不，不冷。"她扑哧地笑了，突然说："我家来了个山外人，你知道不？"一提山外人，我怒气不言传了，闷了半会儿，说："是那个黑赖薯？"黑赖薯是红薯的一种，颜色发黑，常被用来作践人的。她没有恼，说："老鸹还笑猪黑呀，你觉得我去不去？"我那时竟蠢，毫无经验，一瞬间里被她证实了相亲的事令我冲动。如果不愿意，那人能在你家住这么多天吗？既然你是同意着要去了，你来给我说什么，是成心羞辱我吗？我硬硬地说："那是你的事，我又不是你肚子里的蛔虫！"她久久地立在那里，没有说话，还蹭了一下辘轳，后来转身走了。我们在无人处单独的说话就这么短，又是这么不欢而散。第一次的初恋，使我恋得头脑简单，像掮着竹竿进城门，只会横着，不会竖着。那晚分手后，我倒生气得不愿再见她，发誓不去想她。可是，不去想她，偏又想她，岂能不想她呢？我躺在牛头岭上的地里看云，猛地醒悟她能把这件事说给我，并且听了我的话生气而走，正是说明她心里还有着我呀！她或许面临两难，拿不定主意；或许是以此事来试探我的爱的程度？我翻身坐起，决定着寻个机会再见她一面，我要勇敢地捅破这层纸呀！苍蝇不停地在头上爬，赶飞了，但它立即又来，我觉得苍蝇是勇敢的，我得向苍蝇学习。但是一连十多天，却再也没有见到她，我以为她是跟了那山外人走了，后来才知道她被抽调到生产大队文艺宣传队，早出晚归。文艺宣传队在西街的一座古庙里排演，我去了数次，每到庙后，听见庙里人声喧哗，就又怯于进去。那一个早晨，我是起床很早的，借口去荷花塘里给猪捞浮萍草，就坐在塘边的路上等她去庙里。她是出现了，但同她一起的还有两个人，我只好钻入荷塘，伏在那里，头上顶着一片枯荷叶，看着她从前边的路上走过。她的脚面黑黑的，穿着一双胶底浅鞋，走一条直线，轻盈而俊俏。不久，听三娃说，关中的那个黑小子回去了，原本十有八九的婚事不知怎么就又不行了。我听了甚为高兴，三娃那日是在猪圈里起粪的，我很卖力地帮了他一上午。

一个黄昏，是那种大而红的太阳落在山垭上，而红光又匆匆地灼蚀了我家夏子房土墙的黄昏。家里人都出去了，我一个人趴在卧屋炕沿上看《水浒传》。先是听得见细风把落叶和柴草吹得在院子里沙沙地响，后来就什么也听不到了，只是月夜里石秀提了刀在青石街上奔跑。倏忽，院门里响了一下，有人问："人在没？"故意踏动着沉重的脚步就走进来，一直到了堂屋门口。书上的光线暗了一下。我仄了头从卧屋小门往外一看，竟然是她！立即欢喜起来，欢喜得手脚无措，给她取凳子，又要取壶倒水，过门槛时竟把脚指头踢了一下。她说："哟，我这么重要呀！"我说："你第一回来嘛……"她说："看什么书？贼把你偷了都不知道！"她是手里拿着一块米饭的锅巴，嘴里还嚼着。我从炕上取了书给她看，她趴身子过来，她的头发毛烘烘地拂着了我的脸，我没有动。她把手中的锅巴喂给我，我小小咬了一口。我这时完全是在梦里，心跳得厉害，满脸通红，差一点在咬锅巴时咬向了她的嘴。但我又是不敢，额头上鼻尖上都是汗。接着，一种离奇的事发生了。我似乎感觉我的灵魂从身子里脱离出来，悬在了半空。我清清楚楚地看见了我的身子开始忙乱地翻箱倒柜要给她找些可吃的东西，但堂屋没有；又搭了凳子去卸从木梁上吊下的竹篓里拿柿饼柿皮，柿饼柿皮也没有了。我骂了一句馋嘴的弟弟，站住发了一下呆，小跑去厨房的筛子里抓了一把红薯片儿给了她。她不接，母亲就从院外抱了一大捆干苞谷秸从门里挤进来了。她大声说："婆，你让我叔趴在那里看书，要把眼睛看坏呢！"

我们的恋情，发展到此即是最高潮了。这是一开始就注定不能成功的恋爱，以后在苗沟水库工地上，恋情还在继续，但直至我离开农村来到西安读书，两个人的关系都没有说破。大学暑假探亲时仅仅在路上见过一面，她已经是别人的媳妇了，而且厮跟着她的侄女。我们只说过几句话，从此几十年没有遇见过。现在的社会一切都在速成着，包括爱情。有人告诉我，他们报社曾调查过一百名未结婚的女孩子，竟有八十七人坦然地承认她们有过性的体验，且不是同一个男朋友。但也说："没有刻骨铭心的快乐和痛苦，记不住什么细节了。"我羡慕着她们，也幸运着我的经历。欢乐和烦恼是生命的基本内容。作为人，就是要享受欢乐也要享受烦恼，而苦难构成了我们这五十年代出生的人的命运。拯救苦难唯一的是爱情，不管它的结局如何。在漫长的有生之途，我们是一头老牛了，反刍的总是甜蜜。前几年流行于城市大街小巷的歌曲《小芳》，虽然我在厌恶着歌曲是唱那个抛弃了真情过后又有一丝淡淡的忏悔的男人，可每当听人唱起，却也想起了那个我本不是她的叔、她却口口声声叫我叔的女子。古人说，妻不如妾，妾不如妓，妓不如偷，偷不如偷不成。古人说这话的时候其意是要批评的，但人的本性里确有一种珍贵得不到的东西的秉性。初恋常常是失败的，而时过境迁，把人性中的弱点转化成了一种审美，这就是初恋对于人到中年者的意义。每个人都要恋爱，每一本书里都写着爱情的故事，所以，我的这一段初恋并不足夸，我也不愿意将在乡下的五年写成苦难加爱情的内容。炫耀失败的恋爱是一个事业成功的人的话题。我或许有虚名，但我并未成功，我之所以记录着这件事，因为这段生活无法回避它。

如今，或许我已经要老起来了，和我的孩子在一起，喜欢讲述往事。孩子说："爸爸真可怜！是谁制造了这种罪恶的深渊？是'文化大革命'吗？是毛泽东吗？"我严厉地批评了孩子，事情并不是如此简单。毛泽东是一个伟大的名字，他领导的中国走出的每一步，是有着具体的国际大背景的，有着具体的天地大自然的环境的，有着具体的共产党内部矛盾状况的。他是伟大的革命家和天才的浪漫主义诗人，又是农民出身，如果设身处地地为他领导的政府着想，他做什么都是能理解的。所谓的"人民是创造历史的真正动力"，那是到了非常时期的非常语，未达到质变的常规期，芸芸众生哪里能决定自己的命运呢？"文化大革命"触及了每一个人的灵魂，每一个人又都是"文化大革命"的参与者。知识青年上山下乡，在那时，没有几个人不认为这是一件好事，每一个年轻人都在积极响应着。亲自经历了的我，如果现在一味地倾诉苦难，一味地怨天尤人，那违背了历史，也违背了人性。只有冷静地反思，检讨那深刻的社会原因和我们自身的缺点，以防我们的国家再出现类似的情况，这才是我们要留给我们孩子的东西。在苦难中，精神并不一定是苦难，这犹如肮脏的泥潭里生出的莲却清洁艳丽。当然，那时人的理想是非常简单和渺小的，"吃过了吗？"这句话是人与人见面最关切的问候和祝福。给一碗稀饭可以使我们感激涕零，一个烧饼足可以使一个人的灵魂变异。记得当时批林批孔，村里人议论最多的就是不能理解林彪：他是毛主席的接班人了，难道还没有他的好吃的吗？好喝的吗？他竟要谋害毛主席？！人活了温饱状态，就心思多了，心思多了又不能实现，痛苦随之产生。现代社会的人的痛苦不是一件两件，是周身的、充满了细胞的、说也说不清的痛苦。我说这样的话，更年轻的人是不大相信的，这是我的经历，是我经历后的体会。我不希望别人能有我这种体验。我只是在记下我个人的经历时，把倾诉苦难变成歌颂苦难和歌颂苦难中的爱情。

一九七○年，我暗恋的人上水库工地了。

七十年代大兴着水利基本建设，丹凤县一举上马了三个大的水库工程。回过头来看，那种人海战术的做法和一九五八年大炼钢铁一样，但，凡是了解中国农村的人又不得不承认，落后的中国农村的基本生产环境也正是那时完成了改善。以至于邓小平时代开始，解放了生产力，农业得到大的发展，却与那基本生产环境的改造不无重大关系。棣花公社修建的是苗沟水库，离我们村十里路。第一批进入工地的全部是基干民兵，并且都以连队的组建形式分片施工。后来工地全线铺开，需要大量的劳力，公社给各生产大队分配了名额指标，各生产大队又把名额指标下达到了每个生产小队，三四千人的施工大军就呼呼啦啦拥上工地了。我没能去，因为我父亲的问题，已失掉了当民兵的资格，而后生产队劳力紧张，也抗拒着完成上边分配的名额，我只能窝在村里。没有了活跃的年轻人，更没有了我暗恋的人，每日同老弱病残们在田地里劳动。我的生活无聊苦闷，常常一整天里不说一句话。邻村有个矮子，他比我还矮，人叫"尻子粗"，是说他吃稻皮子炒面时一次拉出的屎粗得像镢把。往常我是极看不上他的，碰见了，总问："痔疮好了没？"他会瞪着眼睛恨我。可再没有了说话的人，我俩倒成朋友了。我真不明白我俩怎么就能成了朋友，一块儿去南山沟给猪寻草打糠，一块儿拿了镢头去条子沟浅山里挖树根疙瘩。他能吃苦，也肯帮我，在山上坡陡的地方，他总是先用镢头前边挖脚窝，自己踩着过去了，然后才让我过。帽山上有一户人家，屋后洼地里种着菜。我们去那里割草时免不了偷吃萝卜。一次被人家发现，放出狗来咬我们，他大声叫喊着要我跑，但我跑不快，眼看着要被狗撵上了，已经跑远了的他扬着镰刀又折回来，狗就扑倒了他，将腿咬伤。在白茅岭上砍柴，他带了碗口大一个饼子，我也带了碗口大一个饼子，饼子就揣在怀里，柴砍好了，我蹲在那里大便，一起身，怀里的饼子掉下来，竟滚动着直往粪便处去，眼看着就要碰着粪便了，饼子停下来。我捡起了饼子，吃不下去，他把他的饼子让我吃，而把我的饼子吃了，说："我不嫌的，又没撞着屎！"他待我样样都好，但他是个没趣味的人，劳动毕了，他就坐在那里搓身上的泥垢，搓一个黑卷儿丢去，又搓一个黑卷儿丢去。我说："人是女娲用土捏的，你会把自己搓小的！"他不知道女娲是谁。我说："你连女娲造人的故事都不知道，你没上过中学？！"他羞愧地笑笑。我于是又说笑话给他听，他听得很认真，可我觉得他应该笑的时候他不笑，不该笑的时候他却笑了，使我顿失了再说笑话的兴趣。

"尻子粗"是我的劳动伙伴，不是说话的对应人，我就谋算着一定得去水库工地了！当比我小几岁的堂弟从工地回来取粮时，他讲了许许多多工地上热闹的事。比如宿舍的油毛毡棚是如何搭在沟底的，下雨天山坡上滚下石头，怎样把棚顶砸出一个洞来；几十人的大灶又怎样让不会做饭的人做饭；晚上的大探照灯照在坝基上一队一队比赛着打夯；而五天一次的文艺晚会一直从晚上演到夜里两点……我没有问那个她在没在水库，晚会上表演的是什么节目，我极想把心里的喜悦说给他，让他将一份喜悦扩大成两份喜悦。可他是长嘴男，我忍住了，没有对他说。堂弟却提供了新的情报：各生产队都没按要求上足劳力，所以若去工地，工地上一定会接纳的。另外，工地指挥部的人到棣花民工连来希望推荐一名能写字的人去做宣传员，大伙儿没有字写得好的，有人提到了我……我不作声了，第二天找到了队长，提出去水库工地，队长不允许。又过了两天，天下起大雨，不能出工，又没处去串门，抱着头睡了一会儿，闷得要命，我就装了一口袋苞谷糁，对父母说我要去水库呀！父母还没反应过来，我已出了门，一个人戴一顶破得没了帽檐的草帽走了。我好犟，好像与什么人赌气一样，全然没有考虑后果：工地上肯不肯接纳？队长会不会惩罚？父母又作如何想呢？我赶到了工地，民工午休起来快要开下午工了，但我还没有吃饭。堂弟领我去见了棣花民工连的负责人，又领我去灶上问还有没有剩饭？正好剩着一盆子糊汤面，我蹴在那里吃了三碗。民工连负责人问："饱了没？"我说："饱了。"他说我估摸你也该饱了！下午你就得掮石头呀，要不晚饭就没你的了！我点着头，去库房领取了劳动工具。工地上的规定是，每人每天必须从河滩或采石场掮三方石头到大坝上，方可以记一个十分工，然后在灶上吃饭——在灶上吃饭，国家给每人每月补贴十五斤白面。我掮了一下午石头，累得黑水汗流，但我掮的不足一方，收工的号角一响，我坐在河滩里，浑身散架一般。贾塬村的高启对我说："我考你个问题，世上啥最沉？"高启是个政治人才，在村时就和我的那个本族的哥争夺民兵连长的职务，两个人闹得水火不容。我说："过秤的锤，棉花里的水，你的心，我的腿。"高启哈哈大笑，却说："你的腿？就那麻秆子腿？"我说："我这腿实在沉重得抬不起来啦！"晚上，我和堂弟搭铺睡在油毛毡工棚里。一夜风声雨声，声声烦心，我想这样下去我怕是不行的，我并不是冲着掮石头来的，我为的是能去指挥部搞宣传呀！第二天，堂弟就把我来了的消息告诉了指挥部宣传干事福印，然后就要我到指挥部门前那儿溜达着。我依计行事，在指挥部门口转了两圈，就伸了脖子看别人下棋。我爱下棋，观棋不语是不可能的，眼瞧着红方架了炮，准备跳马逼宫，黑方竟还只拱一个小卒，我就蹲下去替他走了一步，不想肩头上被重重地拍了一掌。扭过头来，是一个二十六七岁的人，四方脸，红卫服，我说："走得不对？"那人说："你是不是叫贾平娃？"我的大名叫贾李平，是纪念在金盆村李家大院出生的。但乡下呼孩子爱挂一个字而加个娃的口语，我就一直被人叫小名叫到了十八九岁。我说："嗯。"那人又说："你写过大字？！"我说："在学校写过大字报，也写标语横幅。"那人拿眼睛久久地看着我，他一定怀疑我的回答，我又瘦又小，形象猥琐。这时候，我的心还牵挂着汉楚河上，红方果然逼宫，黑方护士，黑方是不应该护士的，得紧急出将。我嘟囔了一句："臭棋！"看见了不远处堂弟在给我使眼神，才猛地明白了站在面前的这个人可能是指挥部的，立即又说道："我搭梯子在商镇街道的墙上写过斗大的标语哩！"那人说："是不是你明早都到指挥部来吧，我叫张福印。"

　　这天夜里，是应该写上一笔的。我已经感觉到我会到指挥部去的，这将是我第二天也是最后一天以普通民工的身份睡在这里了！天黑又开始下雨，雨点在油毛毡棚上杂乱地响着。一盏灯吊在棚中的柱子上，无数的飞虫在纠缠。四十多人睡在一起，有人在打扑克，有人在拉二胡，难听得像推碾子；更多的人躺下了，叽叽喳喳说话；有人就时不时张嘴出气，发着长声，似乎这一声会把骨骨节节里的疲乏能嘘出来似的，听着的人也感觉到了舒坦；有人让同铺的人帮捶打脊背，说往上往上，往左往左，然后是对对对的很舒服的哼哼，有人就说你是在日×吗？哼哼得把人的××都逗硬起来了！有人在放了很臭的屁；有人说着什么有人应了言，最后争论不休，突然翻脸，相互日娘捣老子地对骂起来。在这一天半的时间里，我没有见到她，也没问堂弟她住在哪儿。从我们的工棚门口，可以看到水沟对面半坡处的另一个工棚，有男人和女人在棚前的灶口烧火，红膛膛的光里，他们在打情骂俏。我睡不着，拿起紧挨着我们铺位的一个姓雷的人枕头边的一本书翻起来。这一翻，竟一生都喜欢起了这本书。这本书没封面，也没了封底，揉搓得四角都起了毛，但里边的文章吸引了我，竟一气看了十几页。几年后我上了大学，一天，见同宿舍的同学拿了一本书，名叫《白洋淀纪事》。翻读了几页，大吃一惊：我在水库工地读的就是这本书！那天晚上，我读到了十几页，突然觉得被窝那边凉飕飕的，似乎还有什么在动，用脚一挑被子，天呀，一条蛇就盘在那里！我吓得跳了起来。全工棚的人都跑过来，他们要砸死那条蛇，尤其拉二胡的那个，叫嚷着剥了皮可以做二胡音箱。我没让砸，而是要堂弟用棍子挑了甩到工棚外的水沟里去了。我是怕蛇的，但我不害蛇，因为我属龙，龙蛇是一类，何况母亲告诉我，她怀上我的时候，梦见一条大蛇缠住了她的腰。而在一年前我去牛头岭上翻红薯蔓子，拔下了一些猪爱吃的草，就拢成一小捆放在地头，放工后我是将草捆儿像围巾一样搭在脖子上回的家。将草捆从脖子上取下来扔给了猪，草捆里竟爬出一条小彩花蛇。这第二次与蛇遭遇，使我那个夜里不敢睡，后来把铺移到棚中的柱子下边。

第二天，我到了指挥部，福印和安付在那里油印一份苗沟水库的工地战报，还有两个人坐在椅子上抽烟。福印介绍说那两个人是指挥部的副总指挥——后来我才知道，总指挥是公社书记兼任的，不常待在工地——我对两位副总指挥笑了笑。我不喜欢那个黑脸的，他很严肃，烟吸得狠，口鼻又不出烟雾；那个矮胖子说了一句："瞧他那手，细长细长的，天生吃文艺饭的！"福印就让我提了一罐红油漆，拿了一支大排笔，指令着去工地上下的崖壁和大石头上书写标语。我当然明白这是在考试我啦！整整的一天，我写下了无数的标语："农业学大寨""水利是农业的命脉""一不怕苦，二不怕死""革命加拼命，拼命干革命"。我自信我的字是写得好的，因为指挥部房子的墙上有福印和安付他们写的标语，字的间架结构明显不如我，但我为了使每一个字都饱满有力，就用绳子把我吊在半崖上去写，红油漆就淋了我一鞋一裤子。福印陪着那个矮胖子领导，后来知道叫李治文，来工地看我写字，他们也惊奇我字写得这么好。我倒张狂了，说："作文比字好！"他们就笑了，说："今天起你就是指挥部的人啦！"在指挥部一天可以记八分工，近乎我在村里劳动一天的三倍工分，而且还可以拿到每月两元钱的补贴费，这是民工连的人享受不到的。如此的好事降临于我，我一个人跑到河滩的一处深水潭里去游泳，脱得精精光光，大呼小叫。我发誓要保住这份工作，踏踏实实勤勤恳恳，一定要让指挥部的所有领导满意，长久地留用我。我游泳的深水潭在工地的下河滩，晚饭后并没有人来这里，但偏偏我暗恋着的人出现了。我是正从水里钻出脑袋，就看见了她从远处走过来。我"啊"了一声，立即潜下水去，因为我是赤身裸体的。当她已经走过了水潭，我穿上了衣服在后边叫："喂！喂——！"她怔了一下，一下子跑过来，说："听说你来了，可就是不见你，你到指挥部去啦？"我说："下午才算正式去的。"她是比在村里时又有些黑了，但脸庞更加有轮廓，还新洗了头，头发蓬松光亮。她本是要去河下游那户人家里借东西的，突然决定不去了，领我返回，去了她们的宿舍。原来她和一帮年轻的女子住在离我们工棚较远的一户山民家。我们一进去，大家就都看我，我经不起这么多女子的目光，一时窘得耳脸通红。耳脸一红，她们就怀疑上我了，目光顿时异样。她说："这是我叔，我把他叫叔哩！"大家说："是吗？这么小的叔！"她说："小叔。"她们说："小叔？你这小叔如果再能高一头，就是个好叔啦！""嗯，嘴大，嘴大吃四方，只是嘴唇厚了些。""身体还好嘛！"她们嘻嘻哈哈作践我，然后就往外走，还说："走呀走呀，咱们出去吧！"竟还拉闭了门。但她还是把门拉开，又开了窗子，坐下说："她们胡扯！"我拿了眼睛开始大胆地看她了，她的目光先是迎着，后来眼里满含了笑意，终于不好意思，做个鬼脸，俯身往大的木板床上爬，要去取放在窗台上的核桃。她爬动如兔子，两只脚乍起，而一只鞋就掉下去，赤着弓弓的脚背和染着红颜色趾甲的脚指头。那时候女孩子用指甲花捣碎了染指甲，但一般染手指甲，染脚指甲的我仅见到她。我又"嗡"的一下要迷糊了，耳根下觉得麻痒，用牙咬舌头，伸手过去要捏一下那脚。但手伸出了并没有落下，一只狗悄无声息地坐在门口，它说了一声："汪！"把我吓得坐在那里老实了。

办　报

工地战报是一张十六开的双道林纸，两面油印了文章。这些文章都是福印和安付的作品，他们去各民工连采访人物，动笔写了，又用蜡纸刻成，再油印、散发。原则上战报没有出版日期，但没特殊情况还是三四天就得印一期的，福印几乎是固定人员，当然他还要做所有的宣传工作；安付除了刻蜡版，却有兴趣去辅助技术员老陈，一个帆布口袋里总装着尺子和图纸。战报虽小，内容又简单，在那个注重社会舆论的年代，它却受到指挥部的重视，每期稿件要经副总指挥老李亲自审定，印出后要呈送公社和县革委会。我进入指挥部搞宣传后，刻了一期战报的蜡版，又写了两篇小文章。一篇为小评论，是为当时开展的大会战摇旗呐喊，尽管用夸张的字句；一篇则报道了负责运土方的民工连的生产进度。我并不懂得报道怎么写，把当时仅有的《人民日报》《陕西日报》拿来，总结出了三段式，即开头讲形势，中间列举事实，最后要归纳，上升到一个政治高度。如此写了，没想被福印大加赞赏，连老李也表扬，从此安付就退出战报组，我取而代之了。以后半年，福印也慢慢退出来，战报就完全是我一个人的事，我是主编、是撰稿人、是排版工、是刻印工，然后去发行和在高音喇叭上广播。为了活泼版面，我开始学隶体字、仿宋体字、正楷体字，学着画题头题尾，学油印套红，还学起了写诗。我现在之所以能写文章能绘画和熟悉各种字体，都是那时练习培养的。每个人活在世上都是有他天生的一分才能的，但才能会不会挖掘和表现出来却不是每个人都能如愿的。极少数的人获得了展示他才能的机会和环境，他就是成功者；大多数的人是有锅盔时没牙或有牙了没锅盔，所以芸芸众生。我的才能平平，但我的好处是我喜欢文字，而能很早地就从事文字工作；以至后来就读文科大学，毕业后又一直没有离开过这个行当。这犹如是相府的丫鬟久而久之也有了官宦贵气，小姐闺房里的苍蝇也喜欢了在菱花镜子上停落弄姿。

写诗最早是为了活泼战报的版面，写出了一首却来了兴头，惹得三五天就有了一首。也就是从那时起我一直写诗，直写到大学毕业后的第五个年头，才停止了要做诗人的梦。有一天，县革委会来了一个高个子戴眼镜的人。福印告诉我，此人是"大秀才"，"文化大革命"中在陕西师大当造反派，写过许多轰动一时的打油诗，要我与"大秀才"交谈交谈。福印这么一说，我倒吓坏了，我不敢去见他，钻到工地医疗所的小屋里去帮医生煮针头。医生姓田，不修边幅，不要求别人卫生，自己更不卫生，他一边吃着一个生萝卜一边给我讲他在公社卫生院的故事。说中街某某的父亲肚子疼需要化验粪便，让去拿些粪便来，那老汉竟拉了一大堆全部拿来堆在桌上。说西街某某的儿子婚后不生育，让弄些精液查查，他当时没有小瓶子，随手给了一个玻璃杯子，那儿子拿了杯子去隔壁屋子了，一个上午没有出来，下班时杯子端来了，里边是一指深的精液，还哭丧着脸说他实在没办法弄满一杯子。他就说这些乱七八糟的事给我听，我被逗得"哈哈"大笑，福印就来叫我了，说"大秀才"要见我呢。我只好硬了头皮去，"大秀才"手里拿着我编印的战报，指了上边的诗，问："这是你写的？"我说："嗯。"他说："不是抄别人的吧？"我急了，说："怎么是抄别人的？"他就把眼镜推到额颅上，看着我说："好，写得还好！你可以给《陕西日报》投稿嘛！"他就说了这一句，晚上我睡在铺上激动得不行，爬起来又到指挥部办公室去写新诗，福印也鼓励我今夜不睡，把诗写好了，他明日去公社就投稿到陕报去。他说："投稿有稿费哩！"但这一夜我并没有把新诗写成。三天后，我觉得那首诗已修改得满意了，装在一个信封里，写上了《陕西日报》的地址，正好我的粮食吃完了，需要回家去取，就把稿件带上要亲自交给邮局。寄信要贴八分钱的邮票的，母亲却不给那八分钱。问干什么呀？我说："你不要问干啥呀，权当我借钱，借八分，十天后还你八角！"母亲到底没给我，我还是向弟弟借的，他有一个牛皮纸叠成的钱包，里边有一角钱。寄完了稿件我就返回工地，估计着信得三天到西安，从西安再寄报纸过来也得三天，我的诗要发表那是十天之后的事。但从第十天起我天天翻看报纸，报纸上没有我的诗，看过了一个月也还是没有。我终于苦恼得把这件事告诉了才从部队复员回来待分配工作的顺正，他镶着两颗金牙，张嘴哈哈大笑，说："人家怕早把你的诗擦了尻子了！"这给我打击不小，再不寄稿了，也再没提给母亲还八角钱的事。

　　自从办起了战报，所有民工连的人都知道了我，但大多的人并不知道我的名字，流传的而是"东街贾家的"孩子怎么样地有本事了！有本事又不张扬，坐在指挥部办公室门口的凳子上刻蜡版，坐得踏实，刻得认真，乖巧得愈发让一些人喜欢上了我。一次，一群民工，可能是陈家沟大队的，经过指挥部办公室门前，有人就说："瞧，人家年纪小小的就吃轻巧饭了，咱肚里没墨水不捐石头谁捐去?！"有两个妇女跑进门，专要看我的坐势，嚷道我是方尻子，所以沉稳，将来还能当大官哩。我屁股是大点，但并不是方的，不晓得她们是怎么看的。到了年底，全县三个大的水库工地各项工作进行评比，苗沟水库除了土石方运输进度快外，战报是办得最好的，为此受到了表扬。而且县革命委员会主任来到了工地视察工作，在河滩里开了一个会，讲话里又提到了战报。陪坐在主席台上的李治文就让坐在下边的我站起来让主任认认，我满脸通红地站了起来。李治文又说："主任要认认你，你站起来呀！"我说："我早站起来了呀！"全场的人都笑了，笑我的个子矮，主任也乐了，说了一句："人小鬼大嘛！"以后随着年龄的增加，我的屁股越来越肥，但我的个子却仍没有长。几十年后，在西安遇见了这位主任，他已经是陕西省的一位很大的官了。说起往事，他告诉我第一批工农兵上大学的花名册报到县上，具体负责招生的人汇报我是从苗沟水库推荐的，他就问是不是办战报的，个子矮矮的？负责人说是，他看那名册上写着我被分配到了西北工业大学火箭系，说："他学什么火箭，让学中文吧。"就这样调换到了西北大学中文系。我感谢着这位领导，他对我办的战报留下了深刻的印象，对我的矮也留下了深刻的印象。我的一生，所谓的方屁股带给我的是丑陋，个子矮却赐给了我许多许多意想不到的好处。

我白天在指挥部办公室忙活，吃饭和晚上住宿还在棣花民工连的工棚里，民工连在一段时间里让我兼任了伙食管理员。其实，伙食管理员的工作非常简单，每个民工来交粮给灶上，我记个账，每次做饭下的米面和菜，我记个斤两，一个月到头了，将这些账目汇总给大家念一遍就完事了。难缠的是民工常常吵架，吵起来免不了手脚并用，因为都牵扯到粮食和吃饭的事，连长处理问题时总要叫我当场作证。西街村的那个刮刀脸饭量大，每每一份饭是不够吃的；他吃得又特别快，你无法想象那么烫的饭他低了头一扒就扒完了，扒完了并不去水沟里洗碗，而蹴在一边等着每个人都吃过了，谋算着锅底还有没有剩下的饭？他每次都能多吃到半碗到一碗。别的人当然有意见了，和炊事员吵起来，最后相互扭打在一起。炊事员的一颗门牙被打掉了，从此说话漏风。有人提议撤换炊事员，连长是不同意的——连长的宿舍单独安排在伙房旁边的小棚里，炊事员也常给他打的饭最稠——却问我怎么处理着好。我说刮刀脸多吃是多吃了，但刮刀脸收工后帮伙房干活，譬如劈柴火呀，提水呀，去水沟里洗萝卜呀，别人却一收工就进工棚睡觉了。连长立即宣布：给刮刀脸多吃一碗饭是应该的，谁如果每日帮伙房干活，就给谁多吃一碗！这么一公开，大家都没意见了，刮刀脸更积极了，以后伙房里脏活累活都归他干了。雷家坡村有一个姓雷的人在回家取粮时，回工地的半路上跌了一跤，袋子里的面粉撒在地上，他怕少了斤两，竟把撒出来的面粉连沙子一块儿装进口袋与干净面粉搅和在一起。结果有一顿糊汤面大家吃了都叫喊面条里有沙子，碜得牙不敢咬，就追查是谁交的面粉？为什么收粮时不好好检查？民工连整整一个晚上开追查会，我提供了近日交粮的人名，其中几个人指天发咒，信誓旦旦说不是他们干的。但姓雷的人不敢发咒，硬叫他发咒，他不说谁交了有沙子面粉死妈死大，只说要是我交了沙子面让我死了去！大伙儿就认定是他，再一逼，他承认了他的所作所为。众人一声吼地要叫他赔偿，姓雷的人趴在那里就哭了。我出来给他打圆场："让他赔？他哪儿赔得起，这不是逼他上吊跳崖吗？饭碜是碜，大家还不是都吃到肚里了，吃到肚里了还耐饥哩！罚他给大家唱一段样板戏吧！"大家还是一肚子的气，但也不再说什么。姓雷的人就给大家鞠躬，开唱了李铁梅的"我家的表叔……"他是会唱样板戏的。灯光下，我看见他一边唱着一边脸上流着泪。

这期间，灶上发生了两件事使我至今回想起来细节还是那么清晰。每每想起了，欲哭，又欲笑，哭笑不得。

第一件事是工地大会战告一段落后，县上给我们拨下来了一批面粉，我和连长商量好好改善一下伙食吧，就派人下山在棣花集市上买了猪肉要包饺子吃。消息公布后，众人欢呼，自大年初一吃过了一顿大肉水饺，所有的人都六七个月了没有再吃过。许多人就把在此一个月内的生日都改到这一天。但怎么个吃法，意见极不统一。以每人多少个饺子为一碗，但饺子有大有小不可能公平；以所有人尽饱来吃，又存在着有饭量大的和饭量小的，饭量小的就不同意。末了，干脆一人称八两面粉，半斤生肉，萝卜白菜随便，自己做馅儿自己包，然后一人一煮。那一顿，我竟将我包成的饺子全部吃下，还喝了一碗汤。包饺子时，大家又说又笑，也按传统风俗在饺子里包一个一分钱硬币。肯定是自己包的硬币自己吃，无法测定谁吃了谁有福，可还都是包了硬币。刮刀脸和贾塬村的关印是饭量最大的，他们比别人多加了萝卜做馅。关印吃过了还觉欠欠的，他是吃饺子从不咬嚼的，吃罢了往起站，猛地一低头，一个饺子从喉咙里掉下来，捡起来吹吹土又吃下了。我是最后煮饺子的，秃子安民饺子煮熟后让我吃，我不吃。他夹一个让我尝尝馅儿调得怎么样，我尝的那个饺子偏偏里边就包了硬币，遗憾得他捶胸顿足，骂我"有福"。

第二件事是四十五人一个大灶，炕面大的锅台上支着平日杀猪时烫毛的大环锅，炊事员是一女两男。一日，又是吃苞谷糁面片，面片已经下到锅里了，姓李的炊事员用一张小锨当铲子去搅饭。站在锅台下搅着不得力，就蹲在了锅台上，这边搅了搅，又要到那边去搅。他应该是下了锅台转过去再上锅台，但他懒，一跨腿就从锅上迈过去，他的一只鞋就掉到饭锅里了。他的鞋已破得没后帮，是趿着的，一年四季没有袜子，鞋里是厚厚的土和汗合成的污垢，一掉进锅，四个人全都呆了，我拿了笊篱赶紧去捞，但锅里到处冒泡，鞋在打转儿一时捞不着，眼瞧着黑水像墨一样漾开来。姓李的也急了，拿火钳把鞋夹出来；要用勺把黑汤舀出来时，黑汤已浸染了半锅。那女人脸色煞白，但脑子还清楚，明白若要再舀，就舀得太多，饭就不够了，四顾一看，远近再没别人，急忙就拿勺把饭搅起来。她这一搅，我也灵醒了，立即用另一个勺从锅边还没有黑的地方舀了三四下盛在盆里，准备给我们自己吃的。饭是搅匀了，但饭肯定已不卫生，又担心被人吃出了怪味，另一男人就舀了半勺菜油倒在锅里，又和了一些面水在里边，说："这事谁都不能说，这可不是开玩笑的事，谁说漏了嘴，谁负责赔粮吧！"吃饭的时候，大家都吃得特别香，还说：今天是什么好日子，饭这么稠这么油的？！

我已经买了一个硬皮的日记本，是用每月的两元钱补助买的，开始了记日记。我的日记并不是每日记那些流水账，而是模仿了《白洋淀纪事》的写法，写我身边的人和事。我竟然为我的记述才能感动了。写完一段就得意忘形，念给身边人听。大家听得十分开心，说写某某写得像，写某某还没写够，又讲某某的趣事。日记本平时是在枕头下压着的，我不在时常被人偷偷拿去当众念，竟还流传到别的连队，我写作的热情全是被这些人煽动起来的。到了后来，如麦场上扬麦粒，有风就多扬几木锨，如猴顺竿爬，我的写作竟完全是为了大家的赞扬而写了，稍一有空就写得不亦乐乎。没写日记前，休息时我就拉着电工房的小巩下棋，现在小巩拿着棋袋怎么邀我，我都失去了兴趣，他把我的日记本夺过去扔到地上，为此我们反目了一个月。一九九〇年的夏天，我回了一次老家，一晚上和本族的一个侄儿说话，他突然谈起了我的日记本，说："平叔，你那日记写得真好！"我觉得奇怪，我离开家乡时他还没有上学，整日鼻涕涎水的，他哪儿读过那本日记？但我也想不起那本日记后来放在了哪里。他说，日记本在棣花流传着，先是贾塬村的倒换了三个主儿；后又传到中街雷某某的手里；再又到东街，转到他手里时他就藏起来了，再不外借了人。我赶紧求他能否还给我，而且愿意再送他一本我的新书。日记本保存得相当好，外边包了两层牛皮纸，上面写着：这是贾平凹在水库工地的日记，凡阅读者务必爱惜，不得涂抹、撕坏和丢失。我把日记本贴在胸口，一滴眼泪骨碌流了下来。这本日记，我带回了西安，我的几个文友读了，竟认为并不比我现在的作品差，建议拿去出版，公之于世。但我不愿这样做，我送给了我的女儿保存。她现在已经到了我当年的年龄，我要让她了解她的父亲当年是怎样个生活，又是怎样个写作的。

故事外的故事

指挥部的老任我总是不敢接近他，这个南方人说话含糊不清，阴沉个脸，一根接一根地吸烟。我问过福印，福印也说不清他的来龙去脉，说好像是地区水利局的干部，也是犯过什么错误，才到了县上又到了水库上。指挥部所有领导的家属都先后来过，唯独老任没有。他有没有家属这是个谜，但谁也不敢问他。有一次，从苗沟下游两边山梁上负责开挖水渠的曹爷——他是我的本族，辈分高，我得叫他曹爷的——来到指挥部，带了一大篓软柿子，要我去找老任也来吃，我去了老任居住的那个小屋。小屋在指挥部办公室后的山坡上，门开着，老任就坐在门槛上望对面坡梁上的一丛杏树，嘴里叼了烟。他完全是下意识的，一根纸烟吸完，手里就把另一根纸烟揉搓着，待这根吸到一寸长了，烟屁股就接在另一根的烟头上，竟一连三根吸过了还没有注意到我就站在小屋旁十米之外。我终于咳嗽了一下，说："老任，老任，曹爷叫你的！"他怔了一下，看见了我，纹丝不动，说："是你曹爷可不是我曹爷！"我说："是我曹爷，他让你去吃软柿哩！"他披着衣服就往指挥部办公室去，却要我把晾在屋后石头上的一件衣服收了放到屋里去，免得起风吹跑了。我收了衣服第一次进他的小屋，小屋里凌乱不堪，但桌子上却有一只大海碗做了花盆，里边栽着一株花，花开得红艳如血。这使我十分吃惊。农村人，甚至在农村工作的干部，从来没有人养花的，而他这么一个黑脸大个子，都认为严肃得没了情趣的人竟养一盆小花？！半年之后，老任调走了，曹爷从水渠工地上又来到大坝工地，他住进了老任的那个小屋。我和曹爷的关系是亲密的，他喜欢打猎，用鸡皮包了炸药做成丸子状，夜里去山根放药丸炸狐狸就把我带着，我们说过一次老任。曹爷说，老任是名牌大学毕业生，学得一肚子的本事，可毕业后却没有用武之地，他发过牢骚，提过意见，因此受过批判，从此人就蔫了。曹爷说到这儿，指着对面坡梁上的那丛杏树，说："你去过那树下吗？"我说："没。"曹爷说："老任说，他每天对着那树看，树给他说过许多话。"我说："这不可能，树怎么说话，树成精啦？！"我去了山梁上看过那丛杏树，树上结了小而涩的山杏，树并没什么特别处，我就估摸老任是神经上有毛病了。后来李治文在办公室偶尔说过一次老任调走是因为夜夜失眠得厉害，我就得意我的判断是正确的了，但老李哼了一声，说："你这娃！怎么给你说呢？"他到底没有说。

李治文和我们嘻嘻哈哈混熟了，我们也就没高没低没大没小，学他在民工大会上讲话的声调，学他鸭子样的走路。他夸奖我的文章，说等水库修成了，他要推荐我去县革委会宣传部写材料。但他的毛病是爱修改别人的稿子，先是他怎么改我都没意见，后来他改过了我觉得不妥又恢复原状，他就生气了，说："你以为我这样改动不好了吗？我在宣传部工作时乃是县上'第一支笔'！革命委员会成立的致敬电是谁写的？我写的！"李治文最终没有把我推荐到县革委会宣传部去，因为水库还没有修起我就去上大学了，而上大学他是竭力支持的。他甚至在召集水库工地有关人参加的推荐会上，为我说了一大堆赞美话，说我的写作水平超过了他，是个人才，应该去深造。大学二年级的暑假里，我回故乡时专门去看过他，他那时发福得厉害，搂抱我又搂不住，两只短短的手在我腰际使劲地拍。说："毕业后一定回咱县吧，你就到宣传部来，咱们一块儿写材料。你会成为'第一支笔'的！"毕业了，我没有回到丹凤县，因为陕西人民出版社来学校把我要去了，我从此有了西安户口，是西安城的市民了。但我再次回到丹凤，苗沟水库已修好，他却去世了。他的老家在很远的深山里，我没有去他的坟上奠杯酒，只是伫立在寒风里，面向他家的方向，默默地祈祷他的亡灵安息。眨眼又过了十年，我采风去了一个边远的小县，小县里宣传部的一位干事发表过一些文艺作品与我相识。他接待了我一个礼拜，讲了许多关于宣传部的故事。那时，他并不是县上的"第一支笔"，但号称"第一支笔"的那位住院已经三天了，三天里昏睡不醒。当时北京的一位首长要来视察工作，"第一支笔"的任务是必须尽快拿出一批汇报材料。可怜那人就拿了五条纸烟住进了县委招待所，七天七夜没有出那间屋子。材料是写出来了，县委县政府的领导又认为这里没有写足那里没有写够，意见提了一大堆。"第一支笔"又关起门修改了两天。第三天，北京的首长到了，"第一支笔"回家去睡觉，但却怎么也睡不着了，送进医院，注射了针剂，睡着了却三天三夜不醒。我的朋友领我去医院看望了那"第一支笔"，他还昏睡着，守在床边的老婆流着泪，悲哀着她的丈夫，说他几乎搭上了命写就了那么多材料。据说首长听了一个小时的汇报后就不愿听了，提出要到一些乡社实际去看看，那一堆材料就没用了，成废纸了。出了医院门，我突然想起了李治文，暗暗庆幸着我没有分回县上的宣传部，没有成为县上的"第一支笔"。

我的日记本里记载了身边发生的故事，很多人都希望我能写到他，并且要看看写出的他是什么样子，但指挥部的炊事员却唯恐我写了他。他说："你写了我啦？"我说："没。"他说："顺政说你写了我啦。"我说："人家是逗你的。"他说："你不要写。如果你写，你一定得写我是英雄人物！"但我确实没有写他，他不可能是英雄人物，他只有许多荒唐可笑的事。每天民工上了工地，指挥部办公室里就留下我和福印，还有电工房的小巩，我们正油印着战报，他从厨房里唱着戏走到办公室来，汗水光亮在秃得没了几根头发的脑袋上，肩头上搭一条毛巾，进门往长条凳上一蹴，必然开讲他的锅盔烙好了，锅盔烙得多么黄，或者是今天吃臊子面，而擀得一窝丝似的。我是烦他说这些的，他说起这些只能使我觉得肚子饥，不理他，福印也是笑而不答。他见没人理他，就去打开指挥部唯一的那台收音机，而且音量拧到极限，立即就能招引来一些人，最早笑嘻嘻来的就是关印了。关印是棣花民工连的愚人，吃饭不知饥饱，睡觉不知颠倒，但他是最能出力的，什么苦活脏活，只要说："关印你去干吧，今日灶上做了烧饼，多给你吃一个！"他说："说话要算话哩。""嘿嘿嘿"笑着去干了。他是工地上连续五次评选出的先进分子。"先进分子"在几日前的施工中被石头砸了脚趾，闲下来了，一听见收音机响他就"嘿嘿嘿"地踱过来。关印一来，炊事员就要作践他了，问他想不想

190

媳妇？说想。又问哪儿想？说头想。炊事员就说："头恐怕不想，是这里想吧？"用柴棍儿捅人家的交裆。然后摇头说人活到这个样有什么活头，就只会吃饭和干活，"当年我在县上给王主任做饭的时候，他家……"他又开始讲他的光荣历史了，我不止一次听他讲过给王主任做过饭，无非是王主任爱吃捞面，吃得满脑袋汗水，还要喝一碗面汤，不，面汤应该叫"银汤"。王主任嘴是方嘴，屙屎也是方的。还有，王主任的一个侄儿，在省城工作，坐着飞机上班的，读砖头一样厚的书。我说："关印是先进分子，你就这样作践他呀？这一期战报上还有写他光荣负伤的报道哩！"炊事员就不言语了，闷了好久，却又问关印："脚还没好？"关印说："没。"他说："去半崖上撬石头，别人不敢去，你却去了，你是怎么想的？"关印说："我想，总得有人去吧，我就去了。"他说："不对，你一定想到了毛主席的教导，'下定决心，不怕牺牲，排除万难，去争取胜利'，是不是？"关印说："我背不过那么长的话。"他又摇摇头，越发看不起关印，说："你去把厨房里的那个猪头拿到河边燎毛去吧，煮肉的时候，你来啃骨头！"关印真的提了猪头去了。我和福印"哈哈"大笑，说你还真懂得采访嘛！他说："跟啥人学啥人，要叫我当领导我不比老任差！"但偏偏老任就从门前小路上回来。老任一定是听见了他的话，但老任黑着脸没言传。他赶紧去厨房给老任端了洗脸水，老任没有理，也不洗脸，问："什么饭？"他说："你爱吃锅盔，专门做了锅盔，熬的稀饭，炒了酸菜！"就端饭菜上来，又去取筷子；似乎为了干净，竟将筷子在他的胳膊肘内擦了擦。老任就火了："谁让你这样擦筷子？你那衣服就干净吗？！"他瓷在那里，满脸通红，我和福印就抿着嘴笑，小巩还嘴里喷喷哑着响，幸灾乐祸。他一怒敲了小巩的头，骂道："响你妈的×哩！"

一个月后，老任终于不让他做炊事员了，他去了工地，在索道卸土处负责拉土箱的绳。没想干了几天就死了。大坝上需要填黏土，而黏土要从库区左边的山头上取，就从山头架一道铁索到大坝前的半坡。铁索上一溜六七个装土的木箱，木箱下行到半坡停住，拉动箱底的绳，土就可以倒下来。他拉了最后一箱的绳，原本这边摇旗的人一摇旗，山头那边才开绞索机，但偏偏出了差错，这边旗还未摇，那边竟开了机，木箱开始上行了，而他双手还握着绳头，众人喊："快丢绳！"但他已不能丢，一丢落下来站不稳要滚坡的。

木箱瞬间已离开坡道有几丈远了，众人又喊："不能丢手了，抓住抓住！"木箱就越来越快地向山头运行，他也只好双手抓着箱绳吊在几百米高的半空。绳是系在箱底板上，一晃一晃的，又在半空遇着风，他便不停地旋转，左旋转，右旋转，旋转得看不清人形了。整个库区都目睹了这一幕，几千人一片惊叫；有人就随着木箱在地上的影子跑。已经经过了大坝上空，经过了那段河道，开始到了对岸的山头下了，如果再有三分钟，他就可以安全到达山头，但是他终于坚持不住，掉下来了。人们哭喊着往山下跑，他窝在了石头堆里，上下身子折在一起。脑袋压缩进了肩里，死了。他是水库上死亡的第二个人。他死后，我们都怨恨老任，但也在说："他要是不死，坚持到了山那边，那他又不知该怎么吹了！"

我在水库工地时基本上是一个月回去一趟，每次回去，都要背一背篓柴的。民工灶上的烧柴是每天轮流一人到二十里外的山头去砍，但差不多是每个人背了一百三四十斤的柴走到库区上游的山村里，就将一半卸下来存放在某一户人家的院里。待将剩下的柴背回交灶上了，又去山村背那一半连夜送回自己家。这种假公济私的做法谁都如此，谁也不说破。自然我也这样，但我没有那么大的力气连夜送柴回家，而是在指挥部的后檐存放得多了，一个月回家时捎带着。对于我在水库工地进入了指挥部办战报，父亲十分高兴。他让我将每一期战报带回去，他会戴了眼镜仔细地读几遍，常常就检查出了若干错别字。指挥部补贴的每月两元钱，我是极少花销的，拿回家交给父亲，父亲几乎是一半用来买了信封和纸继续投寄申诉材料，一半为家里买盐。但是，父亲染上了喝酒的恶习。他是好客之人，以前家里的客人不断，凡是来人，必是留着吃饭，去商店里买一瓶酒，然后对母亲说："弄几个下酒的菜吧！"他只管吩咐，母亲却作难：拿什么去弄菜呢？就只好将仅有的几个鸡蛋炒了。而喝酒吃饭时，母亲就打发我们兄弟姐妹都出去，等客人走后再回来。有时母亲会在锅里给我们藏那么一碗挂面，有时只能喝点儿面汤。现在，客人是稀少了，即使是有人来，也没了面条吃、没了酒喝，父亲就会把水烟袋拿出来，用苞谷缨子搓了火绳，一遍一遍劝人吸烟。星期天里，三伯父和大堂兄要回来了，他们肯定是拿了酒来和父亲喝。安慰的话已经没有什么言辞可以说了，酒就是他们的兄弟之情、叔侄之情，一切都在酒里。这样的一个晚上，兄弟二人和大堂兄一起轮流着用一个酒盅喝，没有菜，干喝着。然后水烟袋你吸几锅了，交给他吸，他吸几锅了，再交给另一个。我从水库上若是回去，就和弟弟妹妹坐在一旁，我们是派不上喝酒的，只被他们支使着去烧水，泡一壶像棉花叶一样廉价的粗茶，或去瓮里捞一碗酸菜，切一碟青辣丝儿。母亲也坐在一旁给我们纳鞋底，绳子拉得"哧哧"响，父亲就不耐烦了，指责着拉绳子声烦人。母亲是好脾气，就不纳鞋底了，坐在一边不吭声。酒都是一元钱左右的劣质酒，容易上头，常常是父亲先醉，一醉就给我们讲他的冤枉，他说得最多的一句话是："我一生没有害人呀，怎么会有这下场?!"他一说这话，我就心酸，说："不喝了不喝了，酒有啥喝的，又辣口又烧心!"父亲就瞪我，骂道："这里轮不到你说的!"就又对母亲说："让你弄个热菜，你也不弄，不是还有鸡蛋吗?"母亲说："哪里还有鸡蛋，你不知道昨日集上我卖了吗?"父亲不信她的，对我说："你妈抠得很，她舍不得给我们吃，你去柜里看看，还有没有鸡蛋?"我起身去堂屋开柜，母亲给我挤眼，我明白母亲的意思，开了柜，果然发现那里还有四五个鸡蛋，偏也说："没有，鸡蛋皮儿也没有!"父亲便说："真没有了? 那咱再喝吧。"他须要把三伯父带来的酒喝完不可，最后就醉得一塌糊涂。

父亲越是爱喝酒，三伯父和大堂兄就想方设法给他买酒;越是有了酒，父亲就越喝上了瘾。他的酒量却越来越小了，喝到三两就醉了。我和母亲曾劝三伯父和大堂兄不要再给父亲拿酒了，三伯父说："他心里不好受，就让他喝喝，喝醉了他就啥也不想了。"后来听弟弟说，寄出去的申诉信亦无音讯，父亲有些失望，我拿回去的两元钱，常常说好去买信封信纸的，买回来的却是一瓶酒。我只好叮咛弟弟，劝酒是劝不住了，让他在父亲喝酒时多守在一边以防醉了栽在什么地方起不来。

有一天，淅淅沥沥下着雨，弟弟突然来到了工地，说父母让我回去一趟。我不知家里出了什么事，问弟弟，他又不说。擦黑到家，原来是生产队的一头老牛犁地时从坡上滚下去死了，各家分了些牛肉，父母让我回来吃一顿萝卜丝炒牛肉片。父母的心意我是领了。但我却生了一肚子气，觉得实在划不来。想想那次工地上吃猪肉饺子，原准备留一些送回家的，可留下那么一碗，又忍不住全吃了，这时候便后悔自己没孝心。到了"十一"国庆节，工地灶上又改善伙食吃了一次肉，这一次肉是集体做的，肉片切得一样薄厚大小，并有人专门清点了肉片的数量，吃时每人五片。我终于控制了自己的馋欲，吃了两片，将剩下的三片用树叶包了送回了家。送回家，母亲却告诉了我一宗大事，这便是提说了我平生关于第一次婚姻的事。母亲说，她托人给女方的娘说话去了，就是从陈家沟搬住到中街的那户干部的女儿，有文化，人才又稀，如果事情能行，也真是一门不错的婚姻。母亲说这话的时候，脸上笑了一下，温柔又苦涩，好像很对不起她的儿子。我那时不足十八岁，却也是村里很少的几个没订婚的人。母亲的话我并不在意，我自信我不会成为光棍儿的，而且会娶下世上顶漂亮的女子。第二日一早，我要往工地去，母亲硬是不让走，一定得等媒人回了话再走，我就去泉里担水。清早的村路上便遇见了一位女子，高挑个儿，大脸大眼，蛮是漂亮，正背了一背篓锅盆碗盏；我以前似乎知道她就是陈家沟那个干部的女儿，见又背了灶具，像是在搬家，就意识到母亲提说的那个女子该是她了。但她漂亮，我不敢多看她，她原本要寻着地塄放下背篓歇歇的，抬头看了看我，脸色粉红地又走了。我想如果真是她，漂亮是漂亮，可心里已被叫我叔的那一位塞得满满的，哪里有位置放她进来呢？吃早饭的时候，媒人来到我家，见我也在，却并没有说什么，使眼色将母亲叫到了院门外，两个人就站在厕所边的短墙下叽叽咕咕说话，然后就走了。母亲回来，脸色铁青，说："还不愿意哩，离了你，我娃就娶不下人啦？！"我说："这事以后你不要管！——她怎么说的？"母亲说："她妈说了，她女儿年龄还小，将来还要上大学呀，现在不谈这事。这是巧说哩，嫌咱家不好……"被人突然拒绝，又说这样伤人的话，我就有些受不了了，怨怪不让母亲管，偏要管，这不管出一肚子气来？！我说："她是不是想招个女婿进门呀？我可不干那事！"她家是一堆女娃，没个男娃的。母亲一听，也有个台阶下了，立即说："倒插门咱不干，她就是同意我娃也不去的！"我重返了工地，继续恋我该恋的人了。半路上有一棵柿树，叶子已经落了，但遗下来的几颗柿子红得像小灯笼一样还在树顶，我爬上树好不容易摘下来，没有吃，放在背篓里要带给她，但在她的宿舍里取给她时，柿子却被一路摇晃破了。

工地上的文艺演出隔三岔五地就举办一次，演员来自各民工连，都是些人尖子，她当然在其中。演出没能力排大戏，节目大致是些小演唱和样板戏的片断，别人一晚上或许出场一次两次，她是七八个节目里都有的。她一出场，我的眼睛就盯着她转，平日见面，我倒不敢死眼儿看她，现在她全在我的眼里。演完戏后，幕布道具和锣鼓家伙得放到指挥部办公室的。她来了，我就对她说："你瞧瞧我这眼里有个什么？"她俯过身来看，以为我眼里落了什么东西，说："没啥嘛。"我说："你再看看有没有个人？"她看到的肯定是她自己，一个小小的人。她脸红了一下，给我眼里猛吹一口气，说："我把你叫叔哩！"

她这样对我说令我高兴，等她走了，我却想：她说这话是什么意思呢？是她并没有想到我在爱她？还是知道了我在爱她而婉转地拒绝我？但若是要拒绝我，那俯过身的姿势，那眼角眉梢上的神情，那吹气的肥鼓鼓的嘴，并不是拒绝的意思呀！我难以入睡，浑身火烧火燎的，我不能影响了我同铺的人，也不能让同铺的人看出了破绽，就独自去了月色明亮的河滩；在哗哗哗的流水声中忆想着她的每一个细微的动作，嘴里轻唤着她的名字，而身体也发生着异样的变化。我决定明日一定去见她，说破我的心思；我甚至已想好了对她要说的内容，一环套一环，逻辑是那么严谨，言辞是那么华丽，我为我的天才都感动得双眼湿润了。可第二天见着她了，我却口笨不堪，说我是去工地寻找曹爷呀，没想到碰上你啦！就询问几时还演出呀，文艺队谁演得好，谁又不行；再就是说天气，说今年的雨水收成，都是些淡而无味的话题。我就是这么孱弱，话头绕来绕去，眼看着要绕到正题上了，又滑向了一边，像可怜的阿Q，圆圈的两个线头总对不到一块儿。我不敢吗！我一是说不出那火辣辣的话来，二是担心说出来了她变了脸骂我流氓怎么办？即使不骂我，好言好语地拒绝了我又怎么办？我常常想，她只要能主动一分，我就会主动十分，可她似乎没有那一分的主动。我一生的胆怯也就从那时开始了，而敏感和想象力丰富也就在胆怯里一点点培养了。

指挥部的办公室是借来的两间民房，房主一家住在了隔壁。他们家有一个女儿，长得小巧玲珑，自几千人来到了寂寞的山沟，她见到了许多世面，自己也如一枚青柿子一样迅速地红起来，变软变甜。她学着演出队姑娘们的样儿留起了马尾巴的发型，也买了雪花膏擦脸，还将一件灰蓝布裤子一会儿宽一会儿窄地变化着。她的娘常常当着众人责骂她："叫你去地里摘豆角，三声五声你不吭，照啥镜哩？镜子里有鬼哩，摄了你的魂去！"我刻蜡版的时候，她常就坐在门前的石头上纳鞋底儿，她能纳出各种图案。我一抬头，发现她正看着我，看见我看着她了，忙将头别开，慌慌朝河滩喊她妹妹，河滩里并没有她的妹妹。房东的邻居老太太长着一口白牙，她从来不刷牙的，牙却长得瓷一样白。一日突发奇想，她对我说："你妈没给你订下媳妇吧？"我说不急。她说："还不急呀，胡子都长出来了还不急？"我摸摸嘴巴，是长了胡子，已经硬扎扎的，就拿夹子捏着拔。说："媳妇反正在丈母娘家养着的！"老太太就指着在河滩地里拔葱的女房东说："她是你丈母娘行不行？"旁边的安付就笑，似乎说了一句："这倒是个好对象哩，两个人一般高的。"其实，我比那女子高。我说快别胡说，大家就哈哈笑。女房东提着葱过来问说什么呀这般高兴的？安付说："平娃说你拔葱是不是包饺子呀？如果包了饺子会不会给他吃？"女人说："行呀行呀，只要平娃不嫌我家脏，就来吃嘛！"果然这一日她家包了萝卜葱花素饺，给我端了一碗。这些玩笑可能也传到了那小女子的耳里，她见我倒羞答答啦。一日，我在她家房墙上的那块黑板上写指挥部的一份通知，中午时光，太阳白花花地照着，河水哗哗响，而树上的蝉又叫个没完没了。我写着写着，觉得山墙那边有人一探一探的，一仄头，小女子露出个黄毛脑袋，见我看见，极快地跑过来，手里拿了两个蒸熟的红薯，说："给！给！"我刚接住，福印恰好从医务室那边过来，笑着说："咦，咦！"小女子满脸通红地就跑了。我吃了一个红薯，福印吃了一个红薯，我警告福印："这件事以后千万不要再说了，我没那个意思，也不要害人家。"小女子是很可爱的女孩儿，但我暗恋的有人，以后因自己心里没鬼，倒大方地去她家。而我的那个她也常去她家，我们可以随便翻她家的案板和锅台，寻找能吃的东西。小女子见我和这位叫我叔的人在一起话多，她就再没了那种羞答答看我的眼神，却仍一如既往地拿她家的东西给我吃，只是大方多了，没人时给，有人时也给。

初恋·上学

我迷信，我认为婚姻永远是一种缘分，甚至你一生认识谁，坐公共汽车、看电影和谁靠了座位，那都是早已注定了的。世界这么大，人口这么多，每个人其实认识和交往的也就是那么六七个人，婚姻或许就在所认识的人中完成了，或许莫名其妙地远在千里之外。我也相信，人是气味相投的，而婚姻关系的产生，更是有特殊的气味。磁铁对于钉子有吸引力，对于木块却毫无感觉。我那时毫无道理地爱上那个叫我叔的人，便认作了她是世界上最美丽、最聪明的女孩儿，以至于不久后我的同学郭长来也来到了水库工地，我和他坐在工地的山坡上，我说出了我心中的秘密，长来"噢"的一声不言语了。他的反应令我不快，追问他对她的看法，他说这不可能：一、虽然是干亲性质，但毕竟有辈分；二、住得太近；三、你们话没有说破，即使说破，她也同意，两个家庭肯定都有阻力，家族的隔阂由来已久，更何况你家现在的情况；四、她长得并不漂亮。他的分析是有道理的，而对于他认为她不漂亮的话我几乎生了气。我怎么咋看她都漂亮呢？我那时还没有真正读过《红楼梦》，以至数月后去县城大姨家偷拿走了表哥的一本《红楼梦》，只匆匆翻看了后半部，而且将所有诗词空过去。但我总觉得我与她前世是有什么孽债要还的，多少个傍晚坐在山根的河边，眼瞧着石头和石头边的山桃树，我把我的名字写在石头上而把她的名字刻在山桃树上。上了大学后，我第一次完整地读《红楼梦》，读到了木石之缘，我之所以吓得魂飞魄散，就是我想起了我所经历过的这段恋情。

197

在演出队里，有一个能人，他叫任仕，不但拉得一手好二胡，吹得好笛，还会谱曲，演出的节目都是他导演的。起先因为与他熟了，可以去演出队找他，便趁机能见到她。但与他熟起来了，我们就成了知己。所以，后来每当演出，我就坐到了台后，任仕分配我的任务是隐身于幕侧给演员传递台词。化了妆的她美艳无比，没她的节目，她就坐到我的旁边，嘴里嗑着南瓜子——房东家种有许多南瓜，瓜子晒在窗台上，我总是偷偷要拿许多送她，这是我唯一能送她的东西——她咧开棱角分明的嘴，用一排白牙嗑瓜子，"噗"的一下吐瓜子皮的样子让我觉得美妙极了！但她却不需要我传递台词，我惊奇她白天也要劳动，在工地上跑，那些台词是什么时候背诵下来的？到了十月，天气就凉了，穿上夹袄也冻得身上起鸡皮疙瘩。县上来了通知，要一个月之后举办文艺调演，各公社必须要出一台自编自演的节目。棣花公社当然也得进行选拔，任务下达到了各生产大队，也下达到了水库工地，任仕和福印就自然而然地承担了重任。任仕让我创作剧本，他谱曲配乐，我俩几乎在一个星期里创作了全部节目，内容都是与水库工地有关的独唱、合唱、快板书、舞蹈、相声。排演了十天，先在工地演出，大受欢迎，连演了三场。去公社选拔演出，又获得第一名，可以上县里去调演了。这台节目，使我的声名大震，也赢得了演出队女演员们的青睐，我已经能自自然然地去排练室和她们说话了。

演出队里最活跃的还有一个姓田的女子，她与我爱着的那个形成鲜明的对比。一个安静，一个好说好动；一个穿着朴素，一个打扮艳丽。我对她是敬而远之的。每每见她穿了一件新的衣裳，或头上别了一只好看的发卡，就想我暗恋的人如果也能有，那该多好。乡里的孩子叫自己父亲为"大"或"大大"，唯独她说起她的父亲是"我爸"如何如何。因为她父亲是一个区长，县上的高干。我是听不惯她说她爸的，工地上的人几乎都认为她是长得最好看的人，但我不认为，我们也就客客气气地相处着。调演结束后，我一连十多天没有见到我暗恋的人；再去演出队，也没了往日的活跃。姓田的说："没有一个人了，你就蔫成这样？"我说："什么人？"她偏不说，拿手指戳自己的脸来羞我。我说："你这么糟践我，我真的要蔫啦！"坐在那里像一堆抽了骨头的肉。她说："我再给你说一件事，你就跳起来啦！"我说："你说吧。"她说："据可靠消息，她和一位现役军人订婚啦！这位现役军人你可能也认识，叫×××。怎么样，你黏黏糊糊哩，煮熟的鸭子扑棱棱飞啦！"我真的站了起来，但我没有歇斯底里，我笑笑地看着她，但我知道我的脸色一定十分难看，我问了一句："你听谁说的？"又坐下来，说："是吗，我煮什么鸭子了，扑棱棱飞啦？她是把我叫叔的……"我在工棚里的草铺上睡了一天，睡得眼泡发肿，照顾我的是长来。我的初恋就在这种暗恋中结束了，我恨我没有及时说破对她的暗恋，也没了勇气再去找她，因为我没有与那位现役军人可以抗衡的条件。他文化水平比我高，长得又英俊，而干扰和破坏军婚在那时是要坐牢和杀头的，何况我还是"反革命分子"的儿子。

此后，她真的再也没有来工地，我依旧本本分分地编印我的工地战报，那日记本却快要写满了。我开始搬出了工棚，和新来的炊事员合铺睡指挥部的办公室。炊事员说，我常在梦中说胡话，说："她漂亮。她肯定漂亮！"又是一天，弟弟再次来叫我回家。回家了，正是午后，母亲将一身旧衣服洗浆之后，又在捶布石上捶得平平展展，要我穿上去茶坊村我的一个亲戚家去。我问去干什么？她说亲戚给我物色了一个女的，约好今日相面的。我不去，我心里正难受着呢，我觉得世上没有比她更好的人啦。母亲骂着，须去不可。去就去吧，但我坚决不穿那浆洗过的衣服，就是随身的一条短裤，一双破布鞋，一件背心，背心背后又破了，是母亲拆了一个口罩补上去的。我说："我就这样，她愿意了就愿意，不愿意了拉倒！"事后我才知道，在家的父母为我的婚姻可着了大急。作为"反革命分子"的儿子，如不抓紧，有可能就打一辈子的光棍儿。他们托了所有的亲戚四处物色，只要人家不嫌弃我们家庭，人无论怎样都不在乎的。我步行了五里路赶到亲戚家，她立即让我洗了脸，还替我梳了梳头。说："一个夏天，你倒晒黑成茄子啦！"就去叫那女子。屋子里光线很暗，我坐了半天不见人来，倒困起来趴在炕沿打盹啦。这时门被推开，亲戚引着一个女子走了进来。我估摸那女子从外边进来，一时是看不清我的，但我却看了她一眼，心里像泼了水一般凉。她中等个儿，穿一件蓝地碎白花褂子，脖子下的纽扣扣得很严实，一条蓝粗布裤，也洗浆得有棱有角，脚上是一双自纳的黑条绒面儿的偏带儿鞋，是新的，似乎有些小，鞋口紧紧勒着脚面的肉。她的辫子粗长，像蛇爬在背上，一个眼睛有毛病，好像不对称。她像猫儿似的在一张桌子的那边条凳上坐下，头就垂下去，额上流着汗。亲戚借故去自留地，走时还把门拉闭，屋子里越发黑暗了。我们就那么坐着，坐了很久没有说话，但两个人都不自在，我在炕沿上已经换了几个坐势了。我终于把一把扇子扔给了她，我说："你家不远？"她说："不远。"我说："你叫个啥？"她说："我名字不好听……以后你就知道了。"我说："多大啦？"她说："十七，虚岁十八啦，我生日小。"两个人又没了话，憋了许久，我浑身热起来，又不知再说些什么。我说："你热不热，嫌热了你把脖颈下的扣子解开。"她脸一下子通红，抬起头瞪了我一眼。她的一只眼确实有问题，是小时候跌伤过还是生过什么疤？我没敢问。我说："我是农民，怕一辈子都会在农村的。"我说这话时是低头说的，要等待她的回答。但她没有说，我抬了头看她，发现她正在看我。她立即又低下头，低声缓气地说："谁不是农民呀！"又是长时间的沉默了。我又问："你属啥的，几月几日生的？"她这回立即说："你还信这个呀，算大相合不合吗？"她这么一说，我倒不知怎么办了，慌乱中应道："这倒不是……我是个日巴耍！"日巴耍是一句土话、脏话，意思是没人相、胡来哩。我说完就后悔了：我怎么就说了这样一句话？！却又想，说了就说了，反正这件事是不会成的，也无所谓啦！这时候亲戚在门外咳嗽了几声，随后推门进来，我们两个都站起来。亲戚说："没喝水呀？"她没有给我们倒水，家里似乎也没看见保温壶。我们说："不渴的。"那女子就走出了门，亲戚也厮跟了出去，两个人在门外"喳喳喳"地说话。过一会儿，亲戚进来，笑吟吟地说："人家女子同意了，你呢？"我没有想到那女子竟这么快就同意了，我甚至怀疑她是否看清了我！我说："这我拿不了事，要给家里人说哩。"亲戚说："你倒不如那女子有主意！那好吧，三天后棣花集，我去你家，你们好好商量着。这女子好哩，会针线，知道节俭，是过日子人呢。"

　　我回到家，把情况给父母说了，我说我不同意，她是个斜眼。母亲就骂我："咱弹嫌别人啥呀，只要不是瞎子，斜点有啥。错过这场婚姻了，你打光棍儿去？"但父亲听了我说的情况，一句话也没有说，闷在那里吸烟了。父亲的不作声，实际上是支持了我，因他的问题，使得儿子找不下个称心的媳妇，他心里有苦说不出。母亲见父亲不作声，就又嫌父亲不帮她，说："我管不了你儿子，你就随他的意去当光棍儿呀？"父亲却埋怨起了我那亲戚："她怎么提说一个五官不周正的人呢？"父亲这么一说，母亲也不硬逼我了，我赶紧擦黑儿往工地上赶去。在半路上，我遇见了引生，我感到晦气，怎么今天就碰上引生呢？难道他没有那玩意儿，我是有着也和他一样没个媳妇吗？与引生相对而过时，我朝天吐了口唾沫，引生就和我凶起来，我借机向他发泄，拳搐脚踢，但我不是引生的对手，他摔倒了我，又从地堰上搬下一大块土坷垃向我砸来；我就地一滚，滚到路下的河滩，只有骂："你绝死鬼引生！"我最侮辱他的是把我的裤带解开，摇着那东西给他看，然后在暮色苍茫之中，将一根木棒端在腿根部恨恨地往水库工地走去。

又一批招工的指标到了公社，又有许多人离开了水库工地，从此要吃国家饭了。他们差不多在极短的几天时间里完了婚，欢天喜地地给大家发喜糖。而完了婚姑娘就尾随身后，屁股一拧一拧地抢得圆。我真不明白，一端了国家的饭碗，婚事就这么容易，这些姑娘好像都在那里存放着，谁一招工招干，就给谁批发一个？！福印说，在山上割草砍柴你该有经验吧，再高再野的山上，你看不到苍蝇，可你刚一拉屎，苍蝇就出现了。喜糖吃是吃过了，但吃了喜糖却议论纷纷，说这批被招工的都是各大队干部的儿女或亲戚。有人就在工地上大骂，结果有干部回了声，两厢便翻了脸，最后打起来。当然是干部受伤，打干部者以破坏水利建设的罪名进行了批斗。对于这次事件，我无动于衷，我只关心我那一张小小的报纸，记我写在日记本上的故事。医疗室那个医生不断地散布着新近的趣事：西山塬民工连的某某饭量大，灶上的份饭不够吃，每顿另外吃一碗稻皮子炒面。可吃了难拉下，到医疗室要泻药吃；没泻药，用体温表来抠，体温表竟一半断在肛门里。库区内的几户山民，地里种的红薯、萝卜丢得多，连挂在屋檐下的辣子串烟叶串也被偷走了，气得三个婆娘用稻草扎了个人形，眼睛里全扎着酸枣的刺。而离工地四里地的那条沟里，那患羊痫风的男人的婆娘，据说已经有许多人光顾过了，傻男人每每路过工地，人们就逗他，问夜里看见了什么？他说怪哩，睡觉的时候炕底下放着的是一双他的草鞋，一双婆娘的布鞋；半夜里起来尿尿，迷迷糊糊却见炕底下鞋多了，是一双黄胶鞋；天亮起来，炕底下又是一双草鞋，一双布鞋。

各大队又来了一批新的民工，展开了新一轮的大会战。小小的山沟里拥进了四千多人，整日里红旗招展，夯声阵阵，演出队配合大会战又办晚会了。没有了她，节目得重新调整。我照旧去幕布侧传递台词。心想，这些演员真笨，除了姓田的，再也没有一个能胜过她了。她这会儿在家做什么呢？福印却过来，悄声说："想啥哩？"我说："没想啥。"他说："我听说了，你去茶坊村相过亲？"我把这事给长来说过，长来一定是又说给他了，我支吾，想把话题岔开。福印却说："我倒给你物色一个，我怕人家不同意，事先并没给你说，我先试探了人家，她只是笑，好像有门道儿。"我说："谁个？"福印努了努嘴，竟指的是正演出的田×。我说："你别戏弄我，人家能看上我？"话只说到这里，这个节目就快结束了，福印忙着让下一个节目准备。对于田×，我真的没有注意过，经福印这么一提，倒细细看起来。她头圆脸圆，胸部丰满，肤色嫩白，抬脚动手不是农家子弟的味。但她的脚不好，肥嘟嘟的有些笨，又怕冷，整个冬天穿一双棉鞋，演出时也不敢换单鞋。我看着她的时候，她从台前下来坐在那里对着镜子补妆，于镜子里瞧见我看她，向我说："抠眼睛！"我忙避了眼。她却说："看啥哪，我又不是×××！"我怕她再说出什么来，赶快离开台子，也不去传递台词了，悄然回到指挥部办公室。办公室里，会计和关印坐着喝酒，问我怎么不在台上，我说头痛。他们就一边喝一边说起演出，竟也说到田×："干部的娃和农民的娃就是不一样。"我说："怎么个不一样？"他们说："洋气嘛！"田×是洋气，她能和我是一个辙里的车吗？

福印没有再向我提田×的事，我也没向他问起，我似乎没有了激情，是一堆湿漉漉的柴，点着了不起焰只冒烟。第三天晚上，我正在陈家沟民工连的工棚里看别人吵架，福印把我拉走了。说："两天了没见你求我提亲的事，你是不热火人家？"我说："差距太大的事我就不想。"福印却说："多少人都要想死了，你倒不想？今夜是我约你们在河湾见面，十点钟你独个去吧。十点钟！"回到了办公室，我心里扑腾扑腾跳起来，真的要和她谈恋爱呀？我没手表，办公室里有一台马蹄钟，我看了看，是九点，还得一个小时。炊事员烧了一锅辣子秆水，让几个领导烫脚。大家的脚差不多都冻伤了，可只有两个盆子，先领导泡，然后才是我们。我刚泡了一会儿，马蹄钟响起来，已经是十点了，忙把脚取出来，来不及穿袜子，穿上棉鞋就往河湾去。河湾里有月亮，有屋大的石头和一棵从石堰上斜长过来的柿树，但没有人影。我站立了一会儿，刚要转身离开，大石后闪出一个人来，是田×。她说："你不守时，福印说你要在这儿见我，我来你却不在！"我走过去，说："我不是要见你，他说让我到这儿来……"她说："你不承担责任，那好，算我在这儿约你！"咯咯咯笑起来。我忙把她制止了，并让她声音往低些。她说："你到底有经验！"我脸火辣辣的，我知道她说的是什么意思，立即又想起了我暗恋的那个人。河水哗哗地响，寒气一阵阵袭过来，河对岸的坡上有一声什么鸟叫。她说："咱们打开窗子说亮话吧，福印让你来说什么呀？"我说："……福印说你愿意？"我说这话时声音发颤，她说你冷？我说："冷倒不冷，这儿说话是不是不安全？"她说："鬼到这儿来哩！福印是给我说了，我以为他开玩笑的……这事还得给我妈我爸说哩。"她一说"我爸"，我立即安静下来，明白站在面前的是革命干部家庭的孩子，我们是有距离的。这么一想，倒不颤抖了，真的感到了身上冷。我说："那你和你父母商量好。"她说："这事我不给我爸说，我妈听我的，我怕我爸，以后再给我爸说……我爸不会同意的。"我站在那里没有说话。她问我怎么不说话了，我说："你愿意吗？"她说："你呢？"我说："我是农民，我父亲还有历史问题，我恐怕一辈子窝在农村了，这你想好。"她说了一句："我只要你有本事！"事情到这一步约会的目的是达到了，我轻轻跺脚。她说："这儿就是冷！"我说："我没穿袜子呢。"她低头看了看，说："那咱就回去吧，别冻坏了脚……这事你不要给任何人说，男人家就爱给人显摆，说了事情就糟了！"我说："我知道。"她就先走了，走到了水田边的路上，咳嗽了三声，我听出是她给我的暗号，才从树后走出回指挥部办公室。炊事员问我哪儿去了，袜子都不穿？我说拉肚子。福印使眼色，我们走出了门，他悄声问："怎么样？"我汇报了情况，最后说："冷得很，人都要冻僵了！"

真正地谈恋爱，这算是第一回。第一回的恋爱是从黑夜里开始的，又冻坏了我的脚，也冻坏了她的脚。数年后，当我们解除了我们的恋爱关系，我就觉得那一晚选择的地方不好。今天早晨，我到《美文》编辑部召开编前会，

203

编辑们又在会前互相戏谑了。一个编辑说昨晚上给副主编老王打电话，问老王在家干什么？老王说："停电了，黑灯瞎火的能干啥？"编辑说："那正好扒灰嘛！"老王说："扒灰也扒的是黑灰！"大家哈哈地笑，我也笑了。猛地想到遥远的那一夜，心里说：我的第一次恋爱是"冷爱"。有了那一次的"冷爱"，每次在工地上碰着田×，我总是羞答答地手脚无措，而她则应付得滴水不漏，因此除了福印，竟谁也没有看出。不久，她告诉我，她的母亲同意了，但仍是没给她爸说。我开始和福印形影不离了，没人时谈的都是田×，他对她评价是非常高的，逼着我写情书给她。但是，田×却因母亲有了病，离开了工地。在没有了她的日子里，我觉得工地空旷了许多，才知道自己已经对她有了感情了。福印是十天八天就要回家一次的，我就同他一块儿去他家。福印自然要走五里路，翻过一座山梁，去她家把她也叫来，我们就坐在福印家的土炕上说话、嬉笑和吃热土豆。她送给过我笔记本、钢笔，可我没什么送她。在土炕上我们脱了鞋，坐在那里用被子盖了腿，我是在被窝里用脚蹬住过她的脚，却没有吻过她，也没有摸过她的手。

　　我在福印家住过的那两天里，父母让弟弟到工地再次找过我。父亲的冤假错案有了平反的迹象，学校派人来通知父亲返校，弟弟是来报告这喜讯的。事后，我把父亲可能平反的事告诉了田×，田×欢喜得一蹦老高，说："看来我会给你家带来福气的！"几十天后，父亲正式得到平反，恢复了公职，补发了工资。我们家有了翻身解放的喜悦，家中的客人骤然又多起来，一来人就嚷道祝贺，要吃喜烟，要喝喜酒，父亲就又大摆酒席。母亲是不高兴了，怨父亲不该再对某某好，受难的时候他几时来过家，路上见了如同不认得似的；向他借一元钱，不但不借还说了一堆难听的话。父亲说："有理不打上门客，世事就是这样嘛！"父亲正经地和我谈话，问我和田×的事发展如何？我说还是那样，她不敢对她爸说。父亲说，现在你让她给她爸说吧，你已经不是反革命分子的儿子啦！田×的回话是给她爸去了一封信，并邀请我和福印去一趟她家。我和福印去了她家，在她家院门外，我却紧张了，想打退堂鼓，福印一把推我进院，她已经在堂屋的窗内看见，大声喊："妈，来客了！"她妈肥胖胖地站在堂屋门口，从院门到堂屋是几米远，我觉得我走了半天，手没处放，脚下也拌蒜似的。她们家收拾得特别整洁，许多家具是农村很少能见到的。床上铺了太平洋大单子，每个枕头上都罩着枕巾或细纱头巾；生一盆特别旺的木炭火，有热水壶，用巨大的搪瓷缸泡茶；小房的四壁和屋顶糊着报纸，贴着系列年画。而庭堂里耀眼的是两辆飞鸽牌自行车，一台缝纫机，柜上放有小摆钟，她的母亲也戴着一块手表。这一切都显示着一个干部家庭的身份、地位和富有。但她爸仍是没在家，任何亲戚也没来，偶尔邻居有人过来，说："来客了？"她母亲说："她们工地演出队的同志。"

当我们重新去了水库工地，不出一个星期，几乎一阵风似的大家都知道了我和田×在谈恋爱了。我矢口否认着，别人却说："田×都承认了，你还保密啥？是舍不得给我们吃糖吗？"我跑去见到了她，问她怎么就给外边张扬了，她说："知道就知道吧，咱又不是做贼哩！"我只好将发给我的两元钱买了水果糖，在棣花民工连的工棚里散给大家。

父亲领回了补发的工资，他除了拿出一部分买酒肉招待来客和给二伯父家周济外，就买了一辆自行车，然后全部购买粮食。自行车买回后，依照当时的风俗，用一种塑料带子把所有的车梁车杆都包扎了，以防磨损。这车子成了我家最贵重的物件，有事没事都去擦洗。买粮的那天，是棣花逢集，父亲领了全家去。我记得在中街一户熟人家的院子里，放一个筐篮，把集上买来的一袋一袋麦子往里边倒。母亲一直是蹲在筐篮边上，她似乎不相信这些粮食是我家的。对我说："你大大把剩下的钱全买了粮食，我说留些给你们买布做衣裳，可他全要买粮食！"我说："先吃饱再说！"说完，抓了一把麦子丢在嘴里嚼。回到家，弟弟拿了新买的麦子去水磨坊磨了，全家人直等到面粉担回来，做了一次捞面吃。这一天我没有去水库工地，全家欢欢喜喜地坐了半宿，因为弟弟妹妹捞面吃得过多，胃反倒都吃坏了，难以消化，不停地放屁。父亲笑着对母亲说："你闻闻，娃们放屁都有臭味了！"

在我们村里，有一户地主，据说解放前人缘不好，但发了暴财。在西安城里也有铺面，还有小老婆和小老婆生的孩子。解放后他死了，他留在了村里的是大老婆和一个比我大三四岁的儿子。历次的政治运动，他的老婆就受批斗，那已老得没了牙齿的老太太见人就说她有罪，说社会主义好，说抗美援朝保家卫国，后来就屙血尿血死去了。她一死，替丈夫还罪恶债的任务就交给了她儿子，"文化大革命"一开始，儿子就被揪出来。儿子年龄小，自身没乱说乱动，但总得陪斗。而村里一发生盗窃事件、破坏通信和水利设施事件，或者有了什么反动标语，首先就提审他。他长得丑，沉默寡言，没有朋友，像幽灵似的日出而作，日落而息。我去过他家，住在原先他家老宅的一间厦屋里，黑洞洞的，什么家具也没有，晾在门窗下的单子被子上留下肮脏不堪的痕迹。我父亲的冤案平反后，我在泉边碰着他担水，见没旁人，他低声说："你大大平反啦？"我说："嗯。"他笑了一下，这是我看见他第一次笑，笑里是恭贺和羡慕，然后担着水就走了。望着他远去，我心里一阵冷，他是不可能平反的，地主成分这座大山会压着他家一代一代的。但或许压到他这一辈就结束了，因为他不可能娶妻生子。可怜他今生不知道女人的滋味！不知道了也好，免得生子又害子啊！五年前的一个中午，我在西安城里的西大街突然碰见了他，他苍老得我已经认不出了。好像是谁在叫我，我转了一下头没发现熟人，就又收拾我的自行车；又听见谁在叫我，就看见他站在前边，拉着一个架子车。就在他似乎要走了，我认了出来，赶忙叫住他。他说："我叫了你两声，见你不理，我只想你不会理我了……"我忙问他怎么在这里，第一个念头是不是现在不讲阶级斗争了，也不讲地富和贫下中农的高低贵贱了；他是来到了城里的婶娘家了吗？他说："我给一家饭店打工，拉煤的。"我问了问他的情况，他依然没有成家，婶娘家他去过，也是一辈子受改造，现在退了许多房子，但人家并不认他。我说："你出来这么些年，没回老家吗？"他说："去年回了一趟，我家也没有啥，但还被贼偷了，偷了被子和锅，我回去了一天就又回来啦。"我留下我在城里的住址和电话，让他有空儿来坐坐，他却再没来过，也没打过电话。我浩叹了，这位地主的儿子一生就这么度过了！如果我父亲的问题一直不得平反，而我又没有上大学的机会，我又会怎么样呢？

父亲重操旧业，做他的教师，政治上虽不背那沉重的包袱了，但教师仍是没有社会地位的。并且受过那样的摧残再如何地笑，笑容也不会灿烂。我呢，与田×的恋爱还是悬而未解，虽然母亲已经开始积攒粮食、棉花，织起了土布，因为要订婚，起码给女方二百四十元钱、三套衣服、五个土布的。我反对过母亲做这种积攒，我在院子的梅李树下拍腔子说："我要找的女的，应该是一分钱不要的！"我说这话时，天上轰隆隆响了一个雷，使我吓了一跳，莫非我说大话了？！母亲也吓得脸色煞白，赶紧对天祈祷，骂我没有尿泡尿照照自己长个什么样？说张狂话天怒人怨的。母亲是温良恭俭让的，父亲平反后，又买了一批粮食，她就害怕引起村人的嫉妒，见谁都客客气气，感谢着人家曾经给予的关照；谁家有红白喜事，立即去行"门户"；她甚至端了升子，给左邻右舍分别送过面粉；而家里来客喝酒，就院门关了，尽量不让划拳声传出去；垃圾里不得有鸡蛋皮。她说："田家虽然是干部，可不给人家财礼，人家那么大个姑娘就白白给你养啦？"但我拿定主意，要给田×谈一次的，财礼我是绝不给的，这并不是我不爱她，也不是吝啬，而是不能让父母为财礼受艰难困苦。可是，田×依然没有再到水库工地，得到的消息却是她被提拔成了公社妇联干事。那时候是讲究提拔一批年轻人进入机关的，她属于以工代干，虽然还是农业户口，却每月可以拿十多元的补贴工资了。

她的提拔，使我有些丧气，甚至觉得我们的恋爱是不会成功了。因为她正式参加工作是不可避免的事，而妻子是国家干部、丈夫是农民的家庭还没有听说过。我就没去再找她，静观她的表现，任其自然发展。当我再次回家，听母亲说，田×来过一次家，她是公社的干部了，来村里检查工作，就顺道到了家来。母亲显得异常兴奋，对田×的印象颇好，说人长得一朵花儿似的，又会说话，句句都叫着姨，也不羞口，一句一个平娃长平娃短的。我说："她没有叫你妈？"母亲说："人家再大方也不能没过门就叫我妈的！我给她二十元钱，她死也不接，我说这是规矩，你是嫌少吗？她还是不接，她倒把头巾送给了你妹妹，你没见她那天穿得多洋气哟，她穿的是黑呢子短大衣哩！"我说："这还行。"去厨房里找剩饭吃。母亲撵我到厨房，说："你今日回来了，去公社找找她，领回来了我给你们包豆腐饺子吃！"我不去，说："她还没给她爸说哩，你别高兴得早，八字还没一撇哩！"我返回了工地，继续编印工地战报，但最热闹最有色彩的水库生活似乎过去了，没了两员台柱子的演出队缺少了演出的条件，我也不愿为他们写什么节目，一有空就在另一个日记本上写我的故事。只是在工地收工后，我和电机房的小巩在指挥部门口的石板上下象棋，我又上了棋瘾。

这一日，已经吃过晚饭，我坐在工棚给大家念我新写的故事，有人告诉我，南沟的傅先生盖的新房塌了。傅先生是棣花方圆唯一的阴阳先生，虽然不敢公开行事，但谁家盖房修墓、嫁娶埋人没有不黑夜里把他请来掐算方位日子的。他的老宅在南沟的一个洼地里，却偏偏在梁峁上盖了一座新屋，河这边的棣花街上，人一抬头就能看见，都说傅先生能把新房盖在那儿一定是那儿有好穴。但是，新房却塌了！大家议论开来，多少还有点幸灾乐祸。有人就断言，这一定是他的同行给他使了法。因为傅先生有个师兄弟，会鬼八卦的，夜里走路能使法让鬼抬轿，也可以使法让鱼突然掉到谁家院里，让谁家蒸馍蒸出了一笼石头，最后死时是浑身起了蒜头大的水疱。自个儿说，他一生整过别人，也得罪了一些对手，有高手使了五雷轰法，他破不了，他该死了。这么一说，大家都恐惧起来，我偏详细询问，要把这些事记录在日记本上。但福印狼一样地在指挥部办公室门口喊我，我去了，办公室里坐了我的弟弟。弟弟又是要叫我回去的，说家里有重要事。我当时想，会不会与田×的事发生了什么变化，要么，父母不会天这么黑了让弟弟跑来！我们就点着了一根火绳，一路摇甩着跑回家，父亲告诉我的却是从此改变我命运的一宗大事。

父亲说："我一直认为你不应该就这样下去的，你会从山里出去的，现在真的有机会了，大学开始招生了！"父亲很激动，双手又嗦嗦地抖起来，他端了酒盅喝酒，酒洒了一身。我说："这是真的？"父亲说："文件已经到县上了，我的一个学生在教育局，他给我打的电话，我赶紧就回来啦！"我说："上大学，我能上大学吗？"父亲说："这是天赐的良机！你想想，以前当兵招工，我的问题没解决，公社里又没咱认识的人。这次招生，偏偏我刚落实了政策，教育局也有我的学生，公社的文书也是新调来的。他是和你舅家一个村的人，我感觉这事该到成功的时候啦！"我说："我的意思……我是初中生，能读大学吗？"父亲倒骂了我一句："没志气！"他的想法是，只要有机会上大学，课程赶得上赶不上那就看自己的奋斗了，天底下哪儿有轻轻松松的事呢？他告诉我了招生的范围包括初中六七届学生，招生并不严格考试，原则是自愿报名、群众推荐、领导审核，学校最后只是象征性考试罢了。父亲说："你应该第一个报名，这消息不几日就会传下来，你得抓紧。好像你不热火？"我说："热火！"父亲给我倒了一盅酒让我喝，我喝得口辣心烧。

　　第二天，我去大队支书家。支书不在，说是去水库工地了。赶回工地一打问，支书却偏偏又回家啦。我就又往棣花去，我背了一背篓干柴准备作为见面礼，这是福印给我出的主意。以前的参军招工，都是有后门的，或是要送礼的，我一时没钱买酒和点心，福印提议把我存放的柴背去，但我存放的柴不多，他又将他存放的柴给了我一些，送我上路。一路上，我舍不得这些柴，心想事情真能成了还罢了；若事情不能成，这柴就白送了，为砍这些柴，我是不小心用砍刀砍伤过小腿的哩。我黑水汗流地把柴背到支书家的村口倒紧张了，我是从未给人送过礼的，背一背篓柴怎么进人家的门？见了支书又怎么开口说话？想了几套说话的方案，到了他家院门外，门关着，敲了一下没有响动，倒高兴啦！他家没人，是可以躲过求人的难堪啦！我把柴背篓背回家去，父亲没在，母亲听了我的叙述，倒催我再去。她没有骂我，而是好言好语劝着鼓劲，我只好抖抖精神，把柴背篓又背去了。天已经黑了，他家的院门这回开着，我低了头往里走，门小，柴捆大，一时又不得进去，堂屋里支书的老婆听见响动喊："谁？谁？！"我一紧张连人带柴倒在那里，赶忙爬起来解了襻儿绳，把柴往台阶上抱。我说："支书在家吧？"他老婆说："在哩。你这是怎么啦，给我家背柴火？"我说："我从水库上捎了一点柴，这有啥的，年轻人砍点柴值个啥哩！"我进了堂屋门，支书在炕上躺着吃旱烟，坐起来了，把烟锅嘴擦了擦让我吃。我是不吃烟的，我说："支书，我有个事要给你说的。"支书说："是指挥部捎什么通知？"我说："我自己的事，得求你哩。"支书就自己吃起烟，说："啥事？"我说："我在工地上找你，说你回来了……我想考大学哩。"说完我就看着他的脸。我看见他愣了一下，他分明是还不知道有这事。他说："考大学？大学不是停了几年了吗？哪儿的事？"我说了我父亲说过的情况，说："可能文件很快就到大队的，我先来给你报告的，我父亲是从教育局得到的消息……"我强调我父亲消息的来源，我的意思是要他知道我父亲已经平反了，是人民教师了。我已不再是"可教子女"了！但支书说："考大学？好嘛！只要你能考上你考嘛！这又不是参军呢、招工呢！"他是应允了，我立即如释重负，说："那我这就算报名啦！"我没想到这么快我的任务就完成了，我想好的那一套一套要说服他的方案一个都没用上，我感动地认为他是一个好人、好支书，应该当一辈子的支书！

209

从他家里出来，我琢磨着我们的全部对话。支书是以为这次上大学要考试的，像往昔考大学一样，而且我是第一个报名的，所以，他一口就应允了。如果他知道最主要的是群众推荐、领导审核上大学，他是不会这么干脆的。事后，果然是这样，等大家都知道这件事后，报名的已十多个，竞争得十分厉害。是公社的文书坚持把我列入了报名者的前三名，才没有在第一轮、第二轮中淘汰。而第二年后，村干部都知道了上大学比参军、招工更好，从此就没了一般人的份儿啦。

报完了名，我又返回到工地，而父亲却反复不停地走动着。他找到县教育局，找到公社的文书，尽量给人家说好话，还把我编印的工地战报拿给人家看。母亲告诉我，父亲是整夜睡不着觉的，担心这样担心那样，唯恐有差错。不久，田×来了一次工地，因为她的铺盖一直还在原来的民工连里。她取铺盖时来找了我，说大学招生的文件正式下达到了公社，公社的文书、主任都与她爸熟，她也报了名，而且是作为第一候选人推荐的。我说我也是报了名的，应该是第一个报名的，不知公社文书把我的名字报上去了没有？她说，听文书说了，名单里有我，我父亲也找过了文书，而且她也求文书能推荐我，我被列为第二名，争取两个人一块儿去上大学！

随后，我回到家，十多天没去工地，专门关注着公社的动静。父亲也从学校回来，那文书就来我家喝酒。文书是能喝酒的，而且豪爽，他说田×给他讲了她与我的关系，他表示这次一定先让我们走："是人才怎么能不给人才发展的机会呢？总不能把笨蛋送去上大学吧！我看过平娃编的战报，编得好呀；那田×的字写得也好嘛，不像是女娃娃写的嘛！古时候都有伯乐哩，人才在咱公社里，竟然这么多年军也参不上、工也招不上，以前的公社领导营私舞弊嘛，他妈的个王八蛋！"我赶忙敬酒，全家大小都敬酒，他就喝醉了，直到天黑，披着那件红卫服外衣摇摇晃晃地回了公社大院。什么叫天时地利人和？这是我第一回体会到的。我有些自命不凡了，原来参军不成招工招干不成，连代理教师也不成，都是要我等待着大学招生了！我夜里去了三娃家，三娃也为我高兴，他翻出一本书，寻到李白的一首诗念给我："仰天大笑出门去，我辈岂是蓬蒿人！"

以文件要求，每个候选人必须有一份群众推荐书的。我找到支书，希望他召开个群众会，给我出一份推荐书。支书却说主要劳力都去水库工地了，而且这么些年我主要在水库工地，应该是水库指挥部出推荐书为好。我只好又到工地，工地上已传出我要考大学，一些人就嫉妒了，说真正的贫下中农子弟没有去，而刚刚平反了的"反革命分子"的儿子竟上大学；他又是和田×恋爱的，好事怎么让一个人全得了？我担心写推荐书时有麻烦，但召开的会议上说我好话的人竟那么多，评语写得好得不得了。甚至建议团支部在短时间内吸收我加入共青团。我将推荐书交给公社，在公社的大院里竟意外地碰到了田×和她的父亲。她的父亲是那种十分刚毅的人，脸面严肃，不苟言笑。看见他，我立即有了压迫感。田×把我介绍给他，他并没有多说话，只看了我几眼就去文书的屋里喝酒。我跟着去屋里。没人同我说话，也没人让我喝酒，默默地坐了一会儿，周身不自在，说："我给你们再买一瓶酒去！"退出来，身上却没有一分钱，站到商店门口企图碰个熟人借钱。田×跑来了，说："我知道你没钱！"她买了一瓶酒，让我拿去。他们似乎觉得这很平常，就把瓶子打开，五魁六顺地划起了拳。田×在门外向我招手，我走出来，她悄声说："我爸同意啦！"我问："怎么个同意法？"她说："我爸说，要谈就谈成，却不得半途又不成了！"她父亲说这话的时候，我不明白当时是怎么想的，但后来我们却真的就半途不成了，这当然是后话。当时听她说她爸同意了，我看着她的手，想去握一下，没敢，院子里没有人，但一只鸡站在台阶上朝我们看，我觉得鸡也有灵性，它监视哩。田×兴奋地说："咱俩都上了大学，以后就再不回来，世世代代都是城里人！"

三天后，我们正式订婚，仪式是福印以媒人的身份领了她来到我家，我的母亲给了她几块布料，她不接。福印劝她："不接就是表示不愿意。"她接了，开始叫我的父母亲为"爸"为"妈"，叫得亲热；并当日去商店买了一双鞋送给福印，算作谢媒。又几日，将那些布料做成衣服送给了我的妹妹。她做得非常周到又体面，村里人没有不夸奖的。但我从来没叫过她的父母，我口笨，见面只"扑哧"一笑。她开始频繁地出入我家，在院子里咯咯咯的笑声使左邻右舍都听得见。她甚至要我领她去村里转转，说是散散步，我不。我去自留地灌溉的时候，她也一定要厮跟去，我不和她一块儿走，偏让她前边先去，我磨蹭着在后边拉开距离。村人在说："婚姻就是那样的，一个丑的搭一个俊的，一个哭的搭一个笑的，将来他们是女的要当家！"但是，谁也没有想到，我们最后并没有成家。一年之后，因多种原因闹开了矛盾提出分手，而双方家长却已经亲密无间，坚决不同意解除婚约。这样拖过了三年，我为此跌过跤，差一点终生残废；她发生了失职行为，险些被开除公职，都付出了沉重的代价而断绝了关系。现在，每当回想起那段生活，不由得不想起她。据我的妻子后来说，她怀孕时挺着肚子去县医院检查，常常在医院里就碰着了也挺着肚子来检查的田×，两个人友好地谈着要做母亲的喜悦。她还是那么直爽大方，高声大笑；也问到我的近况，甚至说她还梦到了我，在梦里与我吵架。但我在之后再没有见到她，只是默默地祝她幸福。我是个好男人，却不一定是个好丈夫，或许，她没有和我成家还是她的另一种福分哩。

那一个春节是快乐的春节，也是焦急的春节，公社的通知迟迟不见下来，虽然文书不断捎来话，说是十拿九稳了，母亲就为我买了一双尼龙加底的袜子、一件绒裤，并缝制了进城的铺盖。可不幸的消息传来了：分配给棣花公社的招生名额因故取消了一个，只有一名了！这就是说，我和田×只能走一个，而她是排在第一名的。文书找着了我，也找着了田×，他做了种种分析，虽然他与田家更熟，但我与田×订了婚，应是一家人了；以我的学习比她好，推荐书也写得比她好，就只有我走啦。她哭了一场，最后说："那就你走吧，我要走了，你肯定不放心，还没有妻子上大学丈夫是农民的，但却有丈夫是国家干部妻子当农民的。当初我说我图你有本事，你真的要上大学了，我高兴我有眼力！"

我终于接到了入学通知书，而几乎在我离开棣花不久，田×也正式招工。那一天清晨，从县城开来的班车停在了棣花的站牌下，我的一家人，甚至包括我的几个伯父伯母及堂兄堂弟，还有田×的家人，在站牌下已等候了一个多小时。他们把我的铺盖和一个小箱子搬上了车，叮咛这样，叮咛那样，我坐车走了。车开出了巩家河沟口，就进入商镇地面了，我回过头来，望了望我生活了十九年的棣花山水，眼里掉下了一颗泪水。这一去，结束了我的童年和少年，结束了我的农民生涯。我满怀着从此踏入幸福之门的心情要到陌生的城市去。但二十年后，我才明白，忧伤和烦恼在我离开棣花的那一时起就伴随我了，我没有摆脱掉苦难。人生的苦难是永远和生命相关的，而回想起在乡下的日子，日子变得是那么透明和快乐。我不止一次地问自己：难道是我老了吗？但我不承认我老了，即使已四十六岁的人了，我心态依然未老；而产生这种想法，是我走过来了，走过来的人，给还没有走的人说什么道理他们也是听不懂和听不进的。那年是一九九三年，我刚刚出版了我的长篇小说《废都》。我领着我的女儿到渭北塬上，在一大片犁过的又刚刚下了一场雨的田地里走。脚下是那么柔软，地面上新生了各种野菜，我闻到了土地的清香味。我问女儿："你闻到了清香吗？"女儿说没有。我竟不自主地弯腰捏起一撮泥土塞到嘴里嚼起来，女儿大惊失色，她说："爸，你怎么吃土？"我说："爸想起当年在乡下的事了，这土多香啊！"女儿回家后对我妻子说："我爸真脏，他能吃土？！"孩子是城市的孩子，她喜欢上公园去登假山，去游泳池戏水，去动物园看狼看虎；她只知道衣服是从商店来的，馍馍是从厨房来的，她是不知道土有多香的。当乡下的亲戚和村里的人来城市看病和办事，好不容易来到我家，我用特号的大碗给他们盛饭，不放烟灰缸而让烟蒂就扔在地板上，女儿总是埋怨他们的不文明；而我那些依然还在乡下的初中同学拿着红茶、苞谷糁来到我家，说："我到你这里来，就是鲁迅笔下的闰土啦。"女儿总是笑，说我年轻，比我的同学至少年轻十岁。这时，我真想把孩子送回到乡下去三五年甚或十年。但我知道这是不可能的，孩子是不愿意去的，即使是真要送孩子走时我也会不愿意了。社会已到了这步田地，竞争十分激烈，你不让孩子加班加点学习，别人的孩子都在加班加点，你的孩子就会被淘汰，没了工作，没了饭吃。但孩子却越来越变得自私、孤僻、任性、娇气，缺乏生活的自立和坚忍。整个社会，一切都在速成着，一切都做作起来，人人忙碌，浮躁不堪。孩子们整日地唱着那些尽是愁呀忧呀的流行歌曲，我就说："孩子，你们那种愁忧并不是真正的愁忧。在没有童年和少年的城市里，你们是鱼缸中的鱼，你吐了我吃，我吐了你吃。愁忧将这么没完没了地伴随着你、腐蚀着你，使你慢慢加厚了一个小市民的甲壳。真正的苦难在乡下，真正的快乐在苦难中，你能到乡下吗？或许到类似乡下的地方去吗？"

一九九八年十月一日夜写毕

213